うえから京都

篠 友子

角川春樹事務所

目次

うえから京都

プロローグ

「こんなことではあきまへん！」

「どんなに西が頑張っても、東があれでは！」

「もともと都は、京都にあったんですから、いよいよ動きだすときです！」

京都の中枢を担うその部屋は、南と東に窓があり、東側の窓から比叡山を望む、重厚な趣の一室。その一室で、普通の企業であれば、既に定年を迎えているであろう年の議員たちが四人、真剣な面持ちで議論を交わしていた。

「何か妙案を考えませんと」

末席に座る一人の議員の発言に、その場がざわつき始める。それまで沈黙を守っていた、リーダーらしき人物が言葉を発した。

「お静かに！」

京都府のトップ、府知事の桂大吾。頭は白髪交じりだが、風格と気品は誰をも圧倒するものがあった。鼈甲縁の眼鏡越しの目が光る。

その一言で部屋の空気は一変し、静寂に包まれた。それまで自由に話をしていた皆が、桂に視線を向ける。

「妙案と言うなら、まずは西の統合が重要かと思うが、いかがですかな。京都だけでは東には勝てません」

「京都だけでは、とは？」

「西が一つになる。正確には京阪神ですな」桂が静かに話し始めた。

「人口だけをみれば、東京は今や一千万を超える都市。千四百万ほどの人口です。それに比べ京都は二百五十六万人。税収を考えても勝てるわけがない。そこに大阪の八百八十二万人と兵庫の五百四十七万人を加えて初めて東京を追い越せる。ただただ過去の恨み節で法外なことを申し立てても埒があかない」

　長老たちは、桂の話に聞き入る。まだ部屋の中は静寂に包まれていた。桂の後ろから差してくる自然光が、そろそろ退庁の時間が迫っていることを教えてくれている。普段はこの時間を楽しみにしているような面々が、今日ばかりは真剣な面持ちなのが余計に緊迫した雰囲気を作り出していた。桂が話を続ける。

「明治維新の際に天皇が東京に旅立たれてから百年以上もお帰りを待ち続けていますが、あれから何も変わっておらん。明治天皇が正式な発布をせずに旅立たれたことは事実ですから、今も京都御所はそのまま」

　自慢の髭をなでながら、議員の一人、山本泰三が口を開いた。

「そやから帰ってきてもらいましょう」

　その言葉に桂以外の二人が大きく頷いている。桂が続けた。

「皆の気持ちはごもっともやなぁ。私とて、同じ。しかし、もう時代は変わった。天皇は国の象徴ですが、彼ら一族の拠点こそが首都であるべきだという単純な問題ではない。東京は今や経済を担う拠点として君臨してしまっている。京都がもっと早く動くべきだったかもしれませんな。ですが、どこまでいっても東京は東の京都や。そろそろ本丸の都、京都が国の政治を司る拠点としてもう一度返り咲く時がきたのと違うか」

　桂は、これまで温めてきた思いを語り続けた。

「だが東を崩すのは損や。余りにも勿体ない。東の経済を守りながら、中枢を西に動かす。そのためには、明治の時以上の大義名分が必要や。天皇の居の移転は、それからのことや。この国の未来を見据えた政治ができていない今、東京に任せてはおけん。いくら地方が頑張っても……いや、現状では国のために頑張っているとも言えん。この京都のために頑張ったことが国のためになると思ってきたが、今やどうです？　中央の施策は、目の前の蠅を追っているようなもの。これではこの国が沈んでしまう」

　桂の次に古株の飯島光秀が口を開く。彼は桂より三つほど年下だが、その恰幅の良さは、桂とは違った圧を感じさせる人物だ。

「桂さんのおっしゃる通りやと思いますわ。ここ数年、国はやりたい放題。地方は中央の政策が変わるたびに振り回されている有様や」

　一番の若手・柴田義男も口を開いた。この男だけは、いつも周りを窺い、言葉を選びながら話す傾向がある。いわゆる日和見主義的な男である。

「経済面でまずは東を納得させるという戦法ですな。確かにおっしゃるとおり、京都、大阪、兵庫が連合を組めば、数の勝負には勝てますが、それこそ法外なことやおまへんか。それは東と話をするより厳しい」

飯島が加勢する。

「柴田さんがおっしゃるとおり、連合を組むという提案を京都から発するということは、京都が他府県に頭を下げるということですやろ。それは土台無理な話ではないですかな。プライドが許しませんわ」

大きく首を横に振りながら、声を荒らげた。しばらくして、桂が口を開く。

「まあまあまあ。それでもここは西が団結しない限り、東京から首都を動かす、その先で天皇を京都に戻すという構想は厳しい。であれば、確執のない人物に交渉を委ねるという策はいかがですかな？」

思いもよらなかった提案に一同が目を見合わせる。

「そこまでおっしゃるからには、既に人選ができているということですか」

飯島が切り返す。答えを用意していた桂にとっては、飯島の問いかけは予想の範囲内。この議題の主導権を完全に握ったことを確信した。

「土佐の坂本龍子。彼女が適任でしょう」

「県庁職員でありながら政治の世界で交渉人として評判のお人やないですか⁉　かつて、土佐は、薩長連合を成功させ、倒幕に一役かった歴史がありますから、今回は西を統合してもらうと。土佐のお人やったら、大阪、兵庫のプライドも傷つけずにいけるやもしれませんなあ」

　飯島の言葉に柴田も山本も緊張が解けたように笑い声をあげる。しかし、まだ不安をぬぐいきれないのか、山本が問いかける。

「あくまでも、京都ありきでの話で進めることは重要なところですが、それは大丈夫なんですか？　大阪は都構想をぶち上げた過去があります。それこそ都を大阪にと思とるのと違いますか？」

　飯島も興奮気味に不満をもらす。

「大阪が大阪都になるんやったら、京都は『府なし構想』を掲げるべきですわ。京の都。京都で全く問題ない！」

　柴田も大きく頷きながら質問を投げた。

「まさかボランティアでもあるまいし、報酬はどないするんです？」

「個人的に報酬を払うんかどうかはわからへんけど、坂本龍子が評判になり始めてから高知県の予算内訳に大きな変化が生まれているいう話やで。それも評判になってる理由の一つらしいわ」と山本が補足した。

　桂がその場の興奮を鎮めるように発言した。

「坂本さんの件は、どんな条件なのかも含めて確認する必要はあるな。京都にとって大きな損にならなければよしとしようやないですか。京都が眠りから覚めるんです。東の京都は偽物。本丸の京都が動く時や」

全員が大きく頷くなか、山本が締め括（くく）った。

「桂知事がそこまで考えておられるとは。すぐにでも坂本さんをお呼びしてお願いしましょう。もう東の好き勝手にはさせませへんで」

一章　京阪神に令和の龍馬、見参！

一

七月も終わりに近づいた頃の月曜日、シンプルな紺のパンツスーツに身を包んだ坂本龍子(りょうこ)が、スーツケースを引きながら京都駅のホームに降り立った。

龍子にとっては久しぶりの京都だった。相変わらず京都の夏は蒸し暑い。息をするのも億劫(おっくう)になるほどの暑さに、ポケットから黒いヘアゴムを取り出し肩まで伸びた髪の毛を素早く束ねる。その瞬間、少しだけ冷たい空気が首元を通り過ぎたような気がした。

京都駅は以前に比べて随分と近代化され、この駅だけでは古都のイメージは全く感じられない。そして祇園祭(ぎおんまつり)で賑(にぎ)わう時期のはずが、お洒落(しゃれ)になった構内に立ち並ぶ飲食店への人の出入りは少なそうに見えた。これもウイルスの後遺症なのか、すっかり閑散とした雰囲気になっていた。外国人観光客でごった返し、日本人を探すのが難しいぐらいのかつての光景が懐かしい。

人ごみをかき分けることもなくタクシー乗り場に到着すると、細身で小柄の龍子には手に余るほどの大きさのスーツケースをトランクに積んでもらい、後部座席に乗り込んだ。

「京都府庁まで、お願いします」

「おいでやす。お客さん、どちらから？」

観光地の運転手は、人懐こい人が多い。特に京都は独特の柔らかい口調のためか、耳にも優しく、心地よい。

「高知です」

「ほー、土佐ですか。お仕事で？」

観光と訊ねられなかったのは、龍子の服装のせいだろう。

「ええ、まぁ」

「祇園祭の時期ですよって、ちょっと混んでますんで、道は任せてもろてよろしいですか？」

「お任せします」

「おおきに。ほな、そうさせてもらいます」

「相変わらず京都の夏は風が吹かないし、たまらない暑さですね」

「わたしら慣れてますけど、暑いですわ。そやけど、冬はさむーて、夏は暑い。この気温差がおなごさんの肌にはすこぶるええらしいんで、京美人って言われるんですわ」

そういいながら、誇らしげに笑う運転手。龍子は、心地よい京都弁につられて運転手に話しかけたことを少し後悔した。府庁までの道すがら、いろいろ思考の準備をと考えていたが、どうやらその時間を自ら放棄してしまったようだ。

「京都はいいところですね」

「そうですやろ?」

自ら口火を切ったのだから、とことん付き合うことを決めた龍子は、運転手の京都自慢に適当に付き合いながら、車中の時間を過ごした。そして京都駅から二十分程度で府庁前に到着した。

「おおきに。二千百四十円になります。仕事きばってくださいねぇ」

「ありがとうございます」

思いの限りを話せたのか、運転手は上機嫌で走り去った。


改めて京都府庁を見据え、少し緊張が走る。府庁庁舎は、京都御所の西側にあり、天皇のお膝元といった場所に建っている。長年日本の都として栄えていた中心部だったのだろう。

ウイルスが猛威を振るった後、初めての府庁訪問だった。大阪と高知の観光事業提携をきっかけに、何度かこの府庁を訪れ営業していたが、龍子が想像しているような大きな収入に結びつくには程遠い状況が続いていた。それがいきなり知事から直々に呼び出されるとは、どんな用件なのだろうか。これまでの努力がやっと実を結ぶのだろうかと、少しだけ思いを巡らせながら、受付に向かう。

「おいでやす。お約束ですか?」

ここでも、特徴のある京都弁で挨拶をされた。「おいでやす」「おおきに」の言葉は、どうやら京都以外の人たちに向けて意識的に使われている言葉のような気がする。それは、見方を変えれば自分たちが京都の者だということを強調しているようでもある。それでも、悪い気がしないのが京都弁マジックなのだろう。

「府知事と十四時のお約束をいただいた坂本龍子です」

「かしこまりました。少々お待ちください」

受付の予約表に名前があったようで、すぐに入館証を渡された。

「お待たせしました。二階にお越しください。エレベーター前で秘書がお迎えさせていただきます」

龍子は軽く会釈して受付を後にし、エレベーターに乗り込んだ。二階では男性秘書が出迎えてくれた。この男、年の頃は三十歳前後ではないだろうか。端整な顔立ちをしている。

「はじめまして。府知事の秘書の沖田勇人です。お待ちしておりました」

京都の人たちは着道楽と言われているが、沖田もネクタイとチーフの色を合わせている。よく見ると、着物の生地でできたような代物だった。

エレベーターホールを右に折れ、突き当りが知事室のようだ。龍子は、知事室のあるこの庁舎に足を踏み入れるのは初めてだった。得体の知れない気品と公家の香りがするような雰囲気に圧倒された。コンクリートでできた普通のビルの中にある高知県庁とは雲泥の差だ。京都府知事のいる旧本館は、百年以上もの昔、明治時代に建築され今では国の重要文化財となっている。今は、新たに建てられた近代的な建物に府の機能は殆ど移転しているのだが、知事室だけは現・知事の熱望もあり、この旧本館内にあった。初となる府知事との対面を控え、緊張した面持ちで、秘書の後に続く。

知事室の奥にある知事席に、品の良い男性が座っていた。府知事の桂だった。桂は柔和な表情で、部屋の中央にある応接スペースの方に歩みよってきた。

「ようおこしくださいました、坂本さん。疲れはったでしょう。ちょうど祇園祭で街も賑やかですから、仕事の話が終わったら楽しんでいかはったらよろしいですよ」

そう言って、自らは応接スペースの中央にある重厚な肘掛け付きの椅子に座り、龍子には斜め横のソファーに座るよう促した。

すぐに仕事の話から入らないのも西の特徴だ。龍子はソファーに腰を下ろすと、桂に合わせるように当たり障りのない話題を選び、会話を始めた。

「ありがとうございます。京都もすっかり変わってしまいましたね。外国の方が殆どいなくなってしまってびっくりしました」

「そうですやろ。ウイルスは予想外でしたわ。それでも京都は、国内需要でも充分やっていけるだけのものは持ってますんで、まあボーナスがなくなったと思えばええことですわ」

そういいながら、桂は、笑みを浮かべた。プライドだけは日本一の土地柄だということを、龍子は失念していた。自分の第一声が浅はかだったことに気づき、少し後悔した。ここは立て直そう。

「急なご連絡でしたので何かトラブルかと驚きました。私の出る幕などございますか？」

笑顔を浮かべながら、静かに桂が答えた。

「実は大きな仕事をお頼みしたく」

ますます訳がわからない。この老人は何か企んでいるのか。怪訝そうな表情を見せながら龍子が応える。

「といいますと？」

「坂本さんは、今の日本をどう思っておられますか？　率直な意見をお伺いしたい」

何を言い出すのか。京都ではなく、国のことを質問されるとは予想もしていなかった。

「どう思うとは？」

「日本は、今のままでいいんでしょうか。東京に首都を構えて百年以上。もともと都があった京都の者として東京の様子を静観していましたが、どうもいかんと思うとりまして」

「それは、私も危機感は感じていますが、東京に頑張ってもらうしかないでしょう。中央は中央で、地方は地方でやるべきことをやるのが、大事かと思います」

「ほんまにそうでしょうか。東は、これまで国家規模の事件のたびに対応のまずさが露呈してます。トップが代わっても、何も変わりません。私たち地方のものも、『苦』ばかりを押し付けられているようで。日本を立て直すためには、何か大きな改革をしないことにはと考えておりましてな。政治の世界で交渉人として名を馳(は)せてきた坂本さんにやったら、お手伝いいただけるんやないかと思いまして」

　ますますわからない。確かにウイルス問題は、日本全土がパニックに陥った。中央の施策は混迷を極め、日本経済が大きく傾いたのだ。とはいえ、国レベルの話に自分が呼ばれる理由も思い付かない。龍子は、答えが見つからず沈黙を決めた。龍子から言葉が出ないことを確認し、桂が続ける。

「ほかでもない、西の統一です。関西に属する都市部の府県が手をとりあって東と交渉したいのです。そして、首都を東から西に」

　龍子に、全身の力が抜けるほどの可笑(おか)しさが込み上げてきた。

「遷都(せんと)……。ご冗談ですよね？」

　乱心としか思えない話だ。このデジタル化が進んだ現代で、江戸時代のような企てなどあり得ない。

「冗談ではありません。真剣な話です。三・一一の時から構想はあったのですが、妙案がなく時間だけが経(た)ちました。そやけど、もうダメです！　このままでは日本がダメになります。西に都を戻すことでもう一回、日本を立て直しましょう」

　真剣に考察しているとは思うが、それにしてもとんでもないことを言い出したものだと、呆(あき)れてしまう。

「実現できるとお思いですか？」

「もちろんやないですか！　勝ち戦でなかったら、坂本さんをお呼びしたりしません」

「戦」とは……。ますます過去へタイムスリップしたような気がしてきた。ただ少し興味があることも否めない。このご老人の構想だけでも聞いてみようと、龍子は思った。

「では、桂知事の妙案をお聞かせいただけますか？」

　桂は待ってましたとばかりに話し出した。

「西を統一するためには、まず力のある京都、大阪、兵庫が一つにならないといけません。この三府県が手を組めば、今の東京を超える人口千六百万に達し、充分に日本経済を担えると。しかも、西は決断力も行動力も東より優れていると思っています。一流企業も多数輩出している関西こそが日本経済の中枢を担うべきでしょう。かつて都として栄えたこの由緒ある京都の他(ほか)に、東と対等に話せる府県がありますか？　ここ京都は今や観光地として名を馳せていますが、本来の実力はそんなもんではないのです。なんと言っても都としての長い歴史と経験値があります。現在も御所を守り続けていますからな」

　大胆な発想だが、面白い。

「西が連合して日本の中枢を担うということですか？」

「まあ、首都が東に動いてから随分この国も変わってしまいましたから、今となっては京都が単独で東に物を申しても、厳しいのは承知してます。そやから西が一つになればと考えておりましてな。しかし、今の東の経済成長を低迷させることは本意ではないのです。その機能をそのまま保たせ、それをコントロールする力を西が持つということです」

「お考えはわかりました。でも、そういうことでしたら桂知事が直々に大阪や兵庫にお話しされるのが一番早いのではありませんか？」

「京都が他府県に頭を下げるのは、あきまへんわ」

苦笑いを見せながら、続ける。

「京都には長年の歴史と威厳があります。そこで坂本さんが必要なんです。京都の人間が京都に首都をと騒いでも、大阪、兵庫は聞いてくれません。ここだけの話ですが、実は京都は気位が高いと思われてますんでね。その通りなんですが。何か裏があるんじゃないかと思われます」

桂は、豪快に笑った。

「そやけど、まったく関係のない土佐の坂本さんが統一構想を話してくれれば話は違います。それに、政治の世界での交渉人としても名を馳せていらっしゃる。だからこれは坂本さんの仕事なんですよ。どうですか？　筋書は万端でしょう。受けてもらえませんか？日本を変えるために。令和の女・坂本龍馬（さかもとりょうま）！　血が騒ぎませんか？」


五年前の夏。

高知県の発案で、四国での一大観光事業が計画されていた。全国四十七都道府県の財政ランキングでワースト三位から抜け出せない高知県の財政難は深刻で、高知県より上位にランクされる他の四国三県よりも、窮地に立たされていた。高知県の予算のうち、国からの補助金が五割に迫ろうとしていたからだ。農業事業の継承問題もあり、農産物による収益を県内で大きく伸ばすことには無理があった。そこで高知を担う事業推進課としてスポットを浴びていたのが、坂本龍子が所属する観光政策課だった。

龍子の上司にあたる門田(かどた)課長が掲げたのは、四国が一丸となって観光事業に乗り出し、本州からの観光客を現状の十倍以上に引き上げようという案だった。本州からの観光客の流入は、各県にとって関心が高く提案当初は順調だったのだが、四国四県をつなぐ交通整備などの予算問題で事業は暗礁に乗り上げていた。

朝から県議会棟委員会室中央の下座で頭を垂れる門田の姿があった。

「門田君、失敗は許されん」議員の一人が厳しい口調で言い放つ。

「承知しております。何としても愛媛と香川を説得いたします。あと一週間、一週間だけ時間をください」

苦し紛れの返答だった。何とか解放され、部屋を後にした門田だったが、無策だった。愛媛と香川の権力争いに巻き込まれる形となって行き詰まっている現状を打破する施策が浮かんでいない。観光政策課に戻った門田は、すぐさま全員を会議室に招集した。十名ほどのメンバーが会議室に集まり、門田の一声を待ち受けた。

「一週間や、一週間。愛媛と香川を何とかせないかん。なんか策を提案できるやつはおらんか？」

一瞬の静寂の中、威勢のいい声とともに手を挙げたのが坂本龍子だった。龍子の一動にどこからともなく拍手が起こった。

「坂本か。なんや、言うてみい」

「意外に大人げない理由で頑なになっているだけかと。それやったら、ほぐしましょう。この事業は、本格化したら四国が盛り上がる話やないですか。損するわけやあるまいし。ほぐすんやったら、私がやってみたいです」

「ほぐすって、お前なぁ……。一週間しかないがぞ。もっと具体的なこと言うてくれよ」

　門田は苦笑していた。

「愛媛は県内トップの地位を死守したいがでしょ？　そこを死守できたらさほど文句は言わんでしょう。香川は支出額に拘ってるみたいですけど、結局はプライドの問題ながと違いますか？　それやったら、落としどころを模索できるはずです」

　坂本龍子は、いつも課内の揉めごとを治める達人で、独自の論法で皆を驚かせる人物だった。門田も日頃から信頼している人材だったが、課内の小さな揉め事とは訳が違う。どうしたものかとまた頭を抱えた。

「課長、私に三日ください。その間に他の策を講じてください。それやったらどうです？私の交渉が上手くいけば、三日で片付きます。ダメでもあと四日で次の策に転じられます」

　この龍子の言葉に門田はまだ頭を抱えていたが、選択の余地はない。恐いもの知らずの坂本のこと、何かをやらかしてくれるかもしれない。一週間という期限をつけてしまったのは自分だ。門田は腹をくくり決断した。

「わかった。坂本、三日やぞ。他の者は、もう一回支出の精査をして、愛媛と香川の数字を見直してくれ。坂本の結果を受けて、再提案や。頼むぞ」

この四国・夏の乱とも言えるトラブルは、見事に三日で幕を閉じた。更には、坂本龍子の本州近隣への営業力によって、事業は高知県の観光収入を年々増加の傾向に導く施策となり、数十億単位の経済効果を四国にもたらす結果となった。


龍子のことを「令和の女・坂本龍馬」と形容してきた桂の言葉に呆気にとられる龍子だったが、素直に面白いとも思えた。ここ数年の日本は混迷を極めているも、未だ良策は見いだせていない。国民が知り得ている以上に、日本経済は綱渡りの状況を続けている。煙に巻いたような増税策か、国債の発行で日本は強い国だと言い続けているということは、龍子も政治に関わる世界の片隅にいて気がかりではあった。

ここまでの極端な発想がどんな結果を生むのか。乱心で終わるのではないか。桂の考えを聞きながら、瞬時に様々な思いが脳裏を駆け巡った。しかし、少しだけその渦中に身をおいてみるのも悪くないかもしれない。それでも、この場での即答は避けたかった。

「お考えはわかりました。ですが、ちょっと考えさせてください。何分にも法外な構想であることは変わらないと思います。動けるのか、動いたとしてもどうしたらいいのか、ちょっと整理をさせてください」

「もちろんです。ただあまり時間がありません。私も気が短いほうでしてね」

桂は、穏やかな笑みを浮かべている。

「答えを出していただくのに、どのぐらいの時間が必要ですか？」

長く悩んだところで仕方ないだろう。答えは二つに一つ。やるかやらないかだ。

「周辺の状況を少し調べたい気持ちもありますが、とりあえず一晩考えさせてください」

「わかりました。それでは坂本さん、明日の同じ時間にお待ちしております」

龍子は、桂に一礼して、府庁を後にした。


今晩の宿は、京都駅近くのホテルだった。京都の風情と近代的な高級感漂うこの宿を龍子はいたく気に入っている。一介の公務員には贅沢な宿と言えるかもしれないが、出張が多い龍子にとって唯一疲れを癒せる場所には、自腹をきってでも拘りたい性格だった。

祇園祭のせいか、以前ほどではないもののロビーは宿泊客で賑わっているようにも思えた。チェックインを済ませ、部屋のベッドに腰をおろした瞬間、少し疲れを感じたが、回答の期限は明日に迫っている。桂の話を思い出しながら、ＰＣを開く。明治維新の際に都が京都から東京に移された経緯を少しは理解していたが、改めて頭に入れておこうと思った。

当時、混乱のさなかにあった幕末の京都で、天皇親政にあたり、新政府内部から遷都の声が上がる。この時点では、京都の思惑は都を京都に置きながら政治の中枢を他に移すということだったのだろう。候補として大阪があがったようだが、遷都を行えば千年の都である京都を放棄することになる。

これに強く抵抗したのが京都の公卿（くぎょう）ら保守派だ。その結果、その年には一度遷都が廃案となった。その後、日本全体の活性化には団結の弱い東をまとめる必要があるとして、「東西両都」の発想が生まれている。

慶応四年（一八六八年）に徳川氏が江戸から駿府（すんぷ）七十万石に移されることが決まり、参与・木戸孝允（きどたかよし）らによって江戸が帝都として適しているかの調査が始まる。そして遷都が可能であるという判断を受け、「江戸ヲ称シテ東京ト為（な）スノ詔書」が発せられ、江戸の呼称（こしょう）が東京となった。

しかし、この時点ではあくまでも「東西両都」であり、完全に東京に遷都することにはなっていない。明治元年、天皇が開城された江戸城に移ったことで東日本の強化と統一に不可欠との理由から、天皇の居が東京に移り、全（すべ）ての政治が東京に移行した。

だが、当時の明治天皇からは正式な遷都の発令は出ておらず、税金の一部免除と幾ばくかのお金と引き換えに都を東京に定着させることに京都が折れたということのようだ。

奈良から京都に都が移されてから千年以上栄えてきた京都の歴史を手離すには、あまりにも短絡的な理由のようにも思えたが、それだけ幕府の討伐から東京遷都（一八六八年）までのこの国の変化が著しかったのだろう。そして幕府の討伐に一役かったのが、坂本龍馬ということか。

東京を都としてから百五十年以上が経ったが、幕府討伐以降、国内での勢力争いに関しては際立った動きがない。しかしながら経済は破綻寸前の状況下におかれている。あのウイルス以降、世界との国交にも制限がある中、内需をどう高めるのか？　現状では打開策どころか、場当たり的な政策しか見えてこない。

桂知事の爆弾発想も致し方ないのかもしれない。東日本の統一のために遷都されたのであれば、東日本が強化された今、その建前は崩せるのかもしれない。確かに東京に対抗できるのは、西。関西エリア。商売で栄えてきた大阪と、元の都の京都、更に関西の神奈川ともいえる兵庫。まんざらでもない連合なのかもしれない。

その昔、薩長土肥などの雄藩が連合を組み、国に変化をもたらそうとした動きが歴史に刻まれているが、今、京・阪・神で動かすのも面白いかもしれないと思えてきた。ただ、完全に首都を動かす構想には無理がある。明治の時と同様に東日本の強化ということに関して、東京は今も大きな存在価値がある。更に今の日本は首都機能を完全に動かすことによる経済的打撃に耐えられる財政状況でもない。であるならば、分散という選択肢もあるのか？　龍子は改めて、桂の言葉に自分の構想を重ねながら熟考した。

そして、腹は決まった。

遅い朝食を済ませ、ホテルを出た龍子は、約束の時間より少し早めに府庁に着いた。昨晩の歴史探索の余韻が残り、意識が高揚している。昨日と同じようにエレベーター前で秘書の沖田の出迎えを受け、桂の待つ知事室へと向かった。

重い扉の奥には桂が鎮座し、その手前に三人の年配者が座っていた。龍子の姿に気づいた桂が立ち上がる。

「お待ちしておりました。昨晩は、ゆっくりお休みになれましたか？」

「ええ」

「今日は坂本さんのお返事を伺えると、志を共にしている仲間たちも一緒にお待ちしておりました」

桂の参謀ともいえる仲間なのだろう。奥から飯島、山本、柴田が紹介された。

「とりあえずお掛けください」

龍子とは二回り以上の年の差を感じる面々が正面に並んで座ると、なかなかの迫力だ。

「何からお話ししたらいいでしょうか」

四人の視線が龍子に集中する。

「単刀直入にお願いします。やっていただけますか？」

桂が切り出した。

答えは決めてきたはずだったが、四人の物言わぬ圧力に少し戸惑いを感じた。しかし、船に乗ろうと決めてきた以上、櫓を摑む。

「お引き受けいたします」

桂の高らかな笑いとともに、誰(だれ)からともなく拍手が起こる。

「ただ、いくつかの条件があります」

再び静寂が訪れ、四人の表情に少し緊張が走った。桂が訊ねる。

「条件ですと？」

「はい。恐縮ですが」

「その条件とやらが承諾できない場合は、決裂ですかな？」

「はい」

きっぱりと龍子は言い切った。不安気な三人の側近たちをよそに、桂がまた笑った。

「さすが坂本さん。条件まで考えてきてくださるとは。聞かせてください」

一息つき、龍子は話し始めた。

「昨日、この大胆な構想をお伺いして、正直戸惑いました。ただ結局のところ思いは同じなのではないかという考えに至りました。この国のために何かをしたいという気持ちです。その気持ちを前提に動いてみたいと思います。そのためには京都が前面に出ないことが条件です」

桂と側近たちの表情が曇る。

「京都が前面に出ないということは、京都が主導権を握るわけではないということですかな？」

飯島が問うた。

「そういう結果になる可能性もあるかもしれませんが、やってみないとわかりません。構想があまりにも大きすぎますので。過去からの大義名分としては、天皇を京都に戻すというのが、わかりやすいことは言うまでもありません。天皇が居を構える場所が首都という考え方ですから、京都への遷都になるというのが普通の発想なのですが……」

柴田が口を開いた。

「坂本さん、京都以外はあり得ない話でしょう。兵庫は都に関しては新参者」

飯島が続く。

「大阪はその昔、一度遷都を計画して却下されてますからなぁ」

京都が言い出したことなのだから、この面々にとっては、京都が主導権を握るというのが当たり前の論理なのだろうが、龍子も引かなかった。

「皆さん、もう少し話を聞いていただけますか。幕末の世ならまだしも、この時代の遷都は並大抵のことではできません。武力行使などできるわけもなく、百年以上も前の遷都の経緯を持ち出したところで、今の東の、中央の力には勝てないでしょう。更に人口で打ち負かすだけでも弱すぎます。しかも連合ということは、統合ではないわけです。いつ分裂するかもしれません。そのためには皆さんの思いを同じ方向に向かせる必要があるのではないですか？　まずはそこからです。それが成功した時、改めてどうするのが一番いい方法なのかを考えたいと思います」

桂が大きく頷いた。

「簡単なことでないのはわかります。坂本さんのおっしゃることもその通りです」

「昨日、桂知事も現状の東京の機能を活かしたいとおっしゃっていました。そのことも頭において何が良策か、動きながら考えてみたいのです。この私をお呼びになったのなら、しばしお任せいただけませんか？　この話の発端は京都です。決して京都にとって悪い結果になるようなことにはいたしません。それはお約束します。まずは各府県が同じテーブルにつくところからです」

　全員が押し黙っていたが、しばらくして口を開いたのは桂だった。

「わかりました。坂本さんにお願いしたのですから、お任せします。坂本さんの意のままに動いてみてください。ですが、必ず定期的に状況の報告は頼みます。私たちもそんなに長い時間は待てませんからな」

「ありがとうございます。それでは、二つ目の条件を申し上げます」

「何ですかな？」

「さすがに私一人では動ききれません。どなたか一人、一緒に動いてくださる方をお借りしたいのです」

「いいでしょう。さっき坂本さんをご案内した秘書の沖田はどうですかな？　なかなか端整な顔をしておるが」

　そう言って、桂が豪快に笑った。龍子は桂に心の内を見透かされたような気がして苦笑した。そんな龍子に桂が訊ねた。

「真面目（まじめ）な話ですが、片腕となる者への要望がおありになりますかな？」

「相手の敵対心を煽（あお）らない方であれば」

「それならば、問題ないでしょう。沖田には私から辞令を出しておきます。存分に鍛えてやってください」

「ありがとうございます。そして最後に……」

「まだ何かあるんですか？」と山本が怪訝そうに問いかけた。

「最後に私へのご褒美をお聞かせいただきたいです」

「お金の話ですかいな」

　呆れたように口を開いた飯島とともに、山本や柴田も呆気にとられていた。無償でないことはわかっていたが、あまりにもストレートな物言いに驚いたのだった。桂は三人の様子を気にもせず、笑っている。

「そうでしたな。大事なことでした。坂本さんの希望をおっしゃってみてください」

「私はこのような案件を個人としてお受けできる立場にはありません。あくまでも県庁の職員ですから、私が望むことは県の利益となることしかありません。もちろん、動くにあたっての経費は京都でご負担ください。大した額にはならないものと思います。ただ結果がどうであれ、私が動く以上は、高知県に収益をもたらす施策を提案いたしますので、前向きにご検討いただきたいと思います」

　龍子は堂々とした口調で、要求を主張した。

「それはそうですな。ただとはいきませんな。高知の収入につながるような提案を議会に通せば良いのですな」

　桂が訊ねた。

「はい。交渉業務委託などという名目よりは遥かにお考えいただきやすいかと。具体的な内容については、後日提案いたします」

　桂は抜け目のない龍子の対応に静かな笑みを浮かべながら、頷いた。

　とにもかくにも港から錨をあげることは出来たようだが、この先はどうなるのか、龍子にもわからなかった。もう少し、不安材料を払拭しておきたい。

「桂知事、一つ気になることがあります。昨日も時間がないとおっしゃっていましたが、皆さんの任期内にという意味なのでしょうか？　となると、あと一年か二年？」

「いや、こんな大きな仕事は時間をかければかけるだけ難航します。かつて京都から遷都された時も一年ぐらいで決着がついてます。一気に突破するのが得策かと考えているだけです」

　確かにそうかもしれない。時間をかけてしまえば余計な参入者が出てきて厄介なことになりかねない。

「そこは私も同じ考えでした。安心しました」

　龍子はそう言いながら、緊張感が和らいでいくのを感じていた。

　一方桂と違い、飯島、山本、柴田はまだ坂本龍子という人物に警戒心を拭えていなかった。県庁の職員が国を動かす大仕事を請け負うとは、端から信じがたい。ただ柱に反発もできず、お手並み拝見の面持ちを見せていたが、飯島が探りを入れるように口を開いた。

「まず初めに坂本さんは何から着手するおつもりで」

やはりこの議員たちの気になるところなのだろう。

「まずは兵庫を参加させます。外堀から攻めるつもりです」

山本が反応した。

「大阪はなかなか難攻不落でしょうな」

「話してみないと何とも言えませんが、京都と大阪は、お互いに好印象ではないとお見受けしています」

少々ストレートすぎるかと思ったが、最終的にはこの両者の闘いになりそうだし、状況は摑んでおきたかった。

「大阪さんが京都を牽制しているだけですやろ？　その結果、裏表が激しいとか、性格悪いとか、何や好き勝手に言うてはるだけですわ。京都はなんも思てません」

柴田が言うと、続いて飯島も加担する。

「そやそや、京都は別に何とも思てません。大阪は大阪、京都は京都。同じ関西でくくられるのが気分が悪いだけですわ」

最後に山本が、面白がるように付け足した。

「そやそや。大阪は京都と違て、何でもグイグイきはるから。気品が違いますやろ京都とは。街の作りからして、品があるのが京都。大阪行ったら、どっちが北やらさっぱりですわ」

これが、京都と大阪だ。気にしていないといいながら、京都は十二分に大阪を意識しているように龍子には聞こえた。下手をすれば嫌味にもとれるような会話だが、どこかお笑いのネタのようにも思え、龍子は懸命に笑いをこらえていた。桂も、三人の話に屈託なく笑っている。難攻不落の砦(とりで)は、大阪ではなく京都になりそうだ。

「いずれにしても、動き出しますので、よろしくお願いします」

龍子は、長老たちの会話の少しの隙(すき)を狙(ねら)い、一礼をして部屋を出た。

二

京都に来てから目まぐるしい二日間を過ごし、さすがに昨晩は大仕事への高揚なのか、好奇心なのか眠りが浅かった。今朝は六時に目が覚めてしまい、二時間余り朝のニュース番組をBGMに、ぼんやりと朝刊を読んだりして過ごし、やっとお腹(なか)を満たそうという気になった。このホテルを気に入っている理由の一つがビュッフェスタイルの朝食だ。エレベーターで一階まで降り、朝食ラウンジに向かう途中、携帯が鳴った。

「もしもし、坂本です」

『朝早くからすみません。ゆっくりお休みになれましたか？　秘書の沖田です』

「昨日はどうもありがとうございました。朝から何か？」

『府知事より辞令を受けまして、今日から坂本先生に同行させていただくことになりました。ご挨拶もかねてホテルにお伺いしたいのですが、何時ごろならご都合よろしいでしょうか』

　隙のない喋(しゃべ)り方と端整な顔立ちが実に合っていると思った。

「これから朝食をとりますから、九時半にロビーでしたら大丈夫です」

『わかりました。それでは、九時半にお伺いします』

　この仕事の楽しみが一つ増えたなと思いながら、龍子は電話を切った。女もアラフォーと言われる世代を目前にしてくると、年下にも興味がわいてくる。だからと言って恋愛対象として見ているわけではない。自分より若い男性と話していると、自分も同世代のように思えてくる妄想を楽しめるようになるようだ。沖田は服装にも気配りが見えたし、あの若さで府知事秘書を務めるぐらいだから、よほどのコネか実力があるのだろうと思えた。

　それから龍子はゆっくりと朝食をとり、部屋に戻って身支度を整え、約束の場所に向かった。

「坂本先生！」

　茶系のスーツできめた沖田が笑顔で出迎えてくれた。

「わざわざホテルまで、すみません」

「こちらこそ、朝からすみません。昨日、府知事から辞令を受け取り、興奮してしまって」

府庁で会った時とは別人のような人懐っこい口調の沖田を前に、龍子は少しだけ頬が赤らむのを感じた。

「先生に聞きたいことが山ほどあるんですが、少しずつ教えてください」

「ええ、まあ、それはいいとして……その先生っていうの、何とかなりませんか？　政治家ではないので、普通に坂本さんでかまいません」

「わかりました。ついつい年上の方ですと、先生と呼んでしまいまして……職業病です」

照れる姿もまた可愛い。思わず、龍子も笑顔になった。

「それでは、坂本さん。今日のご予定は？　打合せなどの場所は、府庁内に専用の部屋をご用意しております。一旦はそこにご案内しましょうか？」

短期決戦と銘打っていただけに、準備は万端といったところか。

「そうですね。まずはそこに行って、今後の計画を話しましょうか」

「そうしましょう。その前に桂知事に言われてますので、坂本さんのお宿を延長できるようホテルに話してきます。少しだけお待ちください」

沖田は、そう言うとフロントまで行き、すばやく話を済ませて戻ってきた。

「宿泊費も心配なさらないでください。全てこちらで対応すると伝えてきましたので」

「まさか、経費？」

「さすがに、今回はどうでしょう。知事のポケットマネーかと思います」

国のための作戦とはいえ、結果の見えないものには府の経費を使わないところなど桂知事らしいと龍子は思った。

二人はホテル前からタクシーに乗り込み、府庁へと向かった。

車中で庁舎に自由に出入りができる入館証のようなものを沖田から受け取った龍子は、沖田に案内され専用の部屋に到着した。

その部屋は知事室のある旧本館ではなく、近代的な新館の四階にあり、廊下の突き当りに位置している。十名ぐらいで会議ができる程度の広さの部屋に、机が二つ用意され、中央にはちょっとしたミーティングテーブルとホワイトボードがあり、隅にはプリンターまで置いてある。二人で使うには充分の広さだった。

この部屋で日本を変えることができるのだろうか。歴史を変えることができるのだろうか。ふと、昔読んだ小説の坂本龍馬が脳裏をよぎることも、龍子にとっては楽しかった。

「さて、沖田くん……でいいかな。呼び方」

「はい。お好きに呼んでください。坂本先生」

「先生ではない！」

「はい。坂本さん」

沖田の興奮は、まだ続いているようだった。

「まずは、兵庫にいらっしゃるとか」

沖田が訊ねた。

「そうです。兵庫から攻めます」

「なぜ、大阪ではなく兵庫なんでしょうか？　兵庫をくどけても、大阪がＮＯならば、決裂になります。ならば先に大御所の大阪の様子を見るのが得策ではないのですか？」

どうやら、この沖田という男、いわゆるイエスマンではなさそうだ。自分の意見をしっかりと持っている。相棒としても使いどころがありそうだと龍子は思った。

「関西に住んでいるとわからないかもしれませんが、外から見ると大阪と京都はお互い牽制し合っているように見えます。違いますか？　はっきり言って、仲が悪いという印象なんです。ならば、中立になれるところをまずは賛同させた方がいいと考えます。中立の立場をとれる兵庫の存在がなければ、成立しないと考えています。京都は兵庫を敵対視していないように思えるんですが……。沖田くん、率直なところどう思います？」

「さすが坂本さんですね。やはり外の人から見ると、そう見えますか。おっしゃる通り、兵庫に対して特に悪いイメージはありません。東京ほどではないですが、お洒落な街として憧れを抱いている感じです。ちょっと日本じゃないような」

「ならば大阪は？」

沖田のような若い世代の京都人が、大阪をどう思っているのか是非聞いてみたいと龍子は思った。

「別に嫌いとかじゃないです。遊びにも行きますし」

「嫌いとかじゃない……けども？」

龍子は、少しからかうように、いたずらっぽく聞いてみた。

「別に誰かが聞いているわけではないし。昨日のおじ様たちは、なかなか自由に喋っていらっしゃったけど」

「正直、同じ関西人で括られたくないというか、一緒にされたくないというか……。でも、僕たちの親の世代がいつまでも言っているだけで……僕たちの世代は完全にネタにしているだけで、本心は変わってきていると思います。実際、大阪の方が豪快ですし、面白いですし……」

言葉を選び、戸惑い始める沖田を見ながら、思わず龍子は高らかに笑った。

「ごめん、ごめん。いじめているわけじゃないので。外から見たら京都も大阪もおなじ関西なのに、京都の人は、大阪と一緒にしてほしくないと思っている感じが伝わってくるからね。なのに連合を組みたいって……、こともあろうに京都が言い出したのが、改めて面白くてね。ただそこに今回の作戦成功のカギがあるようにも思えます」

「なるほど。やはり、坂本さんにお願いしたことは正解ですね。京都にいたら、そんな発想にはいたりませんから」

「まだ、正解かどうかはわかりません。とにかく、まずは当たり障りのない兵庫から攻めましょうか。沖田くん、知事さんにアポイントをとってください。早い方がいいでしょう」

「はい。わかりました」

龍子とは既に面識のある兵庫県知事への訪問は、異例の早さで決まった。話の本筋には触れず、ウイルス問題後の表敬訪問的な名分のもと、今日の午後に会えることになり、沖田は龍子の秘書という立ち位置で同行することになった。

兵庫県といえば、西の神奈川。神戸と言えば、西の横浜だろうか。六甲山を北に背負い、南側には港。異国情緒の匂いがする洗練された街のイメージをもっている神戸。神戸から大阪よりの芦屋市は、日本有数のセレブ居住地として知られている。関西の中でも県の土地面積は一番広く、京都府の倍、大阪府と比較すれば四倍の面積を持っている。

京都から神戸までは新幹線に乗り、三十分ほどで着いてしまう。沖田はさほど混んでいない車中で席をとり、龍子を窓際の席に案内した。そしてすぐに車両から出ていくと、ほどなくして両手にコーヒーを持って戻ってきた。

「三十分ほどで着きますので、コーヒーでもいかがですか」

動きに無駄がなく、気配りも完璧だ。

「ありがとう。ちょうど飲みたいと思ってました」

嬉しそうにコーヒーを飲んでいる坂本を横目で見ながら、沖田が話し出した。

「坂本さん、聞きたいことが山ほどあるんですが、まずは一つだけいいですか?」

「どうぞ、どうぞ。好奇心旺盛なのはいいことです」

笑いながら龍子が答えた。

「ありがとうございます。それではお言葉に甘えて。坂本さんは何で交渉人になられたんですか？　なかなか他にはいらっしゃらないかと」

「それが一番聞きたかったこと？」

「いや、まあ、とりあえず上位で気になることの一つです」

「まず、交渉人っていう職業は存在しません。噂が独り歩きして、勝手につけられた肩書みたいなもんなんです。私は単なる県庁の職員です。五年ぐらい前かなぁ。高知県が四国での一大観光事業を計画したことがあって、それが暗礁に乗り上げた時に、たまたま私が解決してしまって。それから交渉ごとは坂本に任せておけば……みたいな噂が勝手に独り歩きしたんです。職員が面白がってSNSに噂を流したら、『土佐に女版龍馬現る！』なんていう書き込みまで出てしまって。まっ、本人の意図するところとは違いますけど、流れに身を任せていたら、ひょっとして私の天職かもと思いだしたってわけです」

「へえ。そんな経緯があったんですか。今では県庁も辞められて、一人で依頼を受けていらっしゃるのかと思ってました」

「ちゃんとした公務員です。通常の担当業務もあります。ただ県外から依頼があった時には、一旦出張扱いで対応し、長期の場合は臨機応変に対処してもらっています。その代わり、高知県に収入をもたらすのが私の職務なんです。まあ、私が活躍したら高知のPRにもなるっていうメリットもあるのかなぁ」

「特例中の特例ってことですね。やっぱ凄いです。坂本さん」

沖田の反応に、少し照れ笑いを浮かべながら、龍子が聞き返した。

「沖田くんは、何で秘書という立場になったの？」

龍子の質問に、沖田は少し周りを窺いながら、声を落として話し始めた。

「祖父が政治家で、父は公務員ですから、政治の世界にも興味がありました。坂本さんにだけ打ち明けると、桂知事は、父方の伯父なんです。これをコネっていうんですかね？まあ、使えるものは使います」

沖田は、悪びれることもなく、爽快な笑みを浮かべながら答えた。

「コネも実力の内ってことね。でも父方の伯父さんってことは、沖田くんは本当は桂くんなんじゃないの？」

「さすがに、コネを売りにもしたくないですから。仕事では母の旧姓を使っているってことです」

「なるほど、そういうことですか。桂知事は素敵な方です。今回、初めてお目にかかって、いきなり驚かされましたけど、お考えに共感できたのも桂知事のお人柄かと」

「伯父に学ぶことは多いです……。でも、このことは府庁内の大半の人には気づかれていないはずなので、秘密でお願いします」

「了解、了解」

沖田が龍子に秘密を打ち明けたことで、二人は、少しだけお互いに親近感が生まれたような気がしていた。

「坂本さん、そういえば高知弁——土佐の方言がほとんど聞けなくて残念です」

突然の屈託ない感想に龍子は吹き出しそうになった。

「仕事ですから。仕事の時は極力方言が出ないように注意しているのよ」

「こりゃいかん、とか、まっこと、とか、生で聞くのを楽しみにしてたんです」

「沖田くん、龍馬伝かなんかのドラマの見すぎじゃない？」

龍子に突っ込まれ、沖田は龍子との会話に興奮しすぎていた自分を少しだけ恥じた。

「すみません。ちょっと調子に乗りすぎました」

龍子は照れる沖田から視線を外し、窓の景色を見ながらまだ笑っていた。

二人が取り留めもなく雑談を交わしている間に、列車は新神戸駅に到着した。新神戸駅からは山手線に乗り換え、県庁前駅で降り、そこからは歩いて三分ほどで県庁だ。

県庁二号館の六階にある知事室では、恰幅（かっぷく）のよい大柄な白髪（しらが）交じりの男性が笑顔で出迎えてくれた。ナイスミドルといった風貌（ふうぼう）のこの男性が、現在の兵庫県知事・但馬宗平（たじまそうへい）だ。

龍子と但馬の関係はさほど密なわけではない。兵庫県は、高知県からの直接の空路もほぼなく、瀬戸内海を挟んでの近隣というだけで、思いのほか交通の利便性がない。それでも龍子にとっては、兵庫、広島、岡山といった瀬戸内海沿岸エリアは高知県との関係性を密にしておきたい県で、定期的に挨拶に出向く営業先とも言える相手だ。

「坂本さん、すっかりご無沙汰（ぶさた）しております。相変わらずのご活躍のようで。今日は久々にお目にかかれるのを楽しみにしておりました。どうぞ、ゆっくりしていってください」

「お忙しいのに突然すみません。本当にお久しぶりです」

一通りの挨拶を交わすと、但馬は沖田に声をかける。

「そちらの青年は……坂本さんが秘書を同行させると聞いておりましたが、どこかでお会いしていますか？　初対面ではないような気がしますが。まあ、立ち話もなんですので、おかけください」

部屋の中央にある応接スペースに全員が腰をかけるや否や、秘書が冷茶を運んできた。冷茶を前に一礼をしながら龍子が但馬の問いかけに答える。

「彼は今、一時的に片腕といいますか、仕事を手伝ってもらっておりまして。京都の桂知事の秘書です」

龍子の言葉を受け、沖田が名刺を差し出しながら挨拶をした。

「沖田と申します。但馬知事には何度かお目にかかっております。今日は坂本さんの同行者として参じました」

「おー、そうでしたか。それは、それは。桂さんが秘書を貸し出すとは、なかなか意味深ですな」

但馬が笑みを浮かべながら答えた。

「坂本さんにお目にかかりたくて、ご足労いただきましたが、ただの訪問ではなさそうですな。何か匂いますぞ、坂本さん」

温厚な人柄で知られている但馬だが、洞察力にはいつも鋭いものを感じさせる。龍子の隣で沖田が緊張しながら龍子の出方を窺っていた。

「さすが、但馬知事は鋭い。誤魔化しは通用しませんね。単刀直入にお話しします。私が龍馬になろうと思いまして」

そう言って、龍子は豪快に笑った。あまりにも大らかな笑いに、一同は驚いてしまった。

「まさか、坂本さん、女を辞めると？」とジョークで但馬が切り返す。

「それもいいかもしれませんね。もはや自分が女なのか、疑問に感じています」

一同の笑いが収まったころに、但馬が口を開いた。

「冗談は、このぐらいにしておいて、龍馬になろうというのは、国のためにひと肌脱ぐことにしたと受け止めますが」

「そのとおりです。令和維新とでもいいましょうか」

但馬は苦笑いしながら返す。

「戦でも起こしますかな？」

「血なまぐさいことは、もちろん考えていません。正直なところ今の日本、これでいいんでしょうか。但馬知事はどうお考えですか？」

「いいも悪いも、日々淡々と自分の職務を全うするだけです。県の予算が大きく変わるわけでもなく、大きな事件があるわけでもない。ウイルス以降は、低迷したままですからな。国のやり方にもろ手をあげて賛成しているわけではありませんが、策もなくといったところですよ」

そろそろ話が核心に迫ってくるような予感を抱きながら、沖田は二人のやりとりに聞き入っていた。

「国の予算は、砂の城でしょう。国民が払う税金にも限界があります。それに対して日和見主義的な国策しか打ち出せない今の中央体制に問題があると感じています。ならば、中央体制を変えたらいいのではないでしょうか」

龍子の返答に但馬の目が鋭く光り、身を乗り出してきた。

「どうやって変えようと。そもそもそんなことができますかな？」

「変えられるかどうか、そんなことはやってみないとわかりません。ですが、一石を投じることが無意味だとは思わないのです」

「ごもっともですな。それで一体、何を？」

但馬は龍子の策を早く聞きたくて仕方のない様子を見せた。そんな但馬の様子に、沖田はつくづく坂本龍子の魅力は何なんだろうかと思い始めていた。桂をはじめ、年の離れた重鎮たちを相手に対等に話を進めていく龍子には、正直女性として妙な色気があるわけでもない。決して色仕掛けで男を手玉にとるような女性ではないのだ。

「東京に対抗できるのは、西です。ただ、関西の一府県だけでは東京都に太刀打ちできないでしょう。ならば、関西の代表県が手をつなぐのはいかがでしょう」

「薩長土肥……ならぬ、ですか？　しかし、戦をするわけではないのであれば、手をつないで何を仕掛けるのですか？」

　龍子は但馬の目を真っ直ぐに見据え、次の一言で全てが変わる覚悟で口を開いた。

「首都分散です」

　この一言に、但馬は椅子から転げ落ちそうになった。

　沖田もまた、驚きを隠せなかった。この場で、このタイミングで言い切ってしまう龍子の思惑を理解できなかったからだ。桂の意向は、東京の機能を西がコントロールしながらその上で天皇を京都に戻す、どちらかと言えば遷都に近い構想だった。桂の意向を完全に無視した構想ではないと思えたが、少し趣が違うように聞こえる。一体、坂本さんは何を考えているのだろう。そんな沖田の驚きをよそに、龍子が続けた。

「京阪神が手をつないでください。そうすることで、対等に中央と会話ができる状況を作るのです。それからです。首都分散への道は」

　但馬は真剣な面持ちで押し黙ってしまった。たたみかけるように龍子が続ける。

「但馬知事。法外な発想だと思われているかと存じます。ですが、そろそろ日本が一つになって前に進む時がきたのだと思います。今の中央だけでは日本を一つにまとめていると は思えません。東の代表と西の代表が手を取り合って、この国を一つにするのです。そのための三府県の連合を考えてみてもらえませんか。それをお願いするために、今日、お伺いしたのです。沖田秘書は、桂知事からの命を受けて、この場にいるのです」

　今度は、沖田が椅子から落ちそうになった。確かに桂知事の命を受けて同行したが、この状況では、京都がこの発想に同意したうえで、今日来訪したという意味になる。それは、少し違うのではないかと言い返したかったが、即座に飛んできた龍子の視線と意味深な笑みを受け、沖田は口を閉じた。しばらくの沈黙の後、但馬が口を開いた。

「坂本さん、一つだけお伺いしたい。これは、桂さんの構想ですか？　それとも坂本さんの構想ですか？」

迷わず、龍子が返す。

「二人の構想です……とお答えしておきます」

「それでは各府県の役割はどのようにお考えですか？」

「それはこれからです。私が勝手に決めることでもないと思います。まずは進むべき道を同じ方向にすることが重要なのです。もちろん、最終的に皆さんが手をつなげないこともあるでしょう。それでも、まずは同じテーブルで話す機会をいただけませんか？　兵庫は政治的にも温和で安定した県だと思っております。但馬知事もご承知のとおり、京都と大阪がぶつかり合うことは今からでも予想できます。ですから、是非但馬知事には、冷静な仲介役になってほしいのです」

穏やかに、これまでとは違うゆっくりとしたスピードで但馬を説得する龍子だった。またしばらくの沈黙の後、但馬が口を開いた。

「わかりました。考えさせてもらいます」

但馬の答えに、龍子は笑顔で頷くと、

「よろしくお願いします。ただ、土佐っ子は短気ですき、そんなに長いことは待てませんので、また近いうちにご連絡させてもらいます」

先だって桂が龍子に言った言葉をそのまま流用したような言い回しに、あえて龍馬になった気分で土佐の方言を入れた。

結局、沖田は挨拶から後、一言も発することなく知事室を後にした。部屋を出た時には、自分の前を豪快に闊歩（かっぽ）する龍子の後を追いながら、半ば呆れた様子で何から龍子に物を申そうかと思いを巡らしていた。そんな空気を察知したかのように前を歩く龍子が振り返った。

「沖田くん。帰りは新神戸まで散歩しようか。二十分ぐらいでしょ？」

「あっ、はい……」

沖田の答えを聞いたのか、聞いていないのか、龍子はすぐに前を向いて歩き続けた。県庁の正面玄関を出るまで、龍子は半ば沖田を無視しているかのようにマイペースで歩を進める。そして龍子は正面玄関を出たところで立ち止まり、沖田が追いつくのを待ち、満面の笑みで沖田に話しかけた。

「沖田くん、ここでのことに関する質問時間は二十分。歩きながら話しましょう」

少し不機嫌そうにも見える沖田の表情を横目で見ながら、今度は沖田と肩を並べて歩き出した。沖田が少し気まずそうに口を開いた。

「今日のことを、僕は知事にどう報告したらいいんでしょうか？」

「どうって、そのまんま正直に話してください。嘘や誤魔化しはしないように」

龍子がいたずらっぽく笑った。

「首都分散というのは、桂知事がおっしゃっておられたことと少し違う気がしています。それを桂知事の構想だと兵庫に思わせたと知事に報告してもいいのですか？」

「全くノープロブレム。嘘じゃないから。桂知事のお考えを私も一瞬遷都だと思いました。でも本当にそうなのかと、どこか引っかかっています。側近の皆さんはそのつもりかもしれませんが、少なくとも桂知事は違うと感じています。だからこそ、今の中央の機能を活かして西でコントロールするという言い方をされたのだと受け取りましたけどね」

「そうなんですか？　でもそれは、坂本さんの想像ですから、但馬知事にあのように言われては……」

「秘書としての君の立場はわからないことはないけど、今は三つの府県が手をつなぐことに集中したい。そこが叶わなかったら何も始まらないでしょ。桂知事の思いが違っていても、私が説得するから、沖田くんは心配しないでそのままを報告してください」

龍子の竹を割ったような濁りのない回答に沖田は戸惑ったが、同時に敬意も感じていた。そしてこの時から、沖田の脳裏で龍子と坂本龍馬が重なった。

「まあ、話の流れからすると、沖田くんの危惧もわからなくはないですが、知事の命を受けてというのは、嘘ではないでしょ？　ああいう言い方をしたのは、但馬さんの気分を損ねない策だったということにしておいてください」

　沖田は龍子の説明を聞きながら、腑に落ちない思いはあるものの、どこか納得している自分がいることにも気づいていた。

「なるほど。では、そのまま報告します」

「頼みますね」

　歩きながら、龍子の顔からは自然に笑みがこぼれる。あのマスク、マスクの日々から解き放たれて以来、外を歩きながら空気を吸い込むのが楽しくてたまらない。息をすることはこんなに解放感があるものだと、あのウイルスが気づかせてくれたのだ。楽しそうに歩く龍子を見ながら沖田が聞いた。

「但馬知事はＯＫするでしょうか？」

「うん。多分ね」と龍子が即答する。

「何で、坂本さんは迷わず答えられるんですか？」

「ＯＫをもらうために行ったのだから、そう思わないと。やることはやったし、投げる石は投げたでしょ？」

　そう言って、微笑んだ。――「やっぱり、龍馬だ！」飄々と闊歩する龍子を横目で見ながら、沖田は心の中でそう叫んだ。

　ほどなくして、新神戸の駅に着き、二人は京都へと向かった。

京都駅に降り立ったころには時計も十八時を回り、すっかり夕暮れ時になっていたが、夏の日暮れは遅い。あと一時間ほどは日没しないのだろう。ムッとするような熱気を感じながら京都駅を出たところで、正面に聳え立つ京都タワーを仰ぎながら、

「沖田くん、生でも飲む？」と龍子が言い出した。

「いいですねぇ。でもタワーの上ですか？　最近は、この裏にお洒落な店ができているんです。外で飲めるところもあるので行きましょう」

沖田も額に薄らと汗を浮かべながら、龍子の提案に賛同した。沖田が言う通り、京都タワーの裏手には、お洒落な店が数軒できていた。その中でテラス席がある店を選び、二人は生ビールと、つまみにチーズの盛り合わせを注文した。店内の方が冷房が効いていて心地よいのだろうが、龍子があえて外の席を希望した。暑いところで冷たいビールを飲みたかったのだ。それでも沖田の額の汗が流れだしたことに気づき、龍子が沖田を気遣った。

「ごめんね。中の方が良かったかなぁ。男性は夏でもスーツにネクタイだから暑いでしょう。もう本日の仕事は終了なので、楽にしてください」

「すみません。ではお言葉に甘えて」

沖田はそう言うと、脱いだ背広を椅子の背もたれにかけ、ネクタイを少し緩めた。

ほどなくして注文の品が運ばれ、二人はどちらからともなくジョッキを手に乾杯をすると、一気に一杯目を飲み干した。

「もう一杯だけ飲もうか！」

そう言って龍子が二杯目を注文し、それがテーブルに運ばれてくるころには、辺りはすっかり薄暗くなっていた。二杯目を一口飲んだ後、沖田が龍子に話しかけた。

「さすが坂本さんの飲みっぷりは豪快で、土佐の人って感じですね」

「女が酒の席でそんな風に言われるのもどうかと思うけど」

「お酒だけじゃないです。全てにおいて坂本さんは豪快です」

「またまた、私と誰かさんを一緒にしてない？」

龍子が微笑んだ。

「正直にいうと、かぶっているかもしれないです」

「そうでしょ！」

「坂本龍馬に坂本龍子……これはもう興奮します」

この沖田の言葉で、龍子の頭にふと幼少時の苦い思い出がよぎる。


「お父ちゃん。何でこの名前なが？　名前かえて！」

小学二年生の龍子が勢いよく父に絡んでいた。

「どういたがで。ええ名前やろ？　何が嫌ながで」

「私は女やき、男じゃないいき！」

半泣きになりながら父に訴える龍子。

「そうよ。龍子は女の名前やろ。何がいかんがで」

父は龍子に微笑みながら返した。

「坂本とくっつくがが、いやや」

「坂本龍馬みたいで、ええろ。龍馬さんの『龍』の字」

「そやから、いやなが！」

龍子は、クラスの男子からいつも名前のことでからかわれていた。

「みんなが、『おっ、女龍馬のお通りやー』とか言うがいやなが」

父は困ったような表情を浮かべながら龍子を諭した。

「ええやんか。龍子、これからは必ず女が活躍できる時代がくるき。土佐の女は強いろ。龍子も坂本龍馬みたいに大きなことを成し遂げる女になったらええ。龍みたいに空を飛んで上へ上へと上がっていけるやろ」


父との会話をふと思い起こしながら、仕事の領域から完全に解き放たれた沖田の表情に視線を送る。

「沖田くんって、実は龍馬の熱狂的ファンだったりするわけ？」

「熱狂的かどうかはわからないですが、かなりファンです」

「やっぱりね」

「まだお目にかかって三日ですが、かなり龍馬さんに似ているところを発見してますから。豪快さというか、決断の速さというか」

少し困ったような表情を見せながら、龍子が答える。

「名前が人を作るというから、似てきてますかね。沖田くんの感想は嬉しいし、私も坂本龍馬は好きだけど、向こうは歴史的な偉人なので足元にも及びません」

「でも今回の案件を成功させたら、完全に女版龍馬さんですよ」

沖田はお酒のせいなのか、少し興奮していた。

「ひょっとして、坂本さん、龍馬さんの隠し子の末裔だったりして……でも龍馬さんには子供がいないはずだし……」

独り言のように話す沖田の様子を窺いながら、龍子が悪戯っぽく笑った。

「じゃあ、沖田くんには特別に、この仕事が成功したら、私の出生の秘密を教える特典を授けよう！」

「えっ？」

龍子は沖田をからかうつもりで言ったのだが、その言葉に沖田の動きが止まった。

その意外な驚きように、また龍子が笑う。沖田は、思った以上に単純なキャラかもしれない。龍子は沖田の新しい一面を発見して楽しくなった。と同時に、今回の仕事が思いのほか楽しくなりそうな予感がしていた。二人は三杯のビールを飲み干すと、龍子が自腹で会計をすませ、店を出た。

「沖田くん、お疲れさまでした。明日の朝、桂知事の予定を確認して連絡をもらえますか？」

「わかりました」

「できれば沖田くんが今日の報告をした後に、知事にお会いしたいです」

龍子はそう言って、沖田と別れた後、近くのコンビニで軽食を買い、十五分程の距離を散歩気分で歩いてホテルに戻った。

三

翌朝。朝食をすませ、部屋に届けられた朝刊に目を通している時、携帯が鳴った。沖田からだった。電話口から爽やかな声が聞こえてくる。

『坂本さん、おはようございます。昨日はお疲れさまでした』

「おはよう」

『申し訳ないのですが、桂知事の予定を確認したところ、本日はお目にかかれる時間がないようです。明日、午前十一時に予約を入れておきました。昨日のことは、今日中に僕から知事の耳には入れておきます』

「わかりました。それでは今日は、ホテルで仕事をすることにします。明日十一時に伺いますね」

『では、今日はそちらにお伺いしなくても大丈夫でしょうか？　必要であれば伺いますが』

「ちょっと調べものをしたいので、大丈夫です。明日府庁で会いましょう」

『了解いたしました。今日は、祇園祭で山鉾の巡行もあります。良かったらお楽しみください。何か不自由なことがあれば、いつでもご連絡ください』

龍子は沖田に礼を言い、電話を切った。今日は、祇園祭のクライマックスの日か。さぞかし外は人出が多いのだろう。久々にあの雄大な鉾の巡行を見たい気もしたが、人込みに出ることを避けたい気持ちの方が強かった。更に、桂に会うのが明日になったことが龍子にとっては幸運だと思えた。桂から爆弾依頼をされて以来、ゆっくり考える時間がなかったためだ。

兵庫の但馬の返事はもらえていないが、おそらく会議に臨むことは承諾するだろうと考えていた。そうであれば、但馬に言い放った「首都分散構想」の骨子だけでも自分の中で整理をする必要がある。更に、京都の意向とも少しずれているこの差をどう説得するのか。自分なりの首都分散の構想を考えておかねば、間違いなく大阪に出向いた時点で頓挫してしまう。京都と大阪。この二つの府の思いを同じ方向に向かせるための構想が必要だった。

ジーンズとTシャツという軽装に着替えた龍子は、ホテルのフロントで近くの文具店を尋ね、B2サイズの用紙を四枚と養生テープ、更に色とりどりのサインペンを買い込んだ。今日は終日ホテルの部屋に引きこもるつもりの龍子は、文具店からの帰り道にコンビニでカップラーメンとおにぎりを一個、更にビール二缶につまみを買い、部屋に戻った。

部屋の壁を傷つけないように、テープでB2サイズの用紙を二枚重ねにして壁に貼り、その横に同じようにもう二枚を重ねたものを並べて貼り付け、壁にB全サイズの簡易なホワイトボードを作る。中央に「京都」、右側に「大阪」、左側に「兵庫」という文字を大きく書き、それぞれを線でつないでみる。

壁を正面から眺められる位置にあるソファーに腰をおろし、しばしその文字を見つめた。龍子は頭の中に、まずは桂が言っていたそれぞれの府県の人口を思い浮かべた。

ソファーの前のテーブルに置いたPCを使って、それぞれの府県の財政、土地柄などの情報を調べながら、その大きな紙の上にまとめていく。

集中して一気に作業を終えてふと時計を見ると十四時を回ろうとしていた。少し小腹がすいてきた龍子は、さっきコンビニで買ってきたビールを飲みながらおにぎりを頬張(ほおば)り、ずっと正面の自前のホワイトボードを見続けた。

各エリアの人口、税収などの数字を書き出し、首都・東京の数字と見比べてみる。確かに桂知事が言うように、京都の人口に兵庫と大阪を単純に足せば、若干とはいうものの東京を上回る数字にはなる。税収も東京を超えている。とはいえ、収入源の数字で勝つことが本意ではないだろう。もちろん話し合いのステージに立てるかどうかの材料にはなるだろうが、首都分散の必要性はそこではないと思っていた。もう一つ書き入れた数字を眺める。

人口密度。あのウイルスで首都圏と言われる人口密度の高いエリアは経済的にも大きく打撃を受けた。首都圏には、多くの企業や機能が密集し、そこへのアクセスの利便性を考え、人が居住する。昔と違い交通手段が発展を遂げたことで、隣の県も通勤圏内となり少しは人の流れが変わってはきているのだろうが、やはり都会と田舎の人口密度の格差は大きい。

もしも首都機能を大きく二つに分けることができたら。東の密集エリア関東圏と、西の密集エリア関西圏の人口密度のバランスを保つことができ、経済面でも対等に国を支える二大巨頭となり得る可能性があるのではないだろうか。龍子の思考は止まらなかった。今日は不思議と携帯電話の着信に追われることもなく、静かな午後の時間が過ぎていく。外が薄暗くなり始めた頃、沖田から携帯にメッセージが届いた。

【坂本さん、何か不自由なことはございませんか？】

なかなか気配りの行き届いた青年だ。即座にメッセージを打ち返す。

【ありがとう。大丈夫です】

【安心いたしました。明日は桂知事と11：00のお約束ですので、10：30にホテルの正面にタクシーを手配しております。よろしくお願い申し上げます】

【お気遣い恐縮です。明日はよろしくお願いします】

この沖田とのやりとりで、龍子の思考が桂のことへと動く。兵庫での一件を聞いた桂はどんな反応をしたのだろうか。沖田に探りを入れることもできるが、明日の桂との話にはあえて無対策で臨んでみようと思った。桂一人ならまだいいが、あの側近のおじ様議員たちが同席していたらちょっと面倒臭いなと一人苦笑した。

五日目の朝、龍子は沖田のメッセージどおり十時半にホテルを出てタクシーで府庁に向かった。今日は濃いグレーのパンツスーツだ。龍子はほとんどスカートをはかない。昔に比べればマシな世の中になったと言われているが、まだまだスカートからニョキッと飛び出た脚に男性の視線を感じることも少なくない。だから仕事の時は、いつもパンツスーツにスニーカーというスタイルでと決めている。タクシーが府庁の正面に到着すると、いつもの爽快な笑顔で沖田が出迎えてくれた。

「坂本さん、おはようございます」

沖田は、タクシーの運転手に支払いを済ませると、龍子とともに知事室へと向かった。

「沖田くん、兵庫の一件は知事にはお伝え済みですよね」

歩きながら、念のための確認をいれた。

「はい。ご安心ください。お伝えしております」

沖田が笑顔で答えた。特に困った様子もない沖田の表情に、龍子はむしろ戸惑いを感じていた。この沖田の笑顔をどう受け止めたら良いのだろうか。知事室まで特にこれ以上の会話を交わすこともなく、龍子は桂のいる部屋へ足を踏み入れた。部屋の中には、桂しかいない。少し安堵(あんど)した。

穏やかな笑顔で桂が龍子を迎える。

「坂本さん。昨日お会いできれば良かったのですが、一日空いてしまって申し訳ない。どうぞお掛けください」

龍子は数日前、桂に呼ばれてこの知事室に来た時と同じ場所に腰を下ろした。

「兵庫の但馬さんはお元気だったそうで」

「はい。お変わりなくお元気でした」

「それは、それは。沖田から聞きましたが、なかなか面白い発言をされたようですな」

まだ龍子には桂の心が読めなかった。桂に気づかれないように深呼吸をし、桂の表情を見ながらゆっくりと話し始めた。

「少し大胆だったかと思いましたが、今は三府県が一堂に会する機会を設けることが重要とみています。これからの話し合いへの興味を持っていただけるようお話ししました」

「それが、首都分散ですな」

桂は笑みを浮かべたままだったが、瞳(ひとみ)の奥に鋭さを感じた。

「はい」

龍子はあえて、詫(わ)びの言葉を口にすることを控えた。

「坂本さんのことやから、場当たり的な発言ではないと察していますが」

「まだまだ構想自体は漠然(ばくぜん)としています」

「東と西の両都という試みは、初めてのことではありません。結果的に天皇の居が東京に移されてしまったことで、都が東に移ってしまったわけですが。この時代に再びその策を持ち出そうというのは、なかなか興味深いと思とります」

桂の頭の中にも龍子と同じ構想があったのではないかと、龍子は改めて思った。

「今回初めてこのお話を聞いた時、知事はおっしゃいました。東の機能をそのまま残すと。その上で西が国をコントロールする力を持つと」

「そうでしたな」

「私は、国を動かす力そのものが東から西に動くだけでは大きな変化にはならないと思っています」

桂の目が光る。それでも龍子は昨日一日かけて考えてきた構想を話しはじめた。

「日本を文化の異なる東と西に分けて考え、双方の良い部分を活かし、東と西が対等に手をとりあってこの国を支えるべきだという考えに至りました。そのために、西が東京と対等に話ができる状況を作ることが重要だと思っています」

沈黙を続ける桂の様子に、龍子は少し不安を感じていた。やはり桂は京都に都を戻すことに拘(こだわ)っているのだろうか。そんな不安を察知したのか、桂が口を開いた。

「私の考えと少し違うところもありますが、坂本さんのお考えを否定するものでもありません。この国を変えたい。現状を何とかしたいという思いは同じなのかもしれませんな。ただ、今の京都だけで東にこの話を提案できるほどの力を持ち得ていないことが残念でなりません。私が言い出したことですが、大阪と兵庫の力を借りんことには成立しないのではないかというのが何とも悔しい思いですわ」

桂は龍子の意見に驚いていた。僅(わず)か数日で導き出した答えにしては、的を射ていた。確かに現代の遷都にはさほど意味がない。国が変化しすぎてしまった。もはや、東と同じ力を西が持つということの方が重要だという自分の考えがこれほどまでに短期間で見抜かれたのか、はたまた端から自分と同じ考えを持っていたのか。一方、龍子はできれば京都が西の主導権を握りたいという桂の本音を摑み、複雑な心境だった。

「桂知事と他の三人の先生方は同じお考えなのでしょうか？」

桂が苦笑しながら龍子の質問に答える。

「そこもまた、微妙に違いますな。あの者たちは昔ながらの政治家。私は、もう少し新しい頭を持っておると自負しておりますが」

そう言って笑顔を見せた。

龍子は桂が、少なくともあの三人とは違うところを見ているということは納得できた。桂の任期はあと二年。その間に東と対等に話した後の何やら壮大な構想を実現させようとしているのではないだろうか。龍子が思いを巡らしていると、桂が話題を変えてきた。

「次に大阪に行かれるのですな。大阪がどう出てくるか。大阪の出方によっては、京都として妥協できないこともあると思います。私と先日の三人が納得できる結果を導き出してほしいですな」

桂の言葉は、明らかに大阪に対してだけは主導権を握っておきたいといった口調だった。この言葉にはＹＥＳともＮＯとも言えない龍子は、もう一歩桂の思いに踏み込んでみた。

「今回の構想は、歴史に残るほどの一大事案です。段階を踏むことも大事かと考えますが、知事の本心は、天皇の居を動かすことにあるのでしょうか。それとも、今の国会の在り方を変えたいということなのでしょうか」

　この龍子の問いに、桂が気を取り直し、真剣な表情で言い放った。

「なかなか直球の質問ですな。今の時点ではその答えを直球でお返しするのは差し控えたい。ですが、あくまでも京都が主導権を握る結果でなくては困りますぞ。大阪であってはならんのです。本来の都の持ち主が発案者であり、リーダーでなければいかんのです。ここは譲れませんよ、坂本さん」

　想定の範囲内ではあったが、西の三府県の代表としての主導権を握ることにまずは拘っている桂の本音が見えた。紳士的で穏やかな桂だが、譲らないと言い切ったことは決して譲らないだろう。

　一方、龍子の踏み込んだ質問に明確に答えなかった桂の意図が気になった。少しずつ桂の本意を摑む必要性を感じていた。

「お気持ちは理解しました。ただ、京都が主導権を握るためにも今は大阪と兵庫、この二つの府県と手をつないでいただかないといけません。そのための協力はお願いします」

「わかりましたよ、坂本さん。結果が良ければ良しとせねばということですな。どうも大阪のずけずけと物言うところが苦手なんですが、頑張ってみましょう」

　桂が苦笑いを浮かべた。少しは妥協したのだろうか。

「桂知事、『負けて勝つ』という言葉もありますから」

そう言って、桂の目を悪戯っぽく見つめながら微笑んだ龍子だった。そして、この一言で桂の表情から厳しさは消え、またいつもの優しい笑顔を浮かべていた。

　知事室を出た龍子は、すぐに沖田の携帯を鳴らした。

「沖田くん、桂知事との話は終わりました。この後、新館の方に向かいますが、会えますか？」

『お疲れさまでした。了解です。僕も今から向かいます』

「では、のちほど」

　そう言って電話を切ると、龍子は足早に四階に向かった。部屋に到着してまもなく、沖田が入ってきた。

「兵庫の件、桂知事は何か言っておりましたか？」

「特段これといって何も」

　龍子が知事室での一件をどこまで沖田に話そうかと迷いながら言葉を続けようとしたとき、龍子の携帯が鳴った。但馬からの電話だった。携帯の画面を沖田に見せ、沖田にも聞こえるようにスピーカーモードにして電話を受けた。そんな龍子を沖田は興奮と不安の混ざった表情で見守っている。

「但馬知事、先日はお忙しいところありがとうございました」

『こちらこそ、わざわざ坂本さんにお越しいただいて恐縮でした。先日のお返事が遅くなってすみません。その件でお電話いたしました』

「ありがとうございます。それで、いかがですか？　いいお返事だと嬉しいのですが」

『坂本さんが帰られた時に私の答えは決まっておりましたが、もう一度だけ考える時間が欲しくて引き延ばしてしまいました。一度皆さんとお話してみましょう』

この但馬の答えを聞き、沖田と龍子は思わずガッツポーズを決めた。

「ありがとうございます。但馬知事なら、必ず興味を持っていただけると信じておりました」

『大阪の意向次第にはなるでしょうが、坂本さんなら大阪も引っ張り出せることでしょう。期待しております』

「ありがとうございます。まだ大阪とは話せていませんので、改めてご連絡いたします」

『わかりました。楽しみにしてますよ、坂本さん』

「はい。それでは、失礼いたします」

電話を切った後、龍子と沖田は顔を見合わせて笑った。沖田が興奮して口火をきった。

「やっぱり、坂本さんの言ったとおりでしたね。そやけど兵庫も意地悪やなぁ。その場で即答してくれたらええのに」

「気を持たせるのが政治家さんなんで。でも但馬知事の答えは思いのほか早かった」

「それじゃあ坂本さん、次はいよいよ大阪ですね」

「そうです。大阪……」

何事においても言いよどむことのない龍子のため息を聞いて、沖田が不思議そうに訊ねた。

「坂本さんでも、さすがに大阪相手はしんどいんですか？」

「いやいや、そんなことはないですよ」

半ばカラ元気で答えた。

龍子のため息は、さっき知事室で桂からきいた「譲れません」という言葉が原因だった。

龍子の想定を超えて、京都と大阪は敵対しているのだろうか？「首都分散」という方向性については概ね桂の答えはＮＯではない。兵庫と同様にまずは同じテーブルにつかせるため、興味を持たせることが重要だが、都構想をぶち上げていた大阪がどうでてくるのか、龍子にも予想できなかった。しかし考えても仕方がない。時には無策の方が良い結果が出るものだ。龍子は自分にそう言い聞かせながら、自らを奮い立たせ、いきなり沖田に質問を投げた。

「沖田くん、大阪の影山さんは、今も知事室担当？」

「はい。影山先生は、いつも吉岡知事と行動を共にしているかと。知事ではなく、影山先生にお話しされるのですか？」

沖田が訊ねた。

「いや。知事に直接話しますけど……。影山さんが近くにいらっしゃることを想定するのなら、なかなか手強いかもしれないなぁ」

沖田が怪訝そうな表情を浮かべる。

「大阪でも影山先生は陰の重鎮のように言われている方です。古株の先生方を統率しているのも影山先生の力ではないかと思います。吉岡知事は若いので、古い世代の先生方とのパイプ役のような存在なんじゃないでしょうか」

龍子が豪快に笑った。

影山重(しげる)は、吉岡が知事に就任する前は、次期知事候補として有力とみられていた男だ。当選確実とまで噂されていながら、現知事の吉岡に僅差(きんさ)で敗退した。言ってみれば、本命馬が大穴ダークホースにゴール直前で差し切られた感じだ。これまでの古い体質の府政からの脱出を図りたかった府民が、若くて勢いのある吉岡に票を投じた結果だった。用意周到な影山にとっても、かなり打撃は大きかったと龍子は見ているが、吉岡に対抗することなく、すぐに側近の位置に居座るとは、なかなかの策士のようにも思える。かつて大阪と高知が観光面で手をつなぐ際に、影山が大阪の窓口となって活躍してくれたこともあり、龍子とは旧知の仲だった。

「影山さんらしいポジションの取り方ですね。知事にアポをとる時、坂本が会いたがっているので影山先生もできれば同席してほしいと伝えてもらえませんか？」

沖田には龍子の依頼が何を意味しているのか摑み切れなかったが、大きく頷くと、すぐに大阪にメールを送る。

ほどなくして沖田が返事を龍子に伝えた。

「坂本さん、大阪が来週月曜の夜をこじあけてくれましたが、是非大阪でお泊りくださいとおっしゃってます。お返事どうします？」

飲まされるのかなと気乗りはしなかったが、受け入れるしかないかと思った。

「泊りですね。了解です」

四

月曜の朝は小雨が降る天気で、一層蒸し暑さが増していた。大阪との約束は十七時半。それまで久々に京都の中心部を歩いてみたくなり、沖田には事前に阪急電車で大阪に向かうことを告げていた。沖田との約束の時間は十六時。四条河原町にある阪急の駅で会うことになっている。

龍子は遅めの昼食を四条河原町辺りで食べようと思い、十三時過ぎにホテルを出た。ホテルから四条河原町まで歩くには少し距離がある。ホテルから徒歩で京都駅に向かい、地下鉄烏丸線に乗って四条（しじょう）駅で下車した。

京都の街は、完全に碁盤の目のように道が作られている。東西南北がはっきりしているのだ。南北に走る道を北に行くことを「上（あが）ル」といい、南に行くことを「下（さが）ル」という。住所もそれぞれの道の名前で基本は作られている。「四条烏丸」と言えば、四条通りと烏丸通りの交差点を意味している。東西南北どこに行っても、基本的に交差点が多数存在していて、その交差点から東西に入っていくことを「東入ル」「西入ル」と表現するのだ。

龍子が初めて京都を訪れたのは高校の修学旅行だったが、その当時、京都の道が面白くて仕方なかったのを覚えている。全ての通りを覚えたくて、京都に昔から伝わるわらべ唄を暗記し、十年後に県庁の上司と京都を訪れた時、上司に道案内をして重宝がられたことが懐かしい。今でも完全に記憶に残っているその唄の一節「♪ まる たけ えびす に おしおいけ〜」を軽く口ずさみながら、龍子は四条通りを烏丸から河原町まで歩き始めた。

龍子は、久しぶりに見る京都のメイン通りの光景を楽しんだ。歴史を感じさせる風情がありながらも、観光地を意識した洒落た店が多いのは京都の特徴だ。

東西に走る京都のメインストリートである四条通りの東側の突き当りには八坂神社がある。大手のデパートが立ち並ぶ一番のメイン四条河原町から歩いて十二分ぐらいの距離だ。龍子は四条河原町の交差点に到着したところで時間を確認した。ホテルを出てからまだ一時間ほどしか経っていない。そのまま交差点を渡り、まずはお目当ての蕎麦屋に向かった。

京都に来るたびに必ず食べたくなるのが「にしんそば」。その店は鴨川にかかる四条大橋を渡ったところにある「京都南座」の脇にある。細い階段を二階に上がる。平日の昼時を少しずらした時間だったので、店内はさほど混雑もなく、窓際の席に着くことができた。

「おいでやす。お決まりですか？」

はんなりした京都弁が心地よい。

「にしんそばをください」

ほどなくして、お目当ての蕎麦が龍子の席に運ばれてきた。大振りのニシンの甘露煮が蕎麦の上にのっている、ただそれだけのシンプルな蕎麦だが、ニシンの甘みが出汁の利いたそばつゆにほどよく甘みを足してくれ、何とも言えない旨味を引き出している。龍子は時折、眼下の四条通りを見下ろしながら、久しぶりのにしんそばを堪能した。店を出る時には、また愛想の良い年配の店員が笑顔で見送ってくれた。

「おおきに。またお越しやす」

沖田との待ち合わせ場所まで戻る時間を考えてもまだ小一時間はある。八坂神社まで足を向けると待ち合わせに遅れそうだが、少しだけ買い物をする時間はありそうだった。龍子は四条通りを渡り、八坂神社の方に歩き始めた。

南北の河原町通りを境に、東側と西側では趣が異なる。西側の店は新旧入り混じった様相だが、東側は昔ながらの京都を感じさせる店が多い。観光客狙いの土産物店も多く軒を並べている。八坂神社の手前の花見小路通りを南に入れば祇園と言われる舞妓さんが多いエリアだ。街を歩く舞妓さんは、ほぼ観光客の扮装だということだが、どうせならその姿が見られないだろうかと、龍子は辺りを見渡してみた。しかし、今日は空振りのようだった。

その四条花見小路の角に有名な和の化粧品店がある。龍子のお目当てはこの店の「あぶらとり紙」だった。男には全くもって縁なしといった龍子だったが、美に関しては普通の女性並みに興味があるし、楽しんでいる。店内をゆっくり見ながら、お目当ての商品を六つほど買い、店を出た。

もう八坂神社は目の前だが、時間に遅れることが大嫌いな龍子は、八坂を背にして四条河原町に向かって歩きだした。再び四条大橋に差し掛かると、少しだけ風を感じた。それでもほんの少しだけだった。夏の京都は本当に過ごしにくいと思いながら、橋の上では風を楽しみつつ、ゆっくりと歩き、沖田との待ち合わせ時間の五分前には駅に到着した。


龍子は沖田の携帯に【到着しました】とメッセージを送る。すぐさま龍子の携帯が鳴った。沖田だった。

『坂本さん、僕も到着してます。どのあたりにいらっしゃいますか？』

「切符売り場のあたりです」

『あっ、見えました、見えました。今そちらに向かいますね』

そう言って沖田が電話を切った。龍子があたりを見渡すと改札の方から手を振り、龍子のもとに向かってくる沖田が見えた。沖田の手には既に切符が握られていた。秘書という仕事柄なのか、終始無駄のない動きをしてくれる。

「坂本さん、十六時二十分の特急にしておきました。四十分ほどで梅田につきますので、ちょうどいい感じかと思います」

「ありがとう」

「ちょっと早いですけど、ホームで待ちましょうか」

外の通りと同様にホームも混雑はなく、座席の争奪戦もなさそうだった。ホームの中央付近まで歩き、二人はどちらからともなく立ち止まった。

「ホテルから直接来られたんですか？」

　沖田が話しかけてきた。

「折角なんで、京都の街を楽しんでました」

「坂本さんは京都に来られた時はどんなところに行かれるんですか？」

「蕎麦が好きで、特ににしんそば」

「にしんそばですか……」

「苦手ですか？」

「蕎麦は好きですが、どうも魚が甘いというのが苦手でして。僕は、『たぬき』かなぁ」

「そういえば、京都のたぬきそばを初めて食べた時、びっくりしました」

「えっ？　何でですか」

「あんなドロドロしたの、高知にはないので」

「たぬきそばがないんですか？」

「たぬきと言えば、油かすでしょう」

「油かす？　あぁ、天かすのことですね」

　二人の蕎麦談義を遮るように、龍子たちが乗車する電車がホームに入ってきた。その様子を見ていた沖田の足が、自然と電車の扉を目掛けて動き出す。そんな沖田を追いかけながら龍子は思わず笑ってしまった。

扉が開き、先に車内に入った沖田が入り口近くの席をとり、龍子に勧めた。席に座る間も龍子が楽しそうにくすくす笑っているのを見て、沖田が訊ねた。

「坂本さん、さっきから何を笑っていらっしゃるんですか？」

「関西の人って、どうして電車の扉を目掛けて歩き出すかなぁと」

そう言って、龍子はまだ笑っている。沖田も苦笑する。

「無意識ですね。習慣になってしまってます。関西人はせっかちなんですかね？」

龍子たちの乗る特急はロマンスカーと呼ばれていて、席は向かい合わせに配置されている。車中は空いていたが、それでもまばらに人が乗っていた。周りが気になるせいもあり、四十分程の乗車中、龍子と沖田はほとんど会話もなく、外の景色を眺めながら時間が過ぎるのを待った。


二人は梅田駅からタクシーで府庁まで向かうことにした。

大阪府庁は、大阪城の西側に位置している。六階建てのビルは、大正時代の一九二六年に建てられたもので、現役で活躍している日本最古の都道府県本庁舎だ。知事室のある三階に向かうため、龍子と沖田は受付に寄り、エレベーターに乗り込んだ。受付から連絡が入ったのだろう。エレベーターが三階に到着して、その古めかしい扉が開くと、正面に満面の笑みを浮かべた影山の姿があった。

「坂本さん！　お待ちしておりましたがな。お久しぶりですなぁ」

龍子の隣にいる沖田に軽く会釈をし、影山が意気揚々と龍子に挨拶をする。そんな影山に龍子も笑顔で応えた。

大阪と高知が協定を結ぶ際に何度か顔を合わせた影山は、当時、次期大阪府知事と言われ、威厳を振りまいていたような印象があったが、今はすっかり丸くなっているような気がした。年の頃は五十代半ば。お腹の辺りがせり出していてもおかしくない年代だが、影山のお腹は服の上からでも引き締まっているのが見てわかる。髪型も微塵の乱れもなく、綺麗に整えられている。ある程度の年齢を経ても外見に拘りを持つ男性は自己顕示欲が強いと龍子は予想した。

「こちらこそ、影山先生には不義理ばっかりで。ご無沙汰しております。今日はお目にかかれるのが楽しみで、同席をお願いしてしまいました」

「何をおっしゃいますやら。坂本さんのご依頼でしたらこの影山、何が何でも調整いたしますんで」

影山と龍子の威勢のいい挨拶が一段落したところで、影山が沖田にも声をかけた。

「沖田さんもよう来てくれはりました。桂知事はお元気でいらっしゃいますか？　ウイルスの際は、ご高齢なんで心配しておりました」

「ありがとうございます。おかげ様で元気にしております」

「そうですか。それは何よりですわ。今日は、坂本さんとご一緒ということで、不思議な感じですが……」

影山の言葉の途中で三人は、知事室の前に到着した。

「なんや、廊下が短すぎて、ゆっくり話もできませんなぁ」

影山は、軽口をたたきながら知事室のドアを軽くノックし、龍子と沖田を知事室へと案内した。部屋の中はすっきりと片付けられている。部屋の奥に吉岡の大きな机が置かれていたが、吉岡は既に部屋の中央にある応接スペースの椅子の前に立っていた。龍子と沖田を迎え入れ、二人に目の前のソファーに座るよう促した。龍子より一つだけ年上の吉岡は人懐っこい笑顔の持ち主で、好感度が高い。この若さで知事に就任した後も明確な施策で大阪を引っ張っている。政治の世界の若返りは、龍子にとっても喜ばしいことだった。

「坂本さん、お待ちしておりました。ここで軽くお話した後、大阪でゆっくりしていただけるようお宿の方で食事もご用意してますんで、そちらでゆっくり話したいと思てます」

吉岡の横で影山も笑顔で頷いていた。

「お気遣いいただいて申し訳ございません。お言葉に甘えさせていただきます」

「沖田くんも久しぶりやなぁ。元気そうで良かった」吉岡が沖田に声をかけた。

「僕もすっかりご無沙汰してしまっておりまして、申し訳ございません」

「相変わらずお洒落やなぁ。顔面偏差値の高さとその雰囲気には負けるわ」

そういいながら爽快に笑う吉岡に沖田は苦笑いを浮かべた。吉岡の言葉を素直に喜んでよいのか、少し躊躇したからだった。そんな沖田の様子を察したように、龍子が助け舟を出した。

「吉岡知事も今やファンクラブまで出来てるとか」

龍子の言葉に、影山が豪快に割って入る。

「いやあ、ほんまでっせ。政治の世界も変わりましたわ。女子がざわつきますよってに。シャッフル生写真でも売ったらええんちゃうかって、みんなで言うてますわ」

吉岡が照れ笑いを浮かべながら応戦する。

「ほな、東京みたいにコスプレしますか！」

「さすがや、吉岡知事。そやけどイケメンすぎて、またざわつきまっせ」

一同が爆笑した。龍子は場を盛り上げる影山を見ながら、完全に策士の匂いを感じていた。そして、そのことは吉岡も気づいているだろうに、影山を側近として近くにおいている。ことに違和感を覚える。皆の笑いが少し落ち着いたところで吉岡が切り出した。

「今日は坂本さんにお目にかかれただけで満足なんですが、沖田くんと一緒にお越しになったということで、本題が気になってしゃあないんです。本題は場所を移してからの方がよろしいですか？」

龍子は少し迷った。ここで大筋を説明し、和やかに食事をするのが良いのか、食事をしながら話すのが良いのか。吉岡の問いかけに即座に答えられない龍子の様子を見ながら影山が口を開いた。

「めずらしいやないですか。坂本さんが迷われるとは。食事の場所も個室ですし、ウイルス以降もなんやお客さんが減ったようで。今日も平日なんで貸し切りみたいなもんらしいですわ」

龍子は影山の言葉を聞いて決断した。

「予約の時間に問題がないのであれば、お食事の場所でお話しさせてください」

吉岡も影山の顔を見て、大きく頷き、かたわらの電話の受話器をとった。

「車を一台、正面につけてください」

吉岡が受話器をおいたことを確認し、龍子が訊ねた。

「いろいろと申し訳ございません。行き先はどちらになりますか？」

この龍子の問いかけに影山が得意気に答える。

「以前、坂本さんが大阪にお越しになった時、利用されていた中之島のお宿です。お好きなんやないかなぁと思いまして」

「覚えていらっしゃったんですね。ありがとうございます」

「ほな、皆さん。そろそろ出ましょうか。今日の本題をはよ聞きとうてたまりませんわ」

そう言って吉岡が立ち上がり、全員で知事室を後にした。

大阪府庁から中之島のホテルまでは、車で十分程度と、さほど遠くない。外はまだ陽ざしがあったが、時計は十八時を回る頃だった。車はホテルの正面に停車し、龍子一行は、ホテルのラウンジから地下の小料理店に向かった。

　このホテルはかなりの敷地面積を有したホテルで、地下は大きなショッピングモールのように高級店が立ち並ぶ。その一角から一つ下のフロアに店はあった。影山が店の者に声を掛け、カウンター席から少し離れたところにある個室へと一行は案内された。

　奥の上席を勧められた龍子だったが、それは余りにも気が引け、丁重に断りながら吉岡に譲り、自分は吉岡の正面に座ることにした。吉岡の隣には影山が、龍子の隣には沖田が座った。すぐに店の女性が冷たいおしぼりとお茶を運んできた。影山とはどうやら顔なじみのようで、女性に親し気に話しかけている。

「平日とはいえ、お客が少ないがな。儲かってんのかいな」

「まあ、ぼちぼちというところです。今日のお食事はどないされますか」

「ぼちぼちやったら、まあよしとせなあかんな。今日もいつもの感じで任せるわ」

　影山が女性に告げると、龍子たちの方に確認した。

「坂本さんの好き嫌いは完全把握やけど、沖田くんは何かありますか？」

「いえ、特に苦手なものはありません。お気遣いすみません」

「ほな、お任せでよろしいな。知事もそれでよろしいですやろ？」

「任せるわ」

　吉岡は笑顔で頷いた。こういう席では影山が仕切ることになっているのだろう。影山はここぞとばかりに張り切っているように見えた。

「ほな、とりあえず生、四つ持ってきてもろて、それからお任せで適当にほどよく料理の方頼みますわ」

影山の注文を聞き、女性が部屋を出たところで吉岡が口火を切った。

「ここは府庁の外なんで、ざっくばらんな感じで話せたらええと思てます。坂本さん、はよ聞かせてください。今日のお題を。さっき答えを迷われたのを見て、もうドキドキしてます」

身を乗り出すほどの勢いで単刀直入に言葉を投げかけてきた吉岡に、龍子は姿勢を正した。さてさて、いきなり爆弾を落とすか、はたまた策士の体でいくか？　ひとまず後者で探りをいれてみることにした。

「知事の活躍は素晴らしいですね。決断の速さといい、同世代の私も勇気づけられてます」

「ウイルスはさすがに参りましたが、今はウイルス以降の経済の立て直しが大変です」

「予想以上にどのエリアも大打撃でしたから。今も日本中がうろたえているような感じがしています。大阪は何か大きな策を既にお考えですか？」

この龍子の問いかけに吉岡は、ちらりと沖田に視線を動かす。京都の沖田に聞かれてはまずいような策を既に大阪が準備しているのだろうか。沖田も龍子と同様に吉岡の視線が気になったようだった。

「特にこれといって考えているわけではないですが、目先のことはいろいろとメスをいれなあかんなと思てます」

　優等生の答えが吉岡から返ってきた。

「さすがですね。知事のことなんで、大胆な策でも考えているんじゃないですか？」

　この龍子の言葉の後、店の女性が生ビールのジョッキを四つ持って部屋に入ってきた。会話は一時中断する。女性が部屋を出るのを待って吉岡が答えた。

「正直そんな余裕はないですわ」

　その言葉は本音のように聞こえた。影山が割って入る。

「話が本題に入る前に、とりあえず乾杯といきましょか」

　影山がジョッキを持って前に差し出したのを見て、合わせるように皆がジョッキを持ち社交辞令の乾杯をした。ジョッキのビールを一口飲んで龍子が続ける。

「もし、今の政治に大きなメスを入れる方法があるとしたら、大阪は興味がありますか？」

　吉岡と影山の喉元（のどもと）から静かに冷たいビールが腹に落ちていく。一拍おいて吉岡が興奮をかくせず身を乗り出してきた。そんな様子を余裕の表情で沖田が見守っている。沖田は兵庫の時とはまた違った手法で龍子が攻めに転じたのを感じていた。

「大阪は充分に頑張っておられますが、もっと大きな視野で国を動かせる可能性があるとしたら……どうですか？」

　沖田は龍子の横で思わず笑みがこぼれそうになるのを必死にこらえた。さあ、大阪がどうでてくるのか？　好奇心旺盛な吉岡が、この龍子の誘導尋問のような問いかけに乗ってこないはずがなかった。

「何ですかそれ？　聞かせてください。めちゃくちゃ興味あります」

　ますます身を乗り出す吉岡を横目で見ながら、影山も参戦してくる。

「国を動かすて、どえらい話やないですか」

　沖田の予想通り、好奇心旺盛な大阪勢の興奮は止まらなかった。沖田は「首都分散です」という龍子の次の言葉を心の中で叫んだ。

　龍子が微笑みながら静かに答えた。

「関西が手をつなぐのです」

　沖田の期待が外れた。やはり大阪の反応を意識したのだろうか。とはいえ、最後にはあの言葉が出てくるはずだ。沖田は兵庫とは違う角度で大阪を攻めていく龍子の交渉術を楽しもうと決め込んだ。

「関西が手をつなぐ？　どことどこですか？」

「大阪と兵庫、そして京都です」

　龍子はあえて京都を最後にもってきた。少しでも大阪を刺激したくなかったからだ。

「薩長土肥には、一つ足らんなぁ」

　影山が呟（つぶや）いた。そんな影山の呟きを無視し、吉岡はまだ身を乗り出したままだった。

「何のために手をつなぐんです？」

「首都機能を二つに分けるんです」

この龍子の言葉の後、また店の女性が部屋に食事を運びにやってきて再び会話は一時中断する。刺身、天ぷら、煮物など本来会席で並ぶ料理が一気にテーブルに並ぶ。おそらく話を途中で分断させないために一度で運んでくるように影山が事前に頼んでおいたのだろう。再び店のものが部屋を出ていくのを待ち構えていたかのように吉岡が話しだした。

「坂本さん、僕も一時期そのことを考えていました。そやけど実現できますやろか」

「詳しいことは、皆さんが集まられてから順序だててお話ししたいですが、不可能ではないと思っています。いずれにしても今のままの無策な状況では日本の経済が沈没するかもしれません。実現できるかどうかはやってみないとわかりませんが、可能性がゼロでないなら、やってみることに意味があるのでは。違いますか?」

影山も驚きを隠せず、龍子の話に聞き入っていた。龍子が続ける。

「沖田秘書がこの席にいます。その意味がおわかりでしょうか?」

吉岡と影山が改めて沖田に視線を送った。「あっ」と小さな声で吉岡が叫んだ。

「京都がこの策に既に賛同しているということなんですか?」

影山が怪訝そうに聞いた。

「ほんまに、あの京都が他の府県と手をつなぐと?　そんなわけあるかいな!」

自問自答する影山の言葉に沖田が困惑した。そして少しむっとした表情で返した。

「京都だってこの国のことを考えているからこそ、坂本さんの考えに概ね賛同しているんです」

ねる。

吉岡と影山はこの言葉で大きく後ろに倒れそうになりながらも、何とか吉岡が龍子に訊ねる。

「にわかには信じがたいですが、ほんまに京都が、あの京都が大阪と手をつなぐと言うてはるんですか？」

「概ね、桂知事は前向きです」

飄々と龍子が答えた。その言葉に大阪の二人は驚きを隠せないようだったが、気を取り直したように影山が言い返した。

「何か、裏があるんとちゃいますか？　敵対心むき出しの京都でっせ」

吉岡も続けた。

「僕も引っかかります。正直言うて、大阪を利用することはあっても、平等に手を組むとかは、あり得へん話でしょう。素直には喜べませんよ。沖田くんや、僕たちの世代ばっかりの政治の世界やったらまだ可能性あるかもしれませんけど、昭和のバブル世代は無理なんとちゃいますか？」

その世代の影山が少し不機嫌な表情を見せたが、吉岡は気にも留めていない。龍子は大阪の抵抗を目の当たりにし、しばらく様子を窺うと決め込んだ。この際、全部吐き出させてやろうと思ったのだ。

「それに京都が首都を分けるなんていう考えに賛同するとは思えません。そう見せかけて、京都に都を戻すとか思てるんとちゃいますか？　見え見えでっせ」

影山は、自分の予想が正しいと言わんばかりに言い放った。

「影山さんに僕も賛成ですね。あの京都が、大阪と対等に話をするとは思えませんわ。そもそも対等やないんで。大阪は税収でも東京に次ぐ二位の大都市です。大阪が京都と対等に話しましょうっていうんなら、わかりますけど」

「そやで。二位の大阪が都構想に失敗してるんやから、京都が出ていったところで、ちゃうか」

吉岡と影山、二人の興奮が続く中、沖田は拳を握りしめ平静を装うのに精一杯の様子だった。そして、龍子が口を開いた。

「いやあ、すごいですね。噂には聞いていましたが、京都と大阪ってそんなに仲が悪いんですね。なんだか残念です。ちょっとだけ歩み寄れば、西が東と対等な立場になれるかもしれないんですけど。そうすれば、国会が分散されるわけで、それこそ西から総理大臣とか出やすくなるかもしれないんですけどねぇ。そんなに仲が悪いんだと無理ですかね。都構想には一度失敗しておられますから、二番煎じはもっと厳しいでしょうし。一番でなくてもいいと、賢明なご判断ですか。残念です」

龍子の嫌味のようにも感じられる話し方が、一瞬にして場の三人の表情を一変させてしまった。沖田は、握った拳を転換させテーブルの下で親指を立て、口元が少し緩みかけていた。吉岡は焦りを感じ始める表情に変わり、影山の目は不穏な輝きを放っていた。

「坂本さん、裏があるっていうのは僕らの想像に過ぎないんで、話は聞かせてください」

吉岡はバツが悪そうに話してきた。すかさず龍子が切り返す。

「そうなんですか？　興味はあるんですね」

「勿論（もちろん）です。皆さんがどういうお考えなのかは、聞いてみたいです。西が東と対等な立場になるのは一大事ですから。そやけど、話だけで結局は決裂してしまうんやないかと、今から心配なだけです」

沖田にも吉岡の気持ちはわかるような気がした。確かに決裂の可能性は充分にある。坂本さんはどんな切り返しをするのだろうか。どうやって坂本さんは三府県に手をつながせようというのか。まだ沖田も龍子の手の内までは理解できていない。そんな皆の思いをよそに、龍子が悠然と答えた。

「この段階では、各府県に思惑があって当然です。ですが、その思惑を崩して、皆さんが同じ方向を向くメリットを見出（みいだ）すのが私の役目かと……」

一同が龍子を見つめた。

「関西を強化して、中央の東京と話ができる力を持ちましょう。西側を統一するのが、京阪神。東を統一するのが東京。国をこの二大巨頭が支えるというのが私のご提案です。皆さんで歴史に名を残すのも楽しいと思います」

しばし沈黙が続いた。口火を切ったのは影山だった。

「令和維新や！　薩長土肥には一つ足らんけど、はん・しん・きょうで天下分け目の決戦を仕掛ける言うことや。坂本さん、あんた龍馬や！」

シャレの利いた影山の言葉だったが、そこは「けい・はん・しん」でいいだろうに、と龍子は思った。吉岡はこの言葉に背中を押されたのか、また興奮し始めた。

「坂本さんが言わはったように可能性がゼロでないなら、やってみることに意味があるという言葉には僕も大いに共感します。そやけど、ほんまに京都が僕らと対等の立場をとれるかどうかは、まだ信用できません。同じ席で確認させてもらいます」

吉岡の言葉に、沖田は心の中でガッツポーズを決めた。京都に対して牽制したい気持ちが強いことはわかったが、当初の目標どおり、坂本さんは京都・大阪・兵庫を一つのテーブルに集めることを成功させたのだ。

「ありがとうございます。結論が出たところで、この目の前のものに箸をつけてもよろしいですか？　もう、お腹が空いて目の毒です」

龍子の屈託ない物言いに、一同が笑った。全員が料理に箸を進めながら他愛のない雑談を交わす。どのぐらいの時間が経過したのか。ビールの後、それぞれが好みの酒を注文し、全員がほろ酔いになったあたりで吉岡が話を切り替えてきた。

「さっきの維新の話ですが、現状は知事レベルでおさまってるんですか？」

「京都は桂知事とその側近の三人の皆さんと沖田秘書。兵庫は但馬知事にしかお話ししていませんが、側近の方が出席されるのは当然のことかと考えます」

「わかりました。それでは大阪は私と影山が参加しましょう。日程の調整は坂本さんにお任せしますわ。明日にでも影山とのスケジュールを調整して、こちらの候補日を二、三送ります。早い方がええと思いますので、来週でスケジュール見てみます」

「ありがとうございます。では沖田秘書にメールでご連絡をください」

　食事が一通り終わり、全員が店を出たのは二十時を回る頃だった。二時間ほどの会食を終え、龍子と沖田は吉岡と影山をロビーまで見送った。影山が名残惜しそうに龍子に話しかける。

「もう一軒行きましょかと言いたいところですが、今日はこれで失礼しておきますわ。今晩はゆっくりお休みください」

「ありがとうございます。明日はお気遣いなく。沖田秘書と都合の良い時間に京都に戻りますので」

　車などの気を遣わせないよう、龍子が先手を打った。その気遣いを察知し、吉岡が答える。

「わかりました。どうせまた近いうちにお目にかかれるでしょうから。お帰りの際、会計は不要です。お気をつけてお帰りください。ご連絡をお待ちしてます」

　龍子と沖田は大阪の心遣いに感謝し、どちらからともなく全員がお互いに握手を交わし、笑顔で別れた。

　二人がホテルの正面玄関を出るまで見送ると、龍子が沖田に声を掛けた。

「沖田くん、深酒はしませんが二次会にいきませんか？　ここの最上階に素敵なラウンジがあるんです。時間もまだ早いですし」

「喜んで！」

二人は、フロントでルームキーを受け取り、龍子の案内で最上階のラウンジへと向かった。

店全体が薄暗く、高級感溢（あふ）れる雰囲気を醸し出している。龍子は受付でルームキーを見せ、カウンター席を指定した。席の方に歩を進めると目の前に大阪の夜景が飛び込んできた。家族連れの客が一組だけ窓際のテーブル席で料理を楽しんでいる。

龍子はその席の手前を右に折れ、奥にあるバーカウンターへと歩いていった。沖田が龍子の後ろをついていく。カウンター席の窓に近い方に二人並んで座り、ハイボールを注文した。注文の品が運ばれてくると、どちらからともなくグラスを合わせる。

「坂本さん、お疲れさまでした。ひとまず当初の目標は達成ですね。お見事でした」

「ありがとう。沖田くんも疲れたでしょう。さっきは大阪の言葉によく我慢してくれました。しんどいのはこれからでしょうね」

そう言いながら龍子は軽くため息をついた。

「坂本さんらしくないじゃないですか。まあ、さすがにあれだけ目の前で京都を攻撃されると僕も熱くなりそうでしたけど」と沖田が苦笑した。

「それでも予想以上に噂は本当なんですね。あれほどまでに京都を意識しているとは」

「坂本さんは、外の方なんで驚かれたでしょうが、僕にとっては、まあ想定の範囲内でした。話し合いの場に出ないことになるのかと思いましたが、坂本さんの言い方は絶妙でした。政治家を目指すものにとって蜜ですよ、あれは」

「ちょっと臭かったかなぁ。やりすぎましたかね？　まあ一旦は収まりましたけど、直接顔を合わせたら何が起こるかわからないですかね？」

龍子が珍しく意気消沈している様子に沖田が苦笑する。

「坂本さんがいてくだされば大丈夫です。僕はそう信じます。京都と大阪の戦いは、余興みたいなもんやと思ってください」

「同じ関西で、同じ関西弁を使っているのにね」

龍子が苦笑する。

「坂本さん、それは違います。大阪は大阪弁。京都は京言葉ですから。微妙に違うんです」

沖田の返しに、龍子が豪快な笑いを飛ばした。

やっぱり沖田くんも京都人だ。子供の頃から刷り込まれている感覚があるのだろうと思った。龍子が笑う姿を見て、沖田が話をつなぐ。

「桂知事の世代はどうかわかりませんが、少なくとも僕たちの世代は変わってきていると思います。吉岡知事も言ってましたが、昭和のバブル世代が厄介だというのは、僕も同感です」

「悪しき慣習がはびこる世代、ですね」

「とりあえずこれで京阪神が集まることになりました。これから坂本さんはどんな策で東京を見据えるおつもりですか？」

「なにも考えてません」

これは龍子の本音だった。

「とはいえ、大まかな進行はお考えでしょう？」と沖田が訊ねる。

「分散についての方法論は用意していますが、果たしてどのぐらいの期間で全員を納得させられるのか。私も読めないですね。できることなら京都と大阪が仲良く兵庫を巻き込むという構図にならないものかと淡い期待を抱いていましたけど、予定通り兵庫を仲介役にするべきでしょうね。それでも短期決戦で進めたいとは思っています」

「僕が知事なら、すぐにでも歩み寄りますけど。京都のメンバーたちは厄介な世代ですから。他府県に対して上から圧をかけるような気がします」

沖田にも龍子の懸念が伝播してきたようだった。

「坂本さん、いっそのこと一回目は知事だけの出席にしてはどうでしょう？」

「それは避けたいですね。最初から側近の方々も出席していただいた方が、後々面倒じゃないでしょう。重鎮の皆さんにおへそを曲げられる方が面倒な気がします」

龍子は内心、桂よりもあの三人を手のひらに乗せることを考えていた。桂よりは遥かに癖のありそうな飯島を筆頭に面倒な相手のように思う。しかし意外に単純で自分たちの得になることであれば全面協力の姿勢を見せるのではないかと思えていた。

「そうかもしれませんね」

突然、龍子が思いついたように言い出した。

「逆転の発想といきますか！」

この一言に、沖田が怪訝そうな表情を見せる。

「逆転？」

「そう、私も見物させてもらうことにします」

そう言って龍子が豪快に笑った。またまた坂本さんは突拍子もないことを考えたのではないだろうか。沖田が即座に龍子に詰め寄る。

「坂本さん、一体何をするおつもりですか？」

そんな沖田の不安気な様子をよそに、龍子はまだくすくすと笑っている。

「まあまあ、そんなに心配せんでもかまん。次の目標は皆が仲良しになることやき」

ほろ酔いの龍子から珍しく高知弁が飛び出した。龍子の高知弁に喜ぶ余裕もないまま、沖田はまだ心配そうな顔をしていた。

「沖田くんは意外に心配性やね。男がそんなことでどうするが」

龍子が沖田の背中をポンと叩いた。

「もっとドンと構えんと。どうせやったら、楽しもう。乗りかかった船の行き先は決まっちゅうがやき」

沖田は、この数日間龍子と行動を共にするようになり、すっかり龍子の手中に収まっている自分に気づいていた。確かに、そんじょそこらの男性よりは男らしい龍子のファンになっている。任せておけば、決して悪い方向にはいかないような気分にさせてくれる。

「わかりました。僕は坂本さんについていきます」

こんな好青年に「ついていく」と言われ、龍子は気恥ずかしさを感じながらも、悪い気はしなかった。正直、自分に同行するのが沖田くんで良かった。もっと野心があって、策士のような男だったら、兵庫も大阪も、もっと警戒したかもしれない。余計な口を出さず、横にいるだけで場を和ませる術を持ち得ていることを沖田自身は気づいているのだろうかと、ふと龍子は思った。その屈託のない好青年・沖田に笑顔を返しながら、手元の時計に視線を落とした。入店してから一時間が過ぎようとしている。ハイボールも三杯目がほぼなくなりかけていた。

「明日は何時に戻りましょうか？」龍子が沖田に訊ねる。

「実は、大阪の返事を坂本さんから直接聞きたいようで、京都では桂と側近の者たちがお待ちしているようです。十一時ぐらいに府庁に着けるように戻れればよいのですが」

「わかりました。逆算したら九時に出れば余裕ですね」

「そうですね」

「じゃあ、そろそろお開きとしますか」

そう言って、龍子はグラスに残ったハイボールを一気に飲み干し、颯爽と立ち上がった。

沖田とは客室フロアで別れ、部屋に戻ると疲れがどっと押し寄せ、そのままベッドになだれ込んだ。天井を見上げながら、一回目の会議の様子を想像すると楽しくて仕方がなかった。たとえ辛い戦いであっても、楽しむ方法はいくらでもある。どうせなら楽しもう。決裂したって想定の範囲内だ。そんなことを思い巡らしながら、龍子はそのまま眠りについた。

翌朝は、七時には目が覚め、服を着たまま寝てしまったことを反省しながらシャワーを浴びた。そして、沖田との約束の十分前にはフロント前に到着した。

二章　逆転の発想

一

「おはようございます。坂本さん」

　また、沖田の方が先に待っていた。

「いつもお待たせしてしまって、申し訳ないです」

　沖田が秘書として優秀なことはここ数日の彼の行動で明らかだった。監視カメラでも付けられているのではと思うほど、沖田は常に龍子（りょうこ）の先回りをして行動している。沖田くんは近い将来、大物に育つかもしれないなと龍子は思った。

　二人は少しでも早く京都に戻るため、ホテルからタクシーで新大阪に向かい、新幹線で京都にへと向かった。府庁前には予定の十一時より十五分ほど早く到着した。

　桂たちが待っている旧本館を目指しながら、沖田が携帯で電話している。龍子は沖田から数歩遅れるぐらいの距離で沖田を追いかけた。桂知事に確認をとっているのだろう。通話を終えると沖田が振り返った。

「坂本さん、桂知事と側近の議員たちが全員集まっているようです。知事室に向かいましょう」

龍子は笑顔で頷いた。

知事室には既に桂とその側近たちが待ち構えていた。龍子と沖田が部屋に入るのを待ちわびていたように、口火をきったのは飯島だった。

「どないでした？　大阪は抵抗しませんでしたか？」

飯島の質問に答える前に、龍子を案内して部屋を出ようとした沖田を龍子が制した。

「桂知事、今回は沖田秘書も同席させてください」

桂が笑顔で沖田に着席するよう促した。龍子と沖田が並んで側近たちの正面に座り、落ち着いたところでやっと龍子が飯島の質問に答える。

「おかげさまで、大阪も兵庫と同じように皆さんとお話の場を設けたいとの意向です」

桂と側近たちは「当たり前や」と言わんばかりに頷いている。山本が口を開いた。

「大阪はいっつも好奇心旺盛やから、当然やろ。そやけど、なんか探りを入れてきたんとちゃいますか？」

「京都が今回の構想に本当に賛同しているのかどうかは気にしていらっしゃいました」

龍子が答えた。憮然とした様子で山本が返す。

「賛同もなにも、そもそも京都が言い出したことですやろ？」

「申し訳ございません。まずは皆さんを集めるということを念頭におきましたので、私のご提案ということで集まっていただくという体にいたしました。更には、皆さんもお聞きになっているかもしれませんが、遷都ではなく首都を分散する構想へと少し変えております」

「分散の話は知事からも聞いてます。京都が旗振れるんやったら、ええんちゃいますか。どのみち御所があるんは京都だけですからなぁ。私らも、別に遷都だけに拘ってるわけではないですから」

飯島が淡々と返してきた。

「そやな。西が東と対等に話ができるようになってみいな、京都が一番上に立つのは目に見えてます。なあ、柴田先生もそう思いますやろ？」

山本も乗り気の様相だ。

「別に私は皆さんと同じ船に乗ってますんで、異を唱えることもありませんわ」

柴田も抵抗はしなかった。この三人の反応に、龍子は喜ぶどころか大きな違和感を覚えていた。これほど短期間で遷都への拘りを捨て去ったとは思い難い。龍子が密かに警戒心を募らせ始めた矢先に、桂が口を開いた。

「まずは皆が一堂に会することが重要ですから、そのまま進めてください。しばらくは、坂本さんに舵を預けて、見守らせてもらいます」

桂の言葉で側近たちは口を閉じ、龍子は気を取り直して報告を続けた。

「取り急ぎ、沖田秘書が会合の日程を調整してくれます。京都はここにいらっしゃる皆さんで、できる限りご出席いただければと思っています」

　全員が大きく頷くなか、桂が満足そうな笑みを見せている。

「やはり坂本さんをお呼びして良かったですな。この後もお手並み拝見といきますぞ。私も今後の方法論と、我々がどのように手を結ぶのか、坂本さんのお考えを伺うのを心待ちにしておりますので」

　桂の丁重な言葉に、龍子は恐縮した。龍子への警戒心を解いていない飯島、山本、柴田らも一旦は結果に満足しているようだった。

　龍子が桂への礼を口にする前に柴田が質問を投げかけてきた。

「坂本さん、全員で集まる前に、我々には坂本さんの策とやらを先に教えていただけませんか」

　龍子の答えを待ちわびるように全員が龍子の反応を注視していた。一瞬どう答えるべきか迷う龍子。昨晩沖田との会話の中で突然思いついた案は、京都の普段の姿を逆転させてみることだった。

「京都の皆さんには、是非とも大人作戦を実行していただきたいのです」

「大人作戦？　何ですか？　それは」

「真面目な会議ですぞ！」

「具体的にはどういうことです？」

　柴田、飯島、山本が順に龍子の言葉に食らいついた。桂はそんな様子を楽しそうに眺めている。沖田はその次の龍子の言葉に胸が躍りそうだった。何を言い出すのか。龍子は、余裕の笑みを浮かべながら答える。

「京都が大阪、兵庫をどう感じておられるのか……。京都の皆さんには先手を打って、大阪と兵庫を褒めていただきたいのです」

突拍子もない龍子の要求に、桂は豪快に笑ったが、あとの全員は茫然と呆れかえっていた。最初に口を開いたのは山本だった。

「褒めるて……。兵庫は芦屋から神戸まで京都とは色の違う品を持っている土地柄ですから、何かありそうですが。大阪を褒める？」

柴田が横やりをいれる。

「褒める言われてもなぁ。ネタならなんぼでも出てきますが……」

飯島も不満気に口を開く。

「先方が京都を褒めるんなら楽やと思いますが……。仰山褒めるとこありますやろ？　そやけど、大阪に京都より優れているとこて、ありますかいなぁ……。まずは大阪と兵庫に京都の印象を言うてもろて、それを聞いてからお返しするのはどうですかな？」

「そやそや、大阪はそっちの方がええわ」

山本が加勢する。

「いえ、京都が先に他府県を下から、持ち上げてください」

龍子がきっぱりと言い切った。最後に桂も口を開く。

「京都が先に先方を褒める意図は何ですかな?」

　龍子はにっこりと笑いながら答えた。

「京都は、長い歴史に守られた格式のある街です。京都自慢はしても、他府県を褒めちぎるなど、大阪と兵庫にとっては予想外ではないかと思います。京都が先陣を切って他の二府県の緊張をほぐす役割を担っていただきたいのです。京都の皆さんが心底、大阪や兵庫と仲良く手をつなぎましょうと思っていることを証明してください。これはあくまでも作戦です」

　桂は龍子の考えが少し見えた気がした。ふとその言葉を思い出す——「負けて勝つ」。

　一方、龍子自身は、この説明で京都が少しでも他府県より優位に立てると思ってくれれば良いと思っていた。大阪の京都への警戒心を和らげられるのは、京都以外にないからだ。京都の自尊心を守りながら大阪と京都が新しい関係性を築けたら、東京との交渉もやりやすくなると考えた結果の策だった。

「一回目の集まりで、今回の構想は京都からの発案であることを私から申し上げます。その後、皆さんが大人作戦に突入してください。作戦中の舵取りをどなたがやってくださるのかも決めておいてください。一回目が成功すれば、次からは具体的な議論を交わせると考えています」

　側近三人が困惑を隠せないまま、話は龍子の一方的な要求を呑む方向へと進んでいる。

沖田は昨晩の龍子との会話を思い出していた。「逆転の発想」というのは、こういうことだったのか。何もしなければ上から、圧をかけるかもしれない京都の重鎮たちに作戦として下手に出てもらうということだったのか。「うえから京都」ならぬ、「したから京都」。沖田は龍子の大胆な発想が可笑しかった。

昨晩の大阪の疑心は、沖田自身も不服に思ったくらいなのだから、「昭和のバブル世代」の側近たちなら一触即発になりかねない。だが、京都が先手を打って下手に出たら……。しかも、この重鎮たちは下手に出ることを作戦と思い、自分たちが優位に立つという発想にいたるのだろう。そして一回目が重要で、その先は京都次第だと、坂本さんは柔らかくこの重鎮たちを相手にプレッシャーをかけているのだ。

「桂さん、ここは知事が舵をとっては安く見られかねません。私たちにお任せください。山本さん、柴田さん、ひとつ頑張ろやないか！」

飯島がここは自分の出番だと言わんばかりに前向きな発言をした。

「普段のネタを褒めに転じたらええんちゃいますか？」

すかさず山本が乗っかってきた。

「後ほど、対策会議を」

柴田も同意し、やっとこの場が収まった。

「今回の事案は、正に令和維新です。先生方のお力なくして、歴史を変えることはできません。よろしくお願いします」

龍子は蜜のような言葉をちりばめながら、力強い口調で深々と頭を下げた。飯島、山本、柴田が初めて笑みをこぼしながら、大きく頷いていた。

桂は、臆することなく自らの策を進めていく龍子の姿を見ながら、自分の人選が間違っていなかったことを嬉しく思った。自分たちの年齢になるとなくしてしまっている若さゆえの大胆さが羨ましくもあった。ふと、龍子の後ろに坂本龍馬の姿が見えたような気がしたが、すぐに我に返り、桂は沖田に指示をした。

「沖田くん、日程の調整を頼みましたよ」

「はい。かしこまりました」

ひとまずの報告と、次なる戦いに向けての話し合いが一段落したところで、龍子が桂に願い出た。

「桂知事、京都入りしてから十日近く経ちました。次の集まりも明日、明後日の話ではないと思いますので、一旦高知に戻らせてください。皆さんがお集まりになる日までには戻ってまいります。次は少し長くなりそうですので、県庁の方にも仁義をきっておかねばならずで。よろしいでしょうか？」

「急にお呼びたてして、もうそんなに経ちましたか。わかりました。そうしてください」

龍子は桂と側近の者たちに一礼をして、沖田と部屋を出た。

「沖田くん、明日の朝、お宿はチェックアウトさせてもらいますね。一人で勝手に帰りますから心配無用です。次の滞在は長くなりそうなので、宿泊先はこちらで決めさせてください。気楽なビジネスホテルにしようと思っています。経費として請求はいたしますが、桂知事にもお気遣いされないよう丁重にお伝えください」

「わかりました。坂本さんのご無理がないように調整いたします。それでよろしいですか？」

「はい。留守の間に何かあれば、メールでも電話でも連絡してください」

そう言って、龍子は府庁を後にした。

二

翌朝、ホテルをチェックアウトした龍子は、伊丹（いたみ）空港から飛行機で高知に戻ることにした。平日も大阪から高知に向かう便は意外にビジネスマンで混み合っているのだが、一便を見送るぐらいで無事に搭乗を果たし、高知龍馬空港には午後の早い時間に到着した。京都の蒸し暑さから一転、照り付けるような強い日差しが待っていた。それでも湿度が低いせいか、京都よりは遥かに過ごしやすいと感じた。空港からバスで市内に戻り、更にバスを乗り継いで職場近くの自宅へと急いだ。

母を早くに亡くし、父と二人で暮らしてきた自宅は、高知城の東側にあるこぢんまりとした一軒家だった。酒が大好きだった父も一昨年（おととし）、大酒がたたって他界し、今は龍子一人で住んでいる。一週間以上もの間家を留守にしていたせいか、玄関を入ると家の中は息苦しくなるような熱気が漂っていた。すぐさま荷物を居間におろし、小さな庭に面した居間の窓を開け、テーブルの上のリモコンでクーラーを稼働させた。数分で部屋の空気が程よく冷え、やっと息がつけるようになった。

おもむろに、居間とつながっている台所に行き、冷蔵庫の中を物色する。賞味期限が切れたものが沢山ある。一本だけ未開封のペットボトルの麦茶があるのを見つけ、一気に喉を潤した。部屋の空気がすっかり冷えてきたのを感じると、開け放した窓を閉め、奥の部屋の仏壇に挨拶に向かった。仏壇の中には、父と母の仲睦まじい写真が飾られている。しばし感慨を込めてその写真を見つめ、仏壇の引き出しから二本の線香を取り出し、火をつけながら独り言を呟いた。

「お父ちゃん。この名前、満更でもないと思えてきたで」


昨日はさすがにこれまでの疲れが出たのか、自宅に戻ってからは一歩も外に出ず、昼寝をしたりテレビを見たりして過ごした龍子だったが、今日も天気が良いのを確認すると、時間を惜しむように身支度を整え、外に出た。急に坂本龍馬に会いたくなったのだ。

マイカーで向かったのは桂浜。高知市内を南北に走る路面電車の南側の終点から更にトンネルを抜けて走ると真っ青な太平洋を一望できる桂浜がある。高知市内からは車で三十分程の距離にある高知の観光スポットだ。

土日でもないのに、いつもよりは車が多い気がしたが、渋滞とまではいかず、自宅を出てから予定通り三十分程で龍子の車は桂浜公園の駐車場に到着した。車を停めて、海岸の方に向かって歩くと、高台に雄大な太平洋を見下ろすように、有名な坂本龍馬の銅像が立っている。観光スポットというのは、なかなか地元の人は足を向けることがない。いつでも行けるという安心感からか。龍子も今日で二度目だった。

　初めてきたのは小学校の遠足で、その時はこの龍馬像の前で写真をとるのがとても嫌だったことを覚えている。写真撮影の時もクラスの男子に名前のことで騒がれた。

「龍馬の前で龍子が写真とりゆう」

「坂本も銅像になるがかえ」

　昔の苦い思い出とは裏腹に、今日の龍子はどこか晴れ晴れした気分だった。ここ数日の京都の一件と歴史の中の坂本龍馬を重ね、大嫌いだった名前に生まれて初めて大きな力をもらっているような気がしていたからだった。今こそ、堂々とあの当時の男子たちに言ってやりたいと思った。

「坂本龍子で何が悪い！」

　当時の男子たちがたじろぐ姿を想像すると、可笑しくてたまらなかった。そして、子供の頃（ころ）に直視できなかった坂本龍馬の姿を改めて見つめる。袴（はかま）に懐手、ブーツ姿の龍馬は、はるか太平洋の彼方を見つめている。龍馬はこの広い海を見ながら何を思っているのだろう。

　小説に登場する人物像から、龍馬は国のことを考え奔走し、最後まで諦（あきら）めることがなかったと龍子は読み解いていた。行動力のある龍馬が今の世に生きていたなら、どんな行動に出ただろうか。そして、もし龍馬が今の龍子の立場だったら、どんな策を立てただろうか。心底、龍馬の言葉が聞きたいと思った。龍馬と一字違いの名前を持つ龍子は、自分の名前を忌み嫌う反面、常にこの龍馬という人物を意識して生きてきたのかもしれない。そして、どこかで尊敬し、彼のような大きな夢を持つことを熱望していたのかもしれないと思った。龍子は、真っ直ぐに龍馬の姿を見つめながら、心の中で呟いた。

「龍馬さん、私の考えは間違ってませんよね？　思うがままにやってみても構いませんよね？」

その龍子の呟きに、優しい笑みを返す龍馬が見えたような気がした。

桂浜から戻ると、沖田からのメールが届いていた。

【坂本様　お疲れさまです。日程の調整ができました。来週火曜の夕方16：00になります。場所はいかがいたしましょうか。ご意見をお伺いしたく、よろしくお願い申し上げます。】

龍子は、すぐさま返信した。

【沖田様　調整ありがとうございます。日時は了解しました。場所ですが、一回目は兵庫でできればと考えていました。県庁の一室、あるいは全く別の場所で秘密裏に集まれる良い場所などあれば有難いのですが。よろしくお願い申し上げます。】

龍子は、沖田からの返信を待たずに家を出、高知県庁へと向かった。

週の後半になると、県庁内はいつも活気に満ちているように思う。休日が近づいていることへの喜びなのか、行きかう職員たちの表情が明るいと感じた。県庁の廊下を歩いていると、どこからともなく声がかかる。

「坂本さん、久しぶりやねぇ」

「相変わらず活躍しゆうろ？　今度はなんぼ持ってきてくれるが？　期待しちゅうで」

龍子は会釈しながら、上司のもとへと向かった。龍子の席は、観光政策課の中にある。四国の観光事業実施以降、龍子の裏の職務は高知の観光事業を伸ばすという名目で県外からの収入を獲得することだった。龍子の交渉術という能力を最大限に活かした特例業務を担い、更には現代の女版龍馬という噂も充分に高知県のＰＲとして活かされていた。ただ、待遇は何も変わらず、数億、数十億の貢献をしても特別報酬が出るわけでもないが、龍子は今の立場を存分に楽しんでいた。

龍子の姿を見つけ、上司の門田が声をかけてきた。

「坂本！　帰ってきたがか」

「すみません。二、三日のつもりが、長くなってしまいまして」

「いつものことやろ」

門田が笑った。

上司の門田は、龍子の良き理解者でもある。現在の龍子を作り上げたのも彼と言ってもいいだろう。彼の無策が龍子を今の職務につけたからだ。一方門田は龍子のおかげで観光事業を得、今や県庁内でもトップクラスの注目を浴びている。年は龍子より一回り上ぐらいだが、龍子にとっては父のような、兄のような存在だった。体格の良い門田は、すこぶる酒が強く、酒やけのような肌艶をしている。異常な暑がりで、クーラーの効いた県庁内で、夏は肌身離さず扇子を持っているのがトレードマークになっていた。今回のように長期にわたるやもしれない依頼の場合は、必ずこの門田と更にその上に判断を仰がねばならない。

「京都が何の用事や?」

龍子が困った表情を見せ、歯切れの悪い口調で答えた。

「詳しくは控えたいのですが、ちょっと長引きそうでして。報告とお願いにきました」

怪訝そうに門田が問いかける。

「また、戻るがかえ?」

「すみません……一か月ほどかかりそうです」

「一か月? えらい大仕事やんか。何かトラブルか?」

また歯切れの悪い口調で龍子が返す。

「トラブルではないのですが……大仕事です。思いのほか大仕事です」

門田は、無言で席の隣にある打合せブースに龍子を連れ込み、小声で話しかけた。

「なんや、なんや。深刻そうやないか? 大仕事いうことは、こっちの方も期待できるがか?」

門田は右の親指と人差し指で輪を作り、すり寄ってきた。

「まあ、深刻と言えば、深刻ですが。課長、私の器で龍馬になれるでしょうか？」

門田は目を丸くして、龍子を見つめた。

「要するに……京都だけのことじゃなくて、国のことを考えての行動ながです」

しばし、門田が黙り込んだ。しばらくして口を開く。

「国か。それは大ごとやろ。何かわからんけんど、まずいことにならんか？」

龍子はそんなことは考えてもいなかった。確かに関西だけで終われば、たとえ目的が叶わずともそれほど大ごとにはならない気がしていたが、東まで行けたらどうなるだろう？

そこを通過して国との交渉が始まったらどうなるだろう？　龍子は一瞬、自分が目先のことだけで行動していたのではないかと反省した。

しかし、その考えも一瞬で終わる。いや、可能性があるならば、やるべきだと決めた。

あとは、駄目だった時の責任の取り方なのだろう。

「課長、まずいことになるかどうかは、わかりません。けんど、まずいことになりそうやったら、辞表を出して高知には被害が及ばないようにします」

「辞表？　首をかけるがかえ？　ということは、収入にならんかもしれんいうことか？」

「いえ、一応は結果がどうであれ、京都とは観光事業で手を組んでもらおうと思ってます。高知に利益が来るようにはします。それに京都の要望が実現したら、近い将来とんでもない利益が生まれるかもしれません。けんど、ハイリスク、ハイリターンです。失敗したら、私も何て言われることか……想像できません」

門田が黙り込んだ。目を閉じ、じっと考え込んでいる。龍子もしばし門田が口を開くのを待った。どのぐらいの時間が経過しただろうか。突然門田が笑い出した。龍子はその反応に驚いた。

「わかった、わかった。それでもやりたいがやろ？　ついに、女・龍馬かえ？　どうせ止めてもきかんろ。上には上手いこと根回ししちょいちゃるき。好きなように、国でも何でも動かしてみいや。こっちのことは気にせんでもかまん。思い切りやってみいや」

龍子は門田の返答に感謝しながら、深々と頭を下げた。

「ありがとうございます！」

門田は龍子が一度言い出したら決して曲げない性格だということを承知している。その頑固さは、正直さだと感じている。高知では、多くの県庁職員の一人に過ぎない龍子が、政治家や他府県の知事に好かれているのも、そんな真っ直ぐな性格が所以だろう。

「その代わり、最低限高知にもってこれる収入は報告せえよ。何としても四国の二位、歳入二位にはなりたいがやき。愛媛は無理でも徳島と香川には勝ちたい」

「はい。まとめます。でも課長、二位でええがですか？　成功したら愛媛を抜いて、その先にいけるかもしれません」

門田が呆れたように龍子を見つめた矢先、珍しく龍子が普段より高いトーンの声で門田に話しかけた。

「ほんで、もし成功したら私の席に戻してくれますよね、課・長♡」

「あー気色悪い。似合わん、似合わん。好きなようにやって、好きな時に戻ってこい」

「はい！」

　門田への報告を終えた龍子は、週末にかけて一気に県庁内で日常業務の引継ぎを行った。周囲の同僚や先輩たちも何事かと怪訝そうではあったが、土曜日に出勤して手伝ってくれたりと協力的だった。理由をあれこれ聞くこともなく、龍子が抱えていた仕事を数人で上手く引き受けてくれることになった。こんなに温かい人たちと一緒に仕事することができないようになるなんて、あり得ない。必ず、成功して帰ってくると龍子は心に誓った。

　沖田からのメールによると、一回目の会合は兵庫の神戸市内にある会席料理屋で、政治家たちが秘密裏に会合を開く場所を手配したようだった。県庁内での引継ぎを終えた龍子は、再び京都に戻るため、月曜の朝から荷造りを始めた。今度は一か月は帰ってこられないことを想定し、冷蔵庫の中のものも処分し、家の中も綺麗（きれい）に片づけておいた。家を出る前には仏壇の両親に手を合わせ、「お父ちゃん、お母ちゃん。やるだけやってみるき」、そう言い残し昼過ぎの飛行機で関西へと飛んだ。

三

　一方、龍子が京都を留守にしている間に、京都の祇園にある料亭では飯島、山本、柴田の三人が密談の席を設けていた。この三人は飯島をトップに、山本と柴田が飯島のかたわらでおこぼれを得ているような関係だった。桂の次に知事席に座るのが飯島という予期のもと、桂の後押しを得るためだけに桂のもとに群がっている三人だ。

「坂本さんは、想像以上に不思議な人物ですなぁ」

　山本が手酌の酒を飲みながら呟いた。

「兵庫と大阪を一つの席に呼び込んでしもたことは事実ですからなぁ。作戦いう言葉で上手いこと乗せられてる気がしますが、私らが主導権を握るための作戦ならしゃあないか」

　柴田もため息をついている。飯島は憮然とした表情で口を開いた。

「まあ、そういうこっちゃな。あんな小娘の命令に従うのは何とも気に入らんが、とにかく東京と話をせんことには、始まらんからなぁ。あの小娘に利用価値があるなら、とりあえずは言う通りにしてみようやないか。作戦が失敗しても、所詮あの女の責任や」

「そりゃそうですなぁ。まずは東京に行くための作戦いうこっちゃ。首都分散とか言うてますけど、それはどない思てますか、飯島先生は」

　山本が訊ねた。

「まあ今は遷都やろうが、分散やろうが、西が大きな力を持つ話に変わりはない。玉も仕込みやすくなるやないか。再び力を持てば、当然本丸の京都を都にすることは簡単になる」

そう言って高らかに笑う飯島に対し、山本と柴田は大きく頷き、思わず口元が緩んだ。再び山本が口を開く。

「失敗も充分にあり得ますからなぁ。大阪かって都構想で沈んでますさかい。分散とみせかけといて、遷都。そういうことですやろ？」

「そやそや。そういうこっちゃ。桂がどう思てるかはわからんが、あの男も今が最後のお勤めや。最後の花道で京都に力を戻してくれる施策は有難いやないか。あの小娘も思いのほか使えるなら使たらよろしい。この構想が成功したら我々の時代が来るやろ」

飯島がそう言ってまた高らかに笑った。柴田も口を開く。

「まあ私らで頑張りますと宣言した以上、ここは真剣に下手に出る策を考えましょう。坂本さんも最初が肝心と言うてはりました。ここで功績を残せたら、更に高みに行けますやろ」

山本も大きく頷いた。

「当日の舵取りは、飯島先生にお願いするとして、私が兵庫を担当して、柴田さんが大阪を担当しましょか」

「山本さん、ずるいわ。兵庫を褒める方が簡単ですわ。大阪を私一人が褒めるというても、不自然ちゃいますか？」

　柴田が不服そうに山本に申し立てる。

「そうか。大阪を自然に持ち上げるいうのんは、なかなかハードルが高いか。そやけどネタは仰山あるやないか。柴田くんの方が、淡々とした物言いが上手いがな。私はどうも感情的になりそうや」

　山本が上手く柴田に押し付けようとしていると、飯島が意を決したように、発言した。

「山本さんの気持ちもわかるが、皆でやってみましょう。とにかく東に行くことを一番に考えようやないか。『大人作戦』などとふざけた名前ですが、ここは一つあの小娘のお手並みも拝見したい。京都が力を持つまでの辛抱や。京都が全面的に大人になってやろうやないですか」

「飯島先生がおっしゃるとおりかもしれまへんな。よっしゃ、ここは一つ頑張りましょか」

　山本の声にも力が入ってきた。

「こんな作戦は、軽いもんやろ」

　飯島も気合を入れた。

　大阪では、北新地にあるクラブに影山の姿があった。

「いやあ、影山先生。ご無沙汰（ぶさた）やないですか」

馴染みのホステスが影山の入店と同時に笑顔で駆け寄ってくる。

「悪い悪い。色々と忙しいてな。なんや加奈ちゃん、太ったんちゃうか？」

「ばれてもうた？　ウイルスのせいでストレス太り。コロコロや」

そう言って屈託のない笑顔を見せる。

「コロコロでも可愛いで」

娘のような年の加奈と楽し気に話しながら、影山が店の奥にある席についた。ボーイが影山と名前の入ったボトルを運び、店のママやホステスたちが挨拶にやってくる。あっと言う間に影山の周りを数人のホステスが取り囲んだ。影山の隣に席を取ったこの店のママ・陽子が影山に酒をつぎながら話しかけてくる。

「ほんまにお久しぶりです。陰ながら先生のご活躍を見ておりました。知事と一緒に頑張ってらっしゃって」

「店も大変やったんちゃうか。自粛、自粛で。よう生き延びたな」

数か月の閉店を余儀なくされていた店に影山が労いの言葉をかける。

「おかげさんで、何とか。そやけど、なかなか人の流れが変わってしもて、まだまだ前のような活気にはもどらへんわ。先生、何とかしてください」

「そやな。ほんまにこのままではしんどいなぁ」

かつては常に満席で賑わっていたこの店も、今では半分ぐらいの稼働率になっているようだった。

「吉岡知事も頑張ってはりますけど、影山先生のキャリアでまた盛り上げてください」

「まあ、待っとき。もうすぐや」

影山は、龍子が大阪にやってきた時から、ついに自分に大きなチャンスが飛び込んできたと思っていた。好き好んで一回り以上も年が離れた吉岡のご機嫌取りをしてきたわけではない。じっと機を窺(うかが)っていたのだ。吉岡のかたわらで彼の弱みを握るか、彼の戦略を拝借するか。いずれにしても常に返り咲きの機会を待っていた。それがこともあろうに国を動かすレベルの話に参加することになっている。何としてでも自分のポジションを取りにいかねばと考えていた。

「なんかええことありますの？」

影山の言葉にホステスたちが乗り出してくる。

「ちょっとな」

影山が意味深に答えた。陽子がさりげなく探りを入れる。政治家相手の店では、情報を得る姿勢が身についているのだ。

「先生がそんな風に言うてはるってことは、次の選挙が楽しみやわ」

先の知事選で僅差(きんさ)の票数で現知事に負けた影山が再びその座を狙(ねら)っているのかと探っている。

「さすが陽子ママは、するどいなぁ。そやけど、吉岡くんも頑張ってるし、正直知事なんて職責は小さいわ」

「意味深な。総理大臣でも狙ってます?」

そう言って陽子が笑う。影山も笑っているが、その瞳の奥は鋭く光っていた。

「それもええなぁ。総理大臣になったら、歴史に名が残るしなぁ」

影山の頭には、坂本龍子から聞いた「歴史に名を残す」という言葉がこびりついていた。

若手の吉岡に知事の座を奪われてから、次の選挙でどう奪還するかということだけを考えていたが、そんな自分の考えが如何に小さなことかと思うようになっていたのだ。自分が中央の大舞台に出ていくことなど到底諦めていたのだが、龍子の言葉で夢物語ではないような気がしていた。

「影山先生が歴史の教科書に載ったら、先生が好きなお店いうて、この店も教科書にのるやん」

加奈が嬉しそうにはしゃいでいる。

「仰山、宣伝したるで」

影山は野望を胸の内に秘め、大いにはしゃいでいた。


一回目の会合の前日となる月曜日。龍子の乗った飛行機は、定刻通り十五時十分には伊丹空港に降り立った。そこからリムジンバスで京都駅まで約一時間、到着後すぐにタクシーに飛び乗り、今回の宿である祇園のホテルに着いたのは役所での退勤時間の十七時前だった。こぢんまりしたビジネスホテルの一室に入ると、急ぎ携帯電話を取り出し、まずは兵庫の但馬宗平の携帯を鳴らした。数回の呼び出し音の後、但馬の声が聞こえてきた。

『坂本さん、いよいよ明日ですな』

龍子の番号を登録しているのだろう。龍子だということを確認して電話をとったようだ。

「但馬知事、先日はありがとうございました。明日もよろしくお願いします」

『一回目が神戸だそうで、光栄ですよ』

「はい。明日お目にかかる前に、但馬知事に改めてお願いもあり、ご連絡をいれました」

『どうされました？』

「明日は、大事な初回の顔合わせになります。今回の構想の本筋に行く前に、皆さんが同じ目的を持って前に進んでいただくための最終確認の日になると思っています。初めて本件で但馬知事にお目にかかった時に申し上げたとおり、但馬知事には是非とも京都と大阪の仲介役を担っていただきたく、改めてお願いのお電話です」

『揉めそうですかな？』

「いえ、そういうことではありません。京都も大阪も今回の構想には前向きな興味を持ってくださっていますが、皆さんが対等な立場で今後の話を進めることがとても重要なものですから、但馬知事のお力をお借りしたく」

『わかりました。状況を見ながら、お役に立てるよう頑張ってみましょう』

「よろしくお願いします」

『正直、坂本さんがいるから話を聞いてみたくなったんです。坂本さんなら我々に対し、平等な立ち位置をとれると思いましたから。明日は私も気楽に楽しむつもりで参加しますよ。詳細を聞くまでは決裂させるわけにはいきませんから。協力しますよ。安心してください』

「ありがとうございます。それでは、明日、よろしくお願いします」

但馬の好意的な物言いに、龍子は胸をなでおろした。

但馬との電話を終えると、すぐさま大阪の吉岡知事の携帯に電話をかけた。

「坂本です。お世話になっております」

龍子のお決まりの挨拶の後、すぐさま興奮した様子の吉岡の声が聞こえてきた。

『坂本さんついに来ました。今晩はちょっと興奮して眠れそうにないですわ』

同年代の吉岡とは、電話の方が気楽に話せる。

「いよいよですね。私も少し興奮しています」

『明日は朝から仕事が手につきそうにないですわ。政治の世界に入ってから、こんなに興奮したこと、ないかもしれません』

龍子は吉岡の興奮を少し鎮めようと、淡々と返した。

「明日は、大事な顔合わせになります。今回の構想の本筋に行く前に、皆さんが同じ目的を持って前に進んでいただくための最終確認の日になると思っています」

『わかってます。先日坂本さんにこの話を聞いてから、僕なりにいろいろ考えてみました。

具体的な話になってきたら意見を言わせてもらいます』

吉岡の頭の中は既に先の戦略に動いているようだった。

「ええ。心強いです。でもまずは、皆さんに仲良くなっていただくことが大事ですから、あまり先を急がず、まずは明日、よろしくお願いします。大阪のパワーは、絶対に必要ですから」

『任しといてください』

意気揚々と吉岡が答えた。この勢いは頼もしくもあるが、まずは一度制することを考えねばその先が厄介だなと龍子は感じていた。とにかく今は、京都の側近三人の出方に賭けるしかないと思いながら、これ以上吉岡には何も言わず、礼を言って電話を終えた。

但馬と吉岡、二人への電話を終え、やっと一息ついたところで沖田の携帯に電話を入れる。

「もしもし、坂本です。無事に京都に戻りました」

『坂本さん、お疲れさまです。無事に到着されて良かったです』

聞きなれた沖田の声が懐かしかった。龍子は、沖田の一声に思わず笑みがこぼれている自分に気恥ずかしさを感じた。

「ありがとう。明日はお昼過ぎには一度府庁に伺おうと思っています」

『是非、お待ちしています。今回のお宿はどちらですか?』

「祇園のビジネスホテルにしました」

『祇園？』

「長期滞在になりそうなんで、飲みに行くのにも便利でしょう」

そう言って、龍子が笑う。

『また僕もご一緒したいです』

そんな沖田の誘いに思わず笑みがこぼれる龍子だったが、沖田に気づかれぬよう冷静な返答をする。

「そんな時間があればいいですが。じゃあ、とりあえず明日は十三時に伺いますね」

『お待ちしております』


そして、いよいよ最後の一人。桂知事だ。龍子にとっても一番緊張する相手だが、事前に話をしておいた方が良いと思っていた。龍子が突然思いついた「大人作戦」なるものに、特段反論しなかった桂の心の内も探っておきたかった。何から切り出そうか……。しばし考え込んだが、深呼吸をして桂の携帯を鳴らした。四回ほどの呼び出しのあと、桂が電話を受けた。

「もしもし、お疲れのところをすみません。坂本です」

穏やかな桂の声が聞こえてきた。

『坂本さん、無事に京都に戻られましたかな』

「はい。無事に戻りました」

通り一遍の挨拶を終え、龍子は早々に本題を切り出した。

「いよいよ明日です。よろしくお願いします。『大人作戦』などと、後から考えたら大変失礼な言い方で気分を害されているのではと思いまして……」

龍子の言葉を桂が遮った。

『そんなしょうもないこと、気にせんでもよろしい。思いのほか、坂本さんとの仕事は新鮮で楽しませてもろてますから』

電話口の桂が笑っているようだった。

「飯島先生たちにも失礼だったのではないかと反省しておりました」

『飯島達は、みな言いたいことを言いますが、本心はなかなか鋭い物を持っておりますから。坂本さんのお願いに乗ったということは、彼らも納得の上です』

「安心いたしました」

『作戦という言葉が、飯島達には響いたようでしたな。その若さで飯島達を動かしたのは大したもんです』

「桂知事の柔軟なお考えにも甚く感謝しております」

龍子の本心だった。

『柔軟……。私も少し大人になりましたかな。まあ、高飛車に出るのはいつでもできますが、京都が先に下手に出ていくことが今回は先手必勝の術となるでしょう』

やはり桂知事は、龍子の思いをくみ取っていた。

「ありがとうございます」

『まあ明日は大阪がどう出てくるか、私も予想できません。吉岡くんもまだまだ若いが、実力のある男であるなら年長者に対しての最低限の礼儀はわきまえていると思いますが。同席する影山という男は、多少の裏がある男のようだが、それとて上を見たいという野心でしょう。大したことにはならんと思てます』

まさしく重鎮の余裕なのか。桂の言葉に龍子は安堵した。

「さして心配はしておりません。明日は、京都の皆さんにお任せしたいぐらいの気持ちですので」

『心配せんでもよろしい。明日のことより、その先を見たいですからな』

「はい。お目にかかってお話ししたかったのですが、電話で失礼いたしました。よろしくお願いします」

四

翌日、龍子は早朝には目が覚めた。ついにやってきた一回目の会合のためか、精神が高ぶっているのだろう。昨晩は電話の後、軽い夕食を食べに外に出たぐらいで、すぐにホテルの部屋に戻りゆっくりと過ごした。テレビでニュースが流れていたが、その内容もさほど覚えていない。電気を消して眠りにつこうと思ってもなかなか寝付けなかった。頭の中に浮かぶ両親の姿や龍馬の顔が、意識のある状態での映像なのか、夢なのかも区別がつかない。いつになく緊張している自分に、不思議な感覚を抱いていた。

ホテルのラウンジで軽い朝食をとった後、近くの八坂神社まで行ってみようと思いついた。四条通りの東の突き当りにある西楼門から敷地内に入る。地元の人たちは、八坂神社を「八坂さん」と呼ぶ。神様を友だち扱いしているような響きだ。

神社の境内にはどこか不思議な空気感があった。自然と姿勢が正されていくような感覚が心地よい。まだ早朝のせいか、境内にはほとんど人がいなかった。鳥居をくぐって左手の方から本殿への道を進む。ゆっくりと歩きながら本殿の前にくると、大きく一呼吸し、手を合わせた。柄にもなく、神頼みをしたくなったのだ。

そして一時間ほど境内を散歩してホテルに戻り、それからはいつものように朝刊に目を通し、身支度を整え、昼前には府庁へと向かう。少し贅沢(ぜいたく)な気はしたが、気持ちの高揚のせいか府庁までの交通手段にはタクシーを選択した。車中でふと時計に目をやると、約束の時間より四十分も早く到着しそうだった。

「運転手さん、すみません。京都御所のところで止めてもらえますか」

龍子は、烏丸通りと丸太町通りの交差点でタクシーを降り、そこからは歩いて府庁まで向かうことにした。空腹を感じなかったので昼食をとっていなかったが、ふと通りの小さな喫茶店の看板に「心太(ところてん)」の文字を見つけ、店へと足を向ける。

龍子の故郷高知では、心太はカツオだしでいただくのだが、京都では、その心太がスイーツに分類される。初めて京都で心太を注文した時、得体のしれない黒いドロドロした液体がかかっているのを見て、相当驚いた。しかも、こともあろうに甘い。京都では心太に黒蜜（くろみつ）をかけて食べるのだ。でも一度食べると、このさっぱりした甘みが京都の夏には実に合う。久しぶりに懐かしい味を堪能（たんのう）し、龍子は二十分ほどで店を出た。

　そのまま烏丸通りを二ブロックほど北に進み、路地を西に入り、旧二条城跡を通り過ぎると、すぐに府庁庁舎が見えてきた。庁舎の敷地内に到着してからは、真っ直ぐに新館の四階を目指した。部屋の中には誰（だれ）もいなかったが、冷房がよく効いていて、外から入ってきた龍子にとっては心地よい温度だった。机の上に荷物を置き、椅子（いす）に座って涼しさを満喫していると、紙袋をぶら下げた沖田が部屋に入ってきた。

「あっ、早いですね。もうお着きでしたか。外は暑かったでしょう。冷たい飲み物を買いに行ってました」

「いつも気遣いが素晴らしく、恐縮です」

沖田は龍子の言葉に微笑（ほほえ）みながら、紙袋からアイスコーヒーを二つ取り出し、一つを龍子に、もう一つの自分の分にはストローを挿して一口飲むと、龍子の向かい側の椅子に座った。

「高知も暑いですか？　お仕事の方は、大丈夫でしたか？」

差しさわりのない質問を投げながら、沖田は一気に半分ほどコーヒーを飲み干した。

「高知も暑いけど、湿度が低いので過ごしやすいかな」

とりとめのない会話を中断させるように、沖田が緩やかに本題に入ってきた。

「いよいよですけど、今日も全然緊張されてないようで」

「緊張、してますよ」

「ぜんぜん、見えないです。僕なんて、昨日の夜から眠れなくて。興奮してるんですかね」

沖田もまた、龍子と同じ気持ちなのだろうが、それを素直に表現できる沖田が羨ましかった。龍子は微笑んだまま、黙っていた。

「そういえば、さっき知事と他の議員たちもいつもと違ってソワソワしているような感じでした」

「そうなの？　皆さんの準備は整ったのかな？」

「どうなんでしょう。昨日は桂を交えて密談の雰囲気でしたが。内容までは僕にもわからないんです」

「まあ、京都の皆さんを信じましょう。この後、京都がどんな主役になってくれるのか、私も楽しみます」

そう言って龍子は余裕の表情を見せたが、内心は不安だった。昨晩の桂との電話で一旦は安堵したものの、やはり緊張はしている。信じるしかないというのが本音だった。京都が上手く大阪を巻き込む形を作らねば、この先が危ぶまれるからだ。

「沖田くん、出発は何時ですか？」

「会場は新神戸の駅からさほど遠くないですから、京都駅十五時七分発の《のぞみ》で、新神戸には十五時三十五分着です。全員同じ列車ですが、知事と先生方はグリーン車、坂本さんと僕は指定席にしています。同じ車両を避けておきました。府庁を出るのは十四時半です」

「皆さんと車両が違うのは助かります」

そう言って、龍子はふと部屋の壁にかけてある時計を見た。まだ出発まで一時間ほどある。

「桂知事や皆さんは、知事室にいらっしゃいますか？　そうであれば、一言ご挨拶をしておきたいです」

「多分皆さんお集まりだとは思いますが、確認してみます」

沖田は、すぐさま机の上の電話機の受話器をとった。秘書室に内線電話を入れているようだ。

「坂本さん、皆さんは十四時に知事室に集まられるみたいです」

龍子は沖田の返事を受け、少し考えた。出発の三十分前に集まるのならば、最終確認などするつもりなのだろう。あまり早く行っても迷惑かもしれない。龍子はそう考え、出発の十五分前に知事室に行こうと沖田に伝えた。

まだ龍子と沖田のコーヒーが、程よく残っている。桂たちに会う前に沖田と少し話をしておいた方が良いかもしれない。

「沖田くんは、首都分散について何か考えていることがありますか？」

突然の龍子の質問に沖田は少し戸惑っている様子だったが、熟考しつつ答え始めた。

「東と西を二つに分けるのは、僕もいい考えだと思っています。日本は小さい国ですが、それでも東と西では文化や物の考え方も随分違いますから。それに僕のように政治の世界で働いていると国の施策なども勉強をしますが、同じ年の友だちはほぼ国のことなんて無関心なんです。東側でいろいろ言っていても、そんなことより京都が何してくれるか、そのことの方が重要で。それって、国よりも目先の日常のことが大事ってことで、完全に個人主義ですよね？　もし国の政治が西側にもっと現実味をおびて見えるようになったら、僕たちの世代の考え方が少し変わるような気がします。どう変わるのかは全く想像もできないですが、今よりは良くなりそうな。そうあって欲しいと。坂本さんは単に二つに分けることが重要だと考えておられるのですか？」

龍子もゆっくりと答え始めた。

「二つに分けることのメリットはたくさんあると思っています。まず人の流れを大きく変えることができますよね。次に、今のようにほぼ固定の政党が国を動かしている状況に変化をもたらす可能性を見出せるかもしれないのは、大きいでしょうね。東と西のそれぞれの特徴を活かした政治が実現できれば新しい日本が見られるような気がします」

「実現できるでしょうか。そんなこと」

沖田が不安気に問いかける。

「それは私にもわかりません。ただ、歴史に名を残した人たちは前にある結果が見えていて動いたのでしょうか？　そうではないと思います。理想を掲げて、その理想で周囲を説き伏せ、仲間を作って国を動かそうと努力した。その結果、振り返ってみたら功績といわれる仕事をしたということじゃないでしょうか。ならば、夢や理想を持って考えてみること、動いてみることに意味があるような気がします」

龍子は真っ直ぐな視線で沖田を見据えながら、心の内を語った。

「沖田くん。何も考えない、何も行動しない方が罪深いと思いませんか？」

沖田の胸に、この龍子の言葉が響いた。

「そのとおりですね。兵庫や大阪との話を側(そば)で聞いていて、結果は作るものなんだと思えました」

「苦しい戦いほど成功の喜びが大きいと言うけど、私はそうは思いません。苦しい戦いを楽しんでこそ、戦う醍醐味(だいごみ)があるのだと思います。だから、今日も大いに楽しみましょう」

そう言って龍子はこの場の緊張を解き放つように豪快に笑った。沖田はそんな龍子を見つめながら、また一つ龍子の本質に近づけたような気がしていた。二人が申し合わせたように時計に視線を動かす。時計の針が十四時を回ろうとしていた。

「沖田くん、そろそろ行きましょうか」

龍子の言葉で、二人は立ち上がり机の上を片付けて旧本館に向かった。

知事室の扉を沖田が軽くノックし、扉を少しだけ開けて中に声をかけた後、龍子を部屋の中に迎え入れた。早速、桂が声を掛ける。

「坂本さん、今日はよろしくお願いしますぞ」

心なしか、いつもより興奮しているように見える。

「出発前にご挨拶にだけ伺いました。こちらこそ、皆さん、今日はよろしくお願いします」

龍子は立ったまま全員に頭を下げた。

「それでは沖田秘書と先に下に降りますので、後ほど神戸で」

龍子がそう言って踵(きびす)を返そうとすると、山本が声を掛けた。

「任しとき。作戦もばっちりやで。兵庫も大阪もひっくり返ると思うわ」

龍子が半分背を向けそうになっていた姿勢を急いで元に戻すと、京都勢は屈託のない笑顔を見せていた。そんな様子に龍子は作り笑いを浮かべながら、再び頭を下げ、沖田とともに部屋を出た。廊下を歩きながら、沖田が苦笑している。

「大丈夫でしょうか。変に気合が入ってますけど」

龍子も苦笑している。こうなったら、イチかバチかだ。意外にも単純明快な面々なのかもしれない。任せたことが吉と出るか、凶と出るか？　熟年の話術に賭けるしかない。これぞ正に神頼みだなと龍子は思った。

「まあ、楽しみましょう。沖田くん」

沖田の肩をポンと叩(たた)いて笑う龍子だったが、決して安心しているわけではない。沖田の心配を和(やわ)らげようとしながら、自分にも活を入れているのだった。

公用車が迎えに来る場所に到着してからもまだ沖田がぶつぶつと独り言を言っている。珍しい光景だった。

「どうやって、褒めるんやろ。大阪を怒らせたら大変や。空回りせんかったらええんやけどなぁ」

仕事中であることをすっかり忘れているのか、沖田の独り言が止まらない。知らん顔を決め込んでいた龍子だったが、思わず吹き出してしまった。

「沖田くん、本当に心配性ですね」

「坂本さん、笑ってる場合じゃないでしょう。僕はもう心配で、心配で。さっきの三人の先生方見たでしょう？　真面目に考えてくれてますよね？」

「今更、仕方ない。賽(さい)は投げられた。あとは、私が黙って見守ることができたら大いに結構。口を挟まないといけないようなことになれば、大変かもしれませんが、まあ、何とかなる！」

「坂本さんは、いつも余裕ですね」

沖田は龍子に向かって呆れたような表情を見せた。そんな二人の前に黒い車が滑り込んできた。手配をした公用車だ。まもなく、桂たちも現れた。沖田の表情が瞬時に仕事の顔になる。すかさず二台並んだ後ろの車の後方扉を開け、桂と飯島を乗せ、前の扉を開けて山本を乗せる。その後、柴田と龍子を前の車の後方に誘導し、沖田が助手席に乗り込んだ。

一行は、いよいよ一回目の会合に向けて出発した。


京都の一行は予定通りの時間に新神戸に到着し、駅からは手配済みの二台のタクシーに乗り込み、目的の場所へと向かった。駅から車で五分ほど走ると、一軒家の造りをした料亭が目に飛び込んできた。一行が店の中に入ったのは約束の十分前だったが、どうやら京都が最後に到着したようだった。出迎えたのはこの店の女将らしき女性で、恰幅のよい年配者だったが、若い時はさぞ美人だっただろうことが窺える。

「いらっしゃいませ。お待ちしておりました。他の皆さまもご到着されております」

そう言って予約している部屋に案内された。完全個室の部屋の中に入ると、入り口の正面に大きな窓があり、窓の外に見える竹林が何とも言えない高級感を引き出している。窓の前には大きなテーブルが配置されていて、既に兵庫の但馬とその秘書と思しき人物、更に大阪の吉岡、影山の順で、下座にあたる左側の席に座っていた。桂たちが部屋に入ると、四人が即座に立ち上がり、京都の一行を出迎えた。

まずは奥の窓側に席をとっている但馬が声を掛けた。

「桂知事、大変ご無沙汰しております。今日はお目にかかれることを楽しみにしておりました。また、大変興味深いお話に参加させていただき、ありがとうございます。本日より秘書の酒井も同席いたします」

酒井蔵人。但馬の第一秘書で、政治の世界では目立つ存在ではなく、但馬同様に争いごとを好まない性格の男だ。酒井が但馬の横で静かに一礼をした。

京都の一行は、桂を先頭に飯島、山本、柴田の順に上座側に移動する。桂は但馬の正面に席を構え、柔和な表情で返答する。

「但馬さん、ほんまにご無沙汰ですな。お元気そうで。今日は私も楽しみにしておりました」

そう言って桂が席に着くと、それに合わせるように、飯島らが着席し、兵庫、大阪と続いた。龍子と沖田が一番の末席に座ろうとしたとき、桂が声を掛けた。

「坂本さん、あなたはここに座らねば。とりあえず口火を切っていただかないといけませんからな」

そう言って、窓を背にした一番の上座を示した。龍子は軽く会釈をし、桂の指示した席に着く。沖田はそのまま龍子の正面に位置する末席に席をとった。全員が着席したところで、吉岡が遅ればせながらの挨拶をする。重鎮たちを目の前に、吉岡から緊張が伝わってきた。

「大阪は、私、吉岡と影山が参加させていただきます。お声をかけていただきありがとうございます」

吉岡が座ったまま深々と一礼した。その横で影山も吉岡に合わせるように一礼した。

「吉岡くんにも会えるのを楽しみにしてましたわ。活躍ぶりは隣の京都にも知れ渡るほどで。斬新な動きが頼もしい限りですな」

そう言って桂が吉岡に声を掛けた。吉岡は、恐縮したような顔をしながらまた一礼を返す。そして、吉岡の返答を制するかのように桂が龍子を促した。

「坂本さん、それではさっそく始めてもらいましょうか」

「はい」

龍子の返事とともに、部屋の外から声が聞こえてきた。

「お飲み物をお持ちしました」

この店は沖田が但馬と相談して決めていた。重要な会議中に話を中断させないため、全ての料理が最初からテーブルの上に並べられ、飲み物もあらかじめ注文してあるものだけを運んできてもらうことにしていた。店の仲居が三人ほどで無言のまま手際よくテーブルに飲み物を配置していく。いわゆる大物たちがよく利用する店のようで、店の女将や従業員も心得ている様子だった。仲居たちが一礼して部屋を出るとすぐに龍子が口火を切った。

「今日は皆さんにお時間をいただき、改めて御礼申し上げます」

深々と一礼をする。全員の視線が龍子に集中した。

「皆さんに事前にお話しいたしました首都分散構想は、京都の桂知事の発案です。実現することによって西側が東と対等の力を持つことができるものと思います」

この龍子の言葉に飯島と山本、柴田が得意気な笑顔を浮かべている。龍子が続ける。

「桂知事のお話を伺ったときは、正直に申し上げて大変驚きましたが、同時に大いに興味が湧きました。皆さんも今の日本の状況に危機感を抱いておられるからこそ、今日のこの席が実現したのだと思っています。まずは、西が団結して東と交渉する道を開くために、皆さんの目的意識を明確に確認させていただきたく、今日はお集まりいただきました。まずは発案者である桂知事に発言いただきたいと思います」

龍子は真っ直ぐに桂の方に視線を投げかけ、発言を求めた。いよいよ幕は切って落とされた。龍子の言葉を受け、全員の視線が桂に集中する中、桂が余裕の笑みを浮かべながらゆっくりと口を開く。

「改めて、この件で坂本さんを京都にお呼びした時のことが思い出されますな。坂本さんがおっしゃった通り、今の日本を何とかできないかと僭越ながら政治の世界に身をおくものとして、ずっと考えておりました。私の唯一の疑問は、首都の一か所集中は本当に良いことだろうかということです。皆さんもご存じの通り、京都はかつて都として栄えた土地です。再び京都に都を戻すことに未練がないといったら嘘になりますが、世の中はこの百年余りで大きく変わりました。単純な発想では今の日本は変えられないものと思います。そこで、今回、坂本さんに首都を動かすという構想をお話ししたという経緯です」

部屋中が、ぴんと張り詰めた空気に包まれる。誰一人として口を開く者はいない。

「そして坂本さんからの提案で、京都・兵庫・大阪が手をつなぐことができればその可能性はゼロではないということに気づかされたということですな。皆が手をつなげば、西が東と対等に話ができる。そのうえで国の機能を東西で分けるという分散構想が実現できれば、京都が存在する限り西が東より力を持てることは明らか」

分散構想の発案は京都だが、京阪神が手をつなぐ考えは坂本の提案だと桂は言っているのだ。龍子は密かに桂の嘘が可笑しかった。

「皆さんも、坂本さんが舵取りをしてくれたら、京阪神が平等な立場で前に進めると思われているのと違いますかな？」

桂はこう言いながら、兵庫と大阪の疑心を抑え込んだ。こういう場での桂の存在感は、貫禄を通り越して凄まじい威圧感があると龍子は感じていた。もちろん年齢的にも実績的にも但馬や吉岡の比ではない。但馬と酒井はただ黙って大きく頷いている。吉岡は何か言いたげな感じにも見受けられたが、まだ様子を窺っているようだった。影山は吉岡が発言しない限り様子を見るつもりなのだろう。少しの沈黙を破り、桂が自らの発言に終止符を打った。

「私の発言はここまでとしますよ。私ばかりが話すと、平等ではなくなりますからな」

桂は微笑んでいたが、その表情にも威圧感があった。龍子は、但馬に発言を促すべく視線を送った。但馬は、さきほどから吉岡が発言の機会を窺っているのを感じ取っていたが、龍子の視線を受け、この瞬間の大阪の発言を制すため自分に発言して欲しいのだと察知した。龍子が但馬に言い続けてきた「仲介役」という言葉の意味がやっと理解できた。但馬が口を開く。

「桂知事のおっしゃる通りです。坂本さんが久々に兵庫に来られた時、構想の話をされて、私はピンときました。桂知事の発案だと。桂知事らしい大胆な構想ですから。しかし、坂本さんの存在が大きいことも事実です。大阪さんもそれは変わらないでしょう」

桂に敬意を表しながら率直な意見を述べる但馬に、桂は笑顔で頷いた。吉岡は、笑顔で頷くしかなかった。但馬の言葉を受け、龍子が吉岡に問いかける。

「吉岡知事も思いは同じということでよろしいですか？　皆さんが同じ思いであるならば、次回からは具体策を講じていきたいと思っています」

吉岡には少し申し訳ない気がしたが、ここではまだ吉岡の威勢の良さを封じ込めたかった。彼の好奇心の強さをくすぐるように「次回からは具体策」という言葉に少しだけ力を込め、吉岡に伝えた。吉岡が慎重に答える。

「もちろん大阪も同じ思いです。皆さんと一緒に前進できるよう存分に提案をするつもりでいます」

吉岡のこの場での最大限のアピールだった。桂は吉岡に笑みを返したが、その目が鋭く光っていることを龍子は見逃さなかった。

「吉岡くん、ありがとう。君の行動力には大いに期待しておりますぞ。京都が兵庫、大阪と一緒に歩けるというのは時代の変化を感じますが、私も楽しみです。ここに同席している私の仲間の飯島、山本、柴田も今日ここに来るまで随分と興奮しておりましたからな」

龍子も、末席の沖田もこれが例の作戦への桂からの合図だとすぐに察知した。作戦の舵を取る飯島がすかさず口火を切る。飯島は場の緊張をほぐすように、砕けた口調で話し始めた。

「皆さんの思いが同じことを確認できて、ほんまに嬉しいですわ。憧れの兵庫さんに、仲良くしたいと思っていた大阪さんとこんな大層な機会をご一緒できる時が来るとは、長生きして良かった思てます」

さきほどまでの桂から放たれる緊張感とは正反対に、こともあろうに京都が歩み寄りを見せてきたことに、予想通り兵庫と大阪が驚いた。飯島の飄々とした物言いには威圧感どころか嫌味すら感じられない。四人は緊張がほぐれるような気分になっていた。

「憧れとは、光栄ですな」

但馬が冗談っぽく返す。山本が待ってましたとばかりに口を開いた。

「そりゃ兵庫は特別な街ですから。何と言ってもお洒落な雰囲気が最高ですわ。神戸は関西のファッションを牽引しているようなもんやし、芦屋の夜景は見事ですやろ？」

但馬が笑っている。柴田も加勢し、山本と柴田の会話が盛り上がる。

「芦屋のドライブウェイとか、最高やないですか」

「柴田さん、車好きやからなぁ。夜景も憧れですけど、芦屋の六麓荘町にいたっては、高級住宅街として日本一を誇ってますやろ？」

山本が但馬に問う。

「そうですな。日本一とは言われてます」

但馬が笑顔で返すと、すぐさま柴田が追い打ちをかける。

「東京の田園調布に完全に勝ててますわ」

山本が続く。

「京都にも呉服問屋やらお金持ちがおりますけど、芦屋には負けますな。税収の面でも羨ましい限りですわ。なあ、柴田さん」

「ほんまですな。高額所得者を呼び込む策を教えてもらわな。そういえば山本さん、毎年夏に盛り上がってる甲子園も兵庫さんの持ち物や」

但馬は二人のたわいのない会話の裏の意図など今は考えまいと思った。上から高飛車にこられるより気分が良いのは事実だ。一生懸命兵庫を語ろうとしている二人に敬意を払いたいと素直に思った。酒井もまた但馬の横で満足そうな笑みを見せていた。

「それほど褒めていただけると嬉しい限りです。これを機会にもっと兵庫の方にも足を運んでください。お待ちしてますので」

但馬の言葉に大きく頷きながら、山本と柴田が盛り上がる。

「行きます、行きます。いろいろとまた案内してください」

「喜んで。吉岡くんや影山さんも是非、来てください」

但馬が大阪に視線を送った。

「ありがとうございます。僕も兵庫にはよう行きます」

吉岡の言葉に山本が少しふざける。

「吉岡くんは若いから、彼女と一緒に行ってるんちゃうか？　デートスポットに最高や！」

吉岡は笑って誤魔化した。

「私は彼女とよう行きます」

影山がここぞとばかりに冗談を返す。全員が爆笑した。場の雰囲気が完全に砕けたところで、柴田がいよいよ大阪の話題に移していく。

「よう行くと言えば、大阪と京都はご近所さんやから。しょっちゅう行かしてもろてます。京都とはまた違った美味しいもんが一杯ですわ」

桂の威圧感から解き放たれたように、吉岡の表情が明るくなっていた。一方、吉岡の隣の影山は、京都が褒めの作戦できたと察知していた。兵庫には街の美しさを褒めておいて、大阪にはいきなり食べ物かいなと、少々不満があったが、しばし様子を窺う。

「大阪の街は、兵庫みたいに綺麗なスポットは少ないですが、食べ物は美味しいものが多いと思てます。大阪名物は何がお好きですか？」

吉岡が無難な質問を返すのをみて、影山は吉岡が警戒しているのかどうか、見極められないでいた。まだ若い分、褒められて素直に喜んでいるのだろうか。

「京都でも食べられますが、やっぱり大阪のもんは大阪で食べるのが一番ですやろ。お好み焼きやら、たこ焼きやら、大阪で食べると一味違う気がしますわ」

柴田が吉岡の方に満面の笑みを向けながら答えた。

「粉もんがお好きですか？」

相変わらず吉岡が無難に返す。山本が割って入った。

「柴田さん、粉もんより大阪と言えば、串カツに５５１の豚まんやろ」

影山は、山本と柴田のやりとりを聞きながら「もっと他にもあるやろ」とツッコミを入れたい気持ちになっていた。吉岡も同じ気持ちだったのだろう。大阪名物を並べる。

「かに道楽やら、イカ焼き、餃子も有名ですわ」

「そや、そや」

山本と柴田が相打ちを入れるように同意する。もう大阪名物は思い浮かばない。打合せ通り値段の話に変えていく。安価なことを強調すればよい。山本が得意気に話す。

「大阪は何というても、安い。美味しいもんが安いですやん。京都は高級すぎてあきませんわ。つけもん（漬物）やら、豆腐やら」

龍子と沖田の顔が少し引きつった。これは、まずくないか？　褒めているようで、褒めていない。飯島も気まずそうに苦笑しているが、そんなことには気づきもしない山本の口が止まらない。

「やっぱり、安いもんは大阪に行かな」

さすがの吉岡と影山も苦笑している。とはいえ、桂の前で反論するのも控えたいと吉岡は思っていた。影山がいらぬことを言わなければよいがと心配した矢先に、その影山が会話をつないでしまう。笑いながら返答するも、その言葉尻は嫌味に満ちていた。

「安うてお腹一杯になりますから、よろしいですやろ？　大阪商人の真髄ですわ！　京都の豆腐では上品すぎて、お腹一杯になりませんしなぁ。つけもんかって、ご飯のお供です。安い方がいいに決まってます」

もう少し放任しておくべきか、割って入るべきか、思わず龍子は下を向き目を閉じた。そんな様子に気づきもしない柴田は、打合せ通りの流れになっていると確信し、次の話題に移す。

「食べ物も美味しいですが、大阪は街も活気があってよろしいですわ。街に色が溢れてる感じがよろしいですなぁ。京都は地味であきませんわ」

「そやそや。京都は上から見てもきーっちり碁盤の目のように整備されてて、それはもう街自体が気品に溢れてますけど、おもろないですなぁ。大阪の行き当たりばったりな街づくりは、さすがです。道が斜めでも目的地に行けるって、ワクワクしますわ」

折角の柴田の転換を山本が崩してしまう。吉岡は一瞬桂に視線を送ったが、その重圧に屈するかのように苦渋の表情で何とか応答した。

「大阪の街をそんな風に見て頂いているのは、嬉しいです」

この後、また間髪を入れずに山本がシナリオにはない想定外の質問をしてしまった。

「街の迫力が違います。独創的ですわ。ああいう街やからですか？　大阪のおばちゃんの勢いも半端やない。何で大阪のおばちゃんは虎をしょってますのんや？　さすがに京都ではどこ探してもおりませんからなぁ、虎は」

吉岡と影山が苦笑する。但馬も戸惑っていた。桂だけが、飄々とした態度を崩さないでいたが、飯島と柴田はさすがにその話題はまずいだろうと下を向いてしまう。すかさず龍子が機転を利かせた。

「そうそう、私も前から気になっていました」

龍子が割って入ったことで、大阪の二人は攻撃の機会を失ったが、素朴な疑問に答えればよいということかと思い直し、吉岡は気を鎮め、話術で乗り切らねばと考えた。

「子供の時から普通に見てますんで、気にもしてませんが、確かに強烈です。僕ら大阪のもんも、おばちゃんには一目おいてますんで」

そう言って精一杯笑った。影山も京都勢の会話に苛立ちを感じ始めていたが、助け船を出す。

「ほんま強烈でっせ。ほんで、芸人さんより面白いこと言いますわ。今度大阪に来たら、虎の後ろを追いかけなあきまへんで。ただでネタ聞けますわ！」

さすが笑いの本場大阪。この切り返しの上手さに、場の全員が爆笑し、それまでの気まずい雰囲気が一掃された。全員の笑い声が収まったところで龍子がついに締めに入る。これ以上放置しておくと、何が飛び出すやら、さすがの龍子も不安でたまらなかった。

「お話が盛り上がって、嬉しい限りです。兎に角、これから皆さんが進む道は楽ではないと思いますが、皆さんが力を合わせれば、東に臆することなく道は開かれると思います。今日ここにお集まりいただいたことが、全ての第一歩となることでしょう」

桂がゆっくりと口を開く。

「但馬さん、吉岡くん、頼みましたぞ」

桂の言葉を受け、但馬と大阪の面々が桂に一礼した。更に桂が龍子に問いかける。

「次回以降は、どのように進めますかな？」

「今回が但馬知事のお膝元でしたので、次回は大阪でいかがですか？　そして最後に京都と考えております」

龍子の言葉に吉岡が質問した。

「あと二回でまとめるんですか？」

「二回ぐらいが理想ですが、それは進めながら考えていきます。ただ、西側で緻密に考えすぎても無駄になることも想定できます。まずは、大筋を固めて東に向かうことが先かと思っています」

桂が援護する。

「こういう話は、できる限り早い方がよろしい。時間をかけたからといって、結論が良いとは限りませんからな。短期決戦がよろしいでしょう」

吉岡と但馬も納得して頷いた。

「桂知事、ありがとうございます。それでは、次回は大阪ということで、日程などは京都の沖田秘書に調整をお願いできれば幸いです」

「了解いたしました。それでは皆さんには私から来週以降の日程の候補をお送りいたします」

　末席から沖田が声を掛けた。

「各府県の知事の皆さんには、具体的な構想やご提案を事前にお伺いしておきたいと思っています。改めて個別にご連絡いたしますので、ご無理のない範囲でお目にかかれれば有難いです」

　龍子はそう言って、各知事たちにこれを宿題とさせてもらうことを願い出た。その後、龍子はほとんど料理に手をつけていないことを店の女将に丁重に詫び、全員が店を出た。入店してから二時間も経っていなかったが、一刻も早く解散に持ち込んだ方が良いと判断したからだった。兵庫と大阪の四人を見送った後、京都の面々も帰路に就いた。


　京都駅に一行が帰り着いた頃にはすっかり辺りは暗くなっていた。龍子と沖田は、京都駅の八条口で桂、飯島、山本、柴田を順にタクシーに乗せ見送ると、やっと緊張から解き放たれ、申し合わせたようにため息をついてしまった。

「坂本さん、ほんまにお疲れさまでした。僕は途中で心臓が飛び出しそうでした。あれ、褒めてました？　全然褒めてませんよね。さすがに虎の話は最悪です」

　龍子を労いつつ、沖田がネクタイを緩めながら本心を吐露する。

「沖田くんもお疲れさまでした。そうね、ちょっと冷や汗をかきましたが、あの程度で良かった。桂知事がいらっしゃらなかったら、もっと大変だったでしょうね。大阪ももっと勢いが良かったかもしれません」

「そうかもしれませんね。桂知事の存在感は慣れているつもりでしたが、今日は一段と凄(すご)いと思いました」

「そうですか」

「大阪がどう答えるのかが一番心配でしたが、かなり我慢していた空気は感じました」

「そうね。まあ、あのメンバーですから。いくら同じ職責といっても一番若い吉岡知事がいきなり噛(か)みつくことは難しかったのではないですか？　ただ、次回以降は、積極的に発言をしてくるかと思います」

「どうまとめるかは、坂本さんの腕次第です。大阪の発言が京都を刺激しないことだけを祈りたいです」

　龍子は、それは京都も同じですと言いたかったが敢(あ)えて言葉にはしなかった。

「沖田くん、明日は朝九時には庁舎に入りますね。適当に四階の部屋を使わせてもらいますので、都合の良い時間を見計らって、桂知事とお話できれば良いのですが」

「わかりました。今日の帰りが遅くなるかもしれないと予想しておりましたので、明日の予定はあまり過密ではありません。どこかで時間がとれるはずです。明朝確認します。知事のことですから、早く会いたいと言うかもしれません」

「お任せします。それじゃ、明日また。今日はゆっくり休んでください」

　二人は立ち話を終え、そのまま八条口で別れた。

ホテルに戻った龍子は、途中のコンビニで買った乾き物をつまみに、ビール二缶を一気に飲み干しながら、本戦となる今後について思いを巡らせた。

各府県からは、当然のように思惑の絡んだ考えが出てくるだろう。彼らの考えに耳は傾けるが、八方美人では八方塞がりになりかねない。自分が描いているシナリオに落としていくべきだ。京都のプライドを守りながら、大阪を制し、兵庫を仲介役に……。そして高知への金の落としどころもそろそろ交渉せねばならない。思いは先走るが、頭の中の考えを振り払い、早めに眠りについた。

三章　蜜をちりばめて

一

龍子(りょうこ)は翌朝、再び八坂さんまで散歩をした後、いつもと変わらない朝を過ごし、府庁へと向かった。今日は事前に調べておいたバスで向かうことにした。ホテルから祇園のバス停まで歩き、「金閣寺・立命館大学行」のバスに乗る。朝のラッシュがなければ二十分ほどだが、実際には三十分ほどかかった。「堀川下立売(ほりかわしもだちうり)」のバス停で降り、そこからは徒歩で五、六分の距離だった。

時間通り四階の部屋に入ると、既に電気が付けられており、机の上にコーヒーがおいてあった。沖田の気遣いだろう。席に着くと、すぐに但馬に電話をかける。いつものように但馬の一声が聞こえてきた。

『坂本さん、おはようございます。昨日はお疲れさまでした』

「但馬知事、ありがとうございました。無事に終えられ安堵(あんど)しております」

『京都が歩み寄りの姿勢を見せたことには少々驚きましたが、これも坂本さんの存在が大きいのでしょうな。これからが楽しみです』

「とんでもございません」

　但馬は龍子に対し、絶大な信頼を寄せていた。昨晩の言葉通り、但馬は龍子の存在がなかったら、今回の構想には乗らなかったかもしれない。誰か第三者が介入しない限り、関西が一つになることは難しいと考えていたからだった。

『今日のお電話は昨晩の宿題の件ですかな？』

　但馬が訊ねた。

「はい。次回皆さんで集まられる前に、但馬知事の具体的なお考えをお聞きしておきたく」

『いやいや、むしろ私は坂本さんの構想を先に聞きたいですな。何のお考えもなく先に進まれる方ではないでしょう。その構想をお伺いしたうえで、可能性を考えたいのですよ』

　但馬は完全に受け身の態勢をとった。但馬が受け身であれば、先に大阪と話をすべきなのか？　一瞬、龍子は迷った。もしも自分の提案に賛同してくれるならば大阪より先に兵庫を味方につけた方が良いのかもしれない。但馬が電話の向こう側で龍子の答えを待っている。

「わかりました。それでは、近日中にお時間をいただける機会がございますでしょうか」

『明日にでもお目にかかりたいのですが、ちょっと立て込んでおりまして。週明け月曜の昼ぐらいはどうですかな？』

　待ち構えていたのだろう。指定の日程はすぐだった。

「大丈夫です」

『今回も沖田くんと一緒に？』

「ええ。そのつもりです。見届け役ですので」

『わかりました。では正午にお待ちしています』

「ありがとうございます」

　但馬が電話を切ったことを確認し、龍子も電話を切った。前回京都に来た時にホテルの壁に貼(は)っていた図は、携帯で写真をとり、いつも持ち歩いているノートＰＣの中に保存している。龍子は、天井を仰ぎながら思考を巡らせていたが、ＰＣを開きその図を表示させた。しばらく自分が書いた数字を見つめる。

　大阪は他府県よりグンを抜いて人口が多いが、最も面積が少ない。兵庫は二番目の人口と一番の面積を保有している。京都は人口が最下位で、府民一人当たりの予算も少ない。龍子の構想どおりに事を進めた場合、財政面でどのような変化をもたらす結果が得られるだろうか。京阪神を平等に納得させるには、何が不可欠なのか。

　ホテルで落書きのように書いた図をエクセルの表に整理していく。自分の頭の中も整理しておきたかったからだ。財政面も大事だが、龍子はあのウイルスの状況下での窮屈な精神状態を回避する策も大事だと考えていた。日本という小さな国の中で、極端に都市部に人口が集中しすぎていることは問題だ。全国を平均的にすることは不可能だろうが、都市部と言われるエリアへの人口流入を食い止めておく必要がある。

ひとまず厄介なウイルスは一段落したが、長期戦になってしまったことでの経済的なダメージは大きかった。またいつ人類が新たな脅威にさらされないとも限らない。だからこそ、龍子は首都を単純に東から西に動かすことには反対なのだ。分散することによって人の流れを変え、人の密度を薄める効果があると思っている。エクセルを使いながら、様々なケースを頭の中でシミュレーションしていく。どのぐらいの時間が経ったただろう。いきなり机の上の電話が鳴った。内線電話だった。龍子が受話器をとる。

『坂本さん、沖田です。お疲れさまです。そちらにお伺いできず失礼いたしました。やはり知事が早めにお目にかかりたいそうで、お昼を知事室の方でご一緒できればと申しております。いかがでしょうか？』

龍子は壁の時計に目をやった。正午からで良いならばあと三十分はある。

「わかりました。正午にそちらで問題ないでしょうか？」

『はい。仕出し弁当をご用意しますので、正午にお越しください』

「ありがとうございます。それから来週月曜の昼に但馬知事に会いに行くのですが、沖田くんは同行できますか？」

『勿論です。後ほど詳細を教えてください』

「ありがとう。では正午に」

この電話で途切れてしまった集中力を再び戻す。ＰＣを見つめながら、ポイントになる数字を頭に叩き込んだ。大丈夫だ。多少の微調整は必要だろうが、ある程度京阪神が平等に前に進める構想にはなっている。あとは、それぞれの思惑を聞いた上で、障害となるものを排除するのみ。龍子は、両手で頰を叩き自らに気合を入れた。

約束の正午前に知事室の前に到着し、ドアをノックしようとした時、中から扉が開き沖田が出てきた。

「坂本さん、お待ちしておりました。今、食事のご用意もできたところです。どうぞ中にお入りください」

龍子が部屋の中に入ると、桂と飯島が笑顔で迎えてくれた。山本と柴田の姿はなかった。

「坂本さん、昨晩はお疲れさまでした。外でも良かったんですが、ここの方が会話もしやすいかと。老舗の仕出し弁当ですから、味は保証しますよ」

桂が龍子を労いながら、席を勧めた。飯島も桂を意識して、龍子への労いを忘れなかった。

「坂本さん、ほんまにお疲れさんでした。山本と柴田が別の会議でご挨拶できないので、よろしく伝えるように言われてます」

龍子は軽く頭を下げ、飯島の正面に座った。

「こちらこそ、ご無理を申し上げすみませんでした。ありがとうございました」

桂は龍子が席に着いたのを確認し、食べながら話すことを促した。飯島は割りばしを割りながら龍子に話しかける。

「どうでした？　坂本さん、ばっちりでしたやろ？　大阪をとりあえずは抑え込めましたやろ？」

自慢気に話す飯島に、龍子がぎこちなく笑みを返す。

「兵庫の但馬さんは相変わらずの紳士やよってに、余裕すら感じましたなぁ」

飯島は昨日の結果に満足しているのか、嬉しそうに話す。龍子はそんな飯島の様子を観察しながら、今は京都が主導権を握っているように思ってくれていた方が良いと思っていた。

「楽しい場にしていただけて、ありがとうございました」

龍子は無難な言葉を選びながら答え、その後、桂へ本題の質問を投げた。

「ところで、桂知事。京都は首都分散について具体的な提案がおありですか？」

桂は箸を止め、少しの沈黙の後、話し出した。

「坂本さんは、東を人口で打ち負かすだけでは弱いとおっしゃっておられましたな。しかしながら人口は各府県の税収の基礎ともいうべき部分を担っております。単純な計算をしたとて人口が東を上回れば明らかに税収も上回るという理屈にはなりますな」

龍子も箸を止めた。

「はい。それはおっしゃる通りです。ですが、京阪神を一つの府あるいは県に統合し、財布を一つにしない限り現実味を帯びてこない話です」

「財布を一つにには、厳しいですな。そうなると皆が手を組んだ後の役割の担い方が重要になりますな。京都は言わずもがな、御所があり、伝統的な土地ですから、国会の建設にしろ国を担う施設に適した場所です。兵庫は西の神奈川。港があり、貿易面で力を出せるでしょうし、土地面積においても一番余裕がありますな。近代的な事業の拠点としても利用価値があるのではないかと。大阪は斬新な発想と行動力があります。数字的には東京に次ぐ大都市。それは私も認めておりますが、日本という国を背負うのには、気品がありません。経済活性化に対する役割を担ってもらうのが良いかと考えますが」

各府県の役割については、イメージが出来上がっているようだった。飯島の存在が気にはなったが、桂に思い切った言葉を投げた。

「首都分散という構想は、京阪神での話し合いを持つための策ではなく、今後の方向性として正式に打ち出して参ります。その上で、京都が陣頭指揮をとれれば良しと考えておりますが、問題ございませんね？」

桂の目が光った。

「その先はどうなります？」

龍子は桂の迫力に言い淀んだ。

「それは私も気になりますなぁ。国会が二つに分かれるいうことですやろ？　ということは――」

珍しく、龍子が飯島の言葉を遮った。

「皆さんの中から大臣や総理が出る可能性が高くなります」

少しの静寂の後、桂が高らかな笑い声をあげた。

「やはり坂本さんのお考えは正しい。きちんと前を見ておられる。それでよろしいのですよ。時代が変わりましたからな。京都に首都を集中させたいという思いは変わらずありますが、この国の将来を考えた時に、果たしてそれで何かが変わるだろうかと思っておるのですよ。坂本さんから『分散』という構想を聞いた時から、ずっと考えておりました。私はとにかく、今の日本を変えたいのですよ。その昔も東西両都の発想がありながらも、強引な東のやり方で東に遷都されましたが、武力行使の世の中ではなくなった今こそ、冷静かつ客観的に考えて東西両都の発想を活かせるんではないですかな」

飯島も真剣な面持ちで桂の言葉に耳を傾けていたが、飯島の本音は遷都か分散か、そんなことはどうでも良かった。どちらが自分にとって得があるのか、高みを目指せるのか、それだけなのだ。更には分散が実施できた後に西が東と対等の力を持ちさえすれば、いつでも西に遷都させる機会を狙うこともできる。そうすれば自分が国のトップに立ちあがることも夢ではないと考えていた。

「坂本さんも『分散』という提案をした以上、単なる思い付きではないはずです。兵庫に初めて交渉に行かれてから彼此二週間の間に、東京への大義名分と分散後の策について考えているのではありませんか？　むしろ、そうでなければ貴方にお願いした意味がないのですが」

龍子は、改めて桂知事にまやかしは通用しないと痛感した。この段階である程度の構想を話しておくべきだと思った。

「桂知事、おっしゃる通り既に用意しております。京阪神の一部の予算を一つの財布にするという発想から組み立てた数字もほぼ固まっております」

桂の目が光った。飯島は呆気にとられている。

「首都分散は、あくまでも東と西に国の中枢を担う機能を分散するという考え方です。では、そうすることでどんな利点があるのか。経済力という点では、今も西側はそれなりの力を持っていますし、充分に国の税収にも貢献しています。東に対する名分の一つには、人流を変えるということが考えられます。一つの拠点に全てのものを集中させることのデメリットの方が大きな時代になってきていると考えているのです。ですから、分散によって人の流れを変え、国民にとってより安全な国を目指す。そして、東は東京を拠点に東日本の活性化に努め、西は京阪神が中心となって西日本を活性化させるという考えに至っています」

桂と飯島は龍子の話に聞き入っていた。

「分散後の役割については、それぞれの思惑が充分にあるでしょう。ですが、国際的にも知名度の高い京都が中枢を担う拠点になることは私も譲らないつもりです。ただ、そのためにも京都の皆さんには、もっともっと柔軟になっていただき、他府県を抑え込むのではなく歩み寄っていただく必要があります。大阪は桂知事がおっしゃるとおり、行動力があり発想が豊かです。さらに過去には金融市場の基礎を築いたという歴史があります。経済の活性化に対する施策は大阪がやるべきでしょう。兵庫に関しては、港の更なる有効活用と豊かな土地面積の提供が役割かと思われます」

龍子は一気に語り尽くした。唯一どの予算を統合しようとしているのか、更には具体的な数字の根拠までは差し控えたが、この構想の大枠についてはこれまで頭の中にあった思いを吐き出したような気分だった。桂と飯島の視線を一身に集めながら、龍子は一息ついた。桂と飯島はまだ黙っている。龍子もこれ以上言葉が見つからず、沈黙のまま様子を窺った。

突然、桂がゆっくりと手を打ちながら笑い出した。

「いやあ坂本さん、実に面白い。歳入のどの部分にメスをいれられるのか。まあ、それは後のお楽しみということにしておきますかな。坂本さんは立派な政治家ですな」

そう言った後、飯島にも言葉をかけた。

「飯島くん、やっぱり坂本さんは考えておられた。実現した暁には、発案者が京都ということで歴史に刻まれ、国際的にも京都が西の拠点の中枢として見えますな。遷都に拘って、机上の空論に終わるより、見事やないですか」

飯島も龍子の構想に驚いていたが、桂が賛同するのであれば反論すべきでもないのだろう。飯島とて遷都に拘って何もできないよりは、歴史に名を残すことの方が魅力的だった。分散に向けて実績を残せば、抱いている野望に近づけることは明らかだった。

「驚きましたわ。坂本さん、御見それいたしました。そういうことであれば、山本と柴田も賛同するでしょう。いや、何か言うても私が賛同させますわ。京都が歩み寄るという点においても、結局は『大人作戦』続行、いうことですやろ？」

そう言って、飯島も波長を合わせた。

「桂知事、飯島先生、ありがとうございます。ひとまずご納得いただけて嬉しいです。週明けの月曜に兵庫に行ってまいります。また沖田秘書にも同行してもらうつもりです」

「そうですか。但馬くんは何か提案しそうですかな？」

桂が問うた。

「いえ、受け身の姿勢でいらっしゃいます。私からの提案を聞いて考えたいという意向です。そこで、先程お二人にお話しした内容と同じことを話します。ただ役割の部分に関してだけは、先方の意向を先に聞きたいと思っています」

「そうですか。わかりました。役割についてはその方が良いでしょうな」

「ただ、但馬知事は桂知事に対して敬意をお持ちです。西の中枢の拠点という点において兵庫にとは主張されないと思っております」

飯島が大きく頷きながら口を挟んだ。

「問題はやっぱり、大阪ですか」

相変わらず大阪への敵対心が根強い。龍子は飯島の気持ちを和らげるように答えた。

「大阪は、今回の構想に一番興味を持たれていますから、前回の席でもお気づきのように、簡単に場を乱すことは口走らないはずです。まして吉岡知事は若いです。桂知事がいらっしゃる限り、無茶な発言はないものと思っています」

「そりゃそうやな。吉岡くんは若いからな。むしろ京都の味方にしてしまえばええんちゃうかぐらいに思たなぁ。そやけど、あの影山くんがなかなかクセもんやと思うけどなぁ」

自分のことを棚上げにして、飯島はぶつぶつと持論を語っていたが、これも建前。目の前の二人に本心を悟られないためのパフォーマンスに過ぎない。昨日の会議の時から、内心では自分と同じ匂いを感じる影山を手中に収める策を考えたいと思っていた。

「大阪とも次回の三府県の会合までには話をしてきますので、改めてご報告いたします」

龍子はそう言って、飯島の話を遮った。高知への還元についても話しておきたかったが、桂と差しで話した方が得策との判断で、その場での会話は見送った。その後、三人はたわいのない話で談笑しながら弁当を完食し、龍子は部屋を出た。


龍子が新館に戻ると、部屋には沖田が待っていた。

「お疲れさまです。知事たちとの話は上手くいきましたか？」

「ええ。お陰様で」

龍子は桂たちに語った話の内容を沖田にも共有しておくべきだと思い、包み隠さず沖田に伝えた。沖田も驚いている。

「坂本さん、それを知事と飯島先生に話したのですか。それで賛同をもらったと。怒られるかもしれませんが、ますます龍馬さんに見えてきました」

龍子も今回ばかりは嬉しさを感じ、心の底から豪快に笑った。

「予算のどこを使おうとしているんですか？」

沖田の素朴な疑問だった。龍子は一瞬迷ったが、沖田はそれを知り得たからといって、ぺらぺらと喋（しゃべ）る男ではないだろう。むしろ全てを知った上で龍子の行動を見守る男だろうと考えた。

「沖田くんを信じて、先に教えますね。使い道が自由とされている予算です」

沖田が「あっ」と声を漏らし、目を輝かせながら答えた。

「地方交付税交付金！」

「そうです。京阪神の交付金を一つの財布にまとめて、インフラ強化や交通利便増進、一部の首都機能を持つための建設費に活用するのです。府県をまたいだ事業ですからいたって平等かと思っています」

「なるほど。全部の予算を一本化するのは難しいですが、それなら可能性があります」

龍子は嬉しそうに頷いた。

「沖田くん、月曜の兵庫ですが正午にと言われていますので、また新幹線の手配をお願いします」

「わかりました」

「大阪にはこれから電話を入れてみますので、その日程が決まったら、次回の会議の日程を調整してください。沖田くんの予定を気にせず大阪に行く日を決めてしまっても大丈夫？」

「大丈夫です。今の僕は坂本さんの案件が最優先ですから」

「わかりました。では、大阪と話をしたら連絡しますね」

沖田は、龍子の言葉で部屋を出た方がよいことを察知し、一礼をして部屋を出た。


大阪の知事室では、吉岡と影山が食事をしながら昨晩の会議の件で盛り上がっていた。

「影山さん、昨日の京都、びっくりしましたよね」

「知事もそう思われましたか。桂知事が話し始めた時は、いつものことで、またまた上から来よったと思てましたけどなぁ」

「あれは作戦ですよね？　褒めの作戦。一生懸命褒めようとしてはるのに、ちょいちょい上からくる感じ」

吉岡が楽しそうに話す。

「まあ頑張ってはりましたなぁ。決死の覚悟って感じちゃいますか？」

影山が茶化したように答える。吉岡も影山の冗談に笑っている。

「坂本さんが京都に指示したんですかね？」

吉岡が訊ねる。

「それはそうでしょう。京都が自分から褒めの作戦とか、思い付くはずないですよ。そやけど、大阪の話が食べもんの話で始まるって、他にないんかと思いましたわ。知事も同じこと思わはったんとちゃいますか？」

「そこがまた無理矢理感マックスでしたわ。影山さんは途中でキレかかってましたね」

「安い、安いの連発は、さすがに」

「ほんで最後に虎ですよ、虎！　強烈なん来たなぁ思いましたわ」

「あれなぁ。確かに大阪のおばちゃんの象徴みたいなもんやけど、しょってるて……」

「そやけど、しょってますやん」

「たしかにな」

吉岡と影山が目を合わせて笑った後、吉岡が真面目な話題に切り替える。

「西では財力トップの大阪ですから京都に頭を下げる必要はないし、向こうが下に出るのはあたり前や。まあ、このまま京都の姿勢が変わらんのやったら、東に行くために大阪も多少の我慢をしてやりましょか」

「そうですな。それはそうと坂本さんからの宿題の件ですが、知事は何か既に答えを考えてるんですか？」

影山がやんわりと探りを入れた。

「分散に向けての構想のことですか？」

「省庁ごと動かしてくるとなると、それを大阪にと主張されるおつもりで？」

「いや。そこは京都か兵庫でええんちゃいますか？　大阪はそもそも土地に余力がない。利便性の良いエリアは特にです。影山先生はどう思われてます？」

「間違いなく、拠点は京都やいうて譲らんでしょう。それやったら、この際とことん京都を利用したらええんちゃいますか」

「なるほど」

吉岡は影山の腹黒い本心を垣間見たようで、あまりいい気はしなかった。

「そんなことより新しいことをやろうとすると必ず金が動きますやん。そこを大阪が牛耳ったらえええんちゃいます？」

影山は、金の力を重要視していた。金の流れさえ牛耳れば、知事などという職責はこの吉岡に任せて自分は中枢部に潜り込めばいいと考えていたのだ。分散が実現すれば、今よりもっと金が動く。そこで懐を潤しておくことの方が大事だと思っていた。

一方、吉岡は予想通りの影山の答えに驚きもしていなかった。自分の側にいて、陰でずる賢く動いているのはお見通しだ。影山と一緒になって墓穴を掘るような真似だけはしまいと心に決めている。吉岡は単純に、大阪の実力を見せるためには経済効果への施策を打ち出していくことだと考えているだけだった。

「影山先生も同じでしたか。僕は、金を生み出す施策に大阪が大きく貢献できると思てます。京都を上手く表に立たせて、僕らは実務を担う方がええかな」

「坂本さんは既に具体策を練ってますやろか？」

「僕は既にシナリオが出来ていると思てます」

吉岡が自信たっぷりに答えた。影山も納得している。

「そやなぁ。坂本さんは場当たり的な発言はせえへん人やからなぁ」

「まずは坂本さんのシナリオを聞いてみませんか？　そのうえで、大阪が主張すればええかなと。とにかく途中で空論になることだけは避けたいですわ」

吉岡も影山も、一度はこの構想を東に持ち込みたいという思いは共通していた。ここまできたらダメで元々だろう。西側がとんでもないことを真剣に考えているのを東側に知らしめることが大事だろうと考えていた。二人のランチが終わろうとする頃、吉岡の携帯が鳴った。

「坂本さんや！」

吉岡が小声でそう言って、影山に目配せをし、電話をとった。影山は二人の電話の様子を窺っている。吉岡は、お決まりの挨拶を交わした後、どうやら宿題の答えを聞く日程を聞かれているようだった。

「坂本さんは、土曜日とかでもかまいませんか？　もし差し支えなければ、この週末の土曜の方がゆっくり話せると思いますが」

そう言って、吉岡が影山に目配せをする。影山が小さく頷いた。

「すみません。それでは十四時に庁舎でお待ちしてます」

吉岡は電話を終えると、影山に声をかけた。

「影山さん、土曜にすみませんが、同席をお願いします」

「かまへんで。ほな時間前に来るようにするわ」

影山はそう言って、知事室を出ていった。

吉岡と電話を終えた龍子は、しばし考え込んだ。兵庫と話をした後に大阪と思っていた予定が狂ったからだ。土曜日を指定してくるのは想定外だったが、吉岡の激務を考えるとあり得ないことでもないなと思った。秘密裡に動いている案件だけに、かえって他の職員のいない土日の方が目立たなくて良いかもしれない。吉岡知事は自らの提案を押してくるのだろうか？　それとも受け身なのか？　今の龍子には予想できなかった。ここもまた、出たとこ勝負でいくしかないと決断した。

それから夕方まで、次回の会議で見せたい資料をざっくりと作ってみた。自分の中では、納得できるシナリオができた。大阪に出向く前の二日間で沖田を交えて協議してみようと思った。そろそろ時計の針が退庁時間を過ぎようとしている。龍子が机の上を片付け沖田に電話をしておこうと思った時、部屋に沖田がやってきた。

「ああ沖田くん、今電話しようと思ってました」

「お疲れさまです。以心伝心でしたか？」

爽快な笑顔で応える沖田。龍子も笑みを返す。

「大阪なんですが、今週末の土曜になったんです。ごめんなさい」

「全く問題ないです。何時ですか？」

「大阪に十四時です。デートの予定とかあったら申し訳ない」

沖田が笑っている。

「それ、探ってますか？　僕のプライベート！」

沖田が悪戯っぽく返した。龍子は戸惑った。全くそんなつもりはなかったが、沖田にはすっかり心を開いているのか、冗談のつもりで言ってしまった。気をつけないと年下男子へのセクハラかと思われる。龍子の反応を見ながら沖田は笑っていたが、次の瞬間驚くほどきっぱりとした口調で頬を赤らめた龍子が言い切った。

「興味なし！」

沖田がお腹を抱えて笑った。

「坂本さん、可笑しすぎます。冗談です、冗談！」

龍子は沖田にからかわれ、さらに頬を赤らめ下を向いてしまった。沖田に動揺を悟られた気がして恥ずかしくて仕方がなかった。恋愛感情などなくても、顔面偏差値の高い男子にからかわれれば、少なからず悪い気はしない。むしろ嬉しい。そんな心境は女性であれば皆同じじゃないか？　龍子は心の中で懸命に言い訳を繰り返した。

一方、沖田は重厚なおじ様相手に臆することなく物を言う龍子の別の一面を垣間見られたことが嬉しかった。それも恋愛感情とは程遠いものだったが、どこか尊敬と憧れの感情で龍子を見ていた沖田は、また少し龍子との距離が近くなった気がして嬉しかったのだ。

しばし笑っていた沖田が気を取り直して龍子に訊ねた。

「坂本さん、今度も阪急で行きますか？」

龍子も我に返っていた。

「そうね。そうしましょう。じゃあ、今日はこれで。お疲れさま」

龍子はそういうと、足早に部屋を出ていった。そんな龍子を見て、また沖田が笑いながら龍子の背中に声をかけた。

「お疲れさまでした」

龍子は明日の予定を沖田に言い忘れていたが、今振り返ってそれを伝える勇気もない。あとでメールをしておくことにしようと考えながら駆け足で府庁を出た。


木曜の朝、沖田との約束は十時だったが、龍子は九時半には専用の部屋に入っていた。打合せのための資料を部屋にあるプリンターで印刷し、沖田が来るまでに頭の中を整理する。沖田は時間通りに部屋にやってきた。

「坂本さん、おはようございます」

龍子は微笑（ほほえ）みながら、部屋のセンターにあるテーブルで打合せを始めようと沖田を促した。沖田が椅子（いす）に座ると、龍子はさきほどプリントした資料を沖田に差し出した。ホテルで龍子が書いた図だった。その図を凝視する沖田。その視線はいつになく鋭かった。龍子は沖田が口を開くまで静かに待つことにした。やがて沖田は図を指し示しながら龍子に確認するように質問を投げかけていく。

「この図を見る限り、人口は京阪神が手をつなげば今の東京を上回っていますから、単純に考えればその時点で歳入は東京を超えています」

「そうね」

「でもこの歳入金を一つの財布にするのが難しいと考えて、それぞれの地方交付税収入を書きだしたわけですね？」

「そのとおり」

「交付税の比率は異なりますが、調整するのが難しいほどの大差ではありませんね」

「やはり京阪神は都市部とみなされるエリアですから、交付税の比率も羨ましい限りです。高知県は、この比率が四割近くを占めていますから。都市部との落差が大きいこともこの国の問題点かと思います」

龍子はそう言いながら軽くため息をついた。

「坂本さん、でもそれはある程度は仕方ないのではないでしょうか。日本国中を一律にしてしまうことは無理ですから」

「もちろんそれぞれの地方団体が努力を続けることは必要ですが、都市部ではないエリアが加速度的に収入を減らしていけば、それはそれで国の財源が減ることになります。結果、都市部にだけ人が集まり一極集中型の構造が強まっていく。負のスパイラルだと思います」

沖田は生まれも育ちも京都だから、都市部ではないエリアに住む龍子の思いを同じように共有することは難しかった。それでも、龍子が言わんとすることが漠然と理解できる気がしていた。

「だから坂本さんは、首都を東と西に分散したらどうなるかという発想に興味を示されたのですか？」

「うん。前に沖田くんが言ってましたよね。友人たちが国に興味がないと。それは高知とて同じです。国の政治がリアルに伝わってこないというのが現実のような気がします。首都分散ぐらいの大きな変化をもたらさないと、人の意識を変えることは難しいのではないかと思うのです。それでも興味を示さない人たちもいると思いますが、今よりは変わるのではないかと。淡い期待です」

「その思いには共感できます。分散することの効果として期待できるのではと思います」

「そうね……。ごめんなさい。話が脱線しちゃいましたね」

龍子の言葉で沖田も再び図に視線を戻し、質問を続けた。今度は、図の右上に書かれた大きな赤い数字を指さす。

「僕の暗算ですが、この数字が京阪神の歳入金の合計から地方交付金の合計額を差し引いた額面ですよね？　十一兆二百三億」

「そうです。その数字と今の東京の歳入を比べると、地方交付金がなくても関西の歳入金が東京より上回っていることがわかります」

「坂本さん、それではこの面積の横にある数字は人口密度ですか？　だとすると、大阪は関西エリアでもグンを抜いてますね」

「そうね。東京も密度が高いでしょ？　だからあのウイルスの時は深刻でしたよね」

「この3，000という数字は、今の東京の人口密度を半分にという構想ですか？」

「まあ、理想論ですね。今の密度の半分まで落とせたら……っていう。それはかなり難しいでしょうね。そこまで落としてしまったら、東の力が弱くなりすぎてしまいますから」

「なるほど」

「沖田くん、まずはこの数字を見て、私の大筋の構想に何か不具合を感じますか？　率直な意見を聞かせてください」

　龍子は真っ直ぐな視線で沖田を見据えた。沖田はその視線を受け止め、自分の中の疑問とともに自分が考えるところを龍子にぶつけていった。

「地方交付税交付金を京阪神でまとめて一つの財布にするという大まかな構想は理解できますし、この数字を見れば可能性が見えます。ただ具体的に各府県がそれぞれの市町村をどう納得させていくのか。それが気になります。それから、使い道が自由とされている交付金をどう使うかの協議も必要ですが、本当に公平さが保てるでしょうか。それに、もともとは歳入の一部ですから、それを上納するとなると、他の部分に支障がでるのではないかと」

「沖田くんの疑問はごもっとも。一つずつ整理していくと、まず各市町村の問題ですが、それは首都の一部が関西に動いてくることでの経済効果をシミュレーションして、各府県が府民や県民の士気を盛り上げていくしかないかと思っています。知事の手腕の見せ所でしょう」

「なるほど。知事が説得するしかないと。ただ、その知事の後押しができるだけの裏付けは必要です」

「それは次の会議の時までに大筋は作りますが、いたって簡単なことです。分散によって必ず東から西に人が流れてくる。それによる経済効果が凄まじい数字になるのです」

「なるほど」

「次に一つにした財布のお金を公平に使うという点ですが、これはそれぞれの役割分担を決め、具体的に東との交渉が成立した時から議論するのでも遅くないと考えます。もちろん、想定は必要ですが、何がどう分散されるかの具体的な事例で考えていかないと空論になってしまいます。今はそこに時間をかけるべきではないと判断します」

　龍子の回答は素早く、全てにおいて明確だった。沖田はただただ龍子を見つめながら、その鮮やかな語り口に感嘆していた。最後の沖田の疑問を龍子が解いていく。

「交付金を使った場合の予算への影響についてですが、これもさほど心配せずとも解決できそうです。当初は支出が上回ることになったとしても、すぐに大きな収入となって戻ってくるはずです」

「わかりました。それから、これはまだ先走った考えかもしれませんが、分散の方法論としては、どの省庁を西に動かそうというのですか？」

　沖田はこの際、胸につっかえていることを全て龍子にぶつけてみたいと思った。

「僕が単純に考えると、環境省や国土交通省といった省は必ずしも東になくても良いと思います。逆に防衛省や法務省は東のままの方が良いかと」

龍子はこの構想に深く傾倒していく沖田の様子を興味深く観察しながら、沖田の話に聞き入った。

「内閣府の中に属する様々な部門は細かすぎて僕でも全部把握しているかと言われたら疑問です。ここを解体して分散していくのも良いかと思いますけど、坂本さんはどうですか?」

龍子が嬉しそうに答えた。

「沖田くんも随分と考えてますね。私の個人的な考えを言うと、現状の省の中でそれに関わる施設を移転することに大きな負担がかかるものは東のままで良いのではと思っています。沖田くんが言うとおり、最高裁などが東京にある法務省は東のままで。あと日本銀行を動かすことは無理でしょうから、財務省も東のままが良いでしょうね。ただ一部の証券取引については西を中枢にすれば良いと思っています。そもそも大阪はその機能を持っていますから。防衛省については、分散されれば、それぞれのエリアを防衛する機能を持つため、東西両方にという考え方もできます。沖田くんが西にどうかと言っている国土交通省や環境省なども東と西の両方にあっても良いかもしれません。東は東日本を管轄し、西は西日本を管轄するということですね」

「そうなると、全体をまとめる部門はどうするのですか? 総理大臣は東? それとも西？」

「国会議事堂をどうするかってことでしょ？」

「そうです、そうです」

「まあ、それは東の代表と西の代表が充分に議論をして、この国にとって一番良い方法を見出（みいだ）してくれれば良いのではないですか？　東であろうが、西であろうが、同じ国ですから」

龍子が笑いながら言った。沖田は不思議そうに龍子を見つめる。肝心要（かんじんかなめ）のところは考えていないのだろうか？　そんな沖田の様子を窺いながら、龍子が更に続ける。

「考える。議論する。それが大事なことかと思います」

沖田は妙に納得した。それは、先日ここで龍子が言っていた「何も考えない、何も行動しない方が罪深いと思いませんか？」という言葉が脳裏に浮かんだからだった。

それから二人は夕方まで疑問点をぶつけながら議論し、翌日の金曜も終日会議用の資料作りに励んだ。その結果、あとは各府県の話を聞いて役割の部分を調整するだけで、数字に関する資料の準備は整った。

二

大阪との約束の土曜日がやってきた。龍子と沖田は四条河原町で待ち合わせ、十三時の特急で大阪へと向かった。大阪府庁内は、職員も少なく閑散としていた。事前に吉岡には連絡を入れており、知事室まで直接出向くことになっていた。知事室の扉の前で、沖田が軽くノックをすると、すぐに中から影山が扉を開け、二人を中へと案内した。土曜日だからか、吉岡と影山は、普段とは違う軽装だった。吉岡が満面の笑みで声を掛ける。

「土曜日にすみません。お越しいただいてありがとうございます。どうぞ、おかけください」

龍子と沖田が促されるままにソファーに腰を下ろすと、影山が愛想よくテーブルの上のものを勧める。

「土曜日で職員もおりませんので、たこ焼きでも食べながら気楽に話しましょう」

「ありがとうございます」

龍子と沖田が一礼した。さっそく吉岡が話し始めた。

「坂本さん、今日は次の会議までの事前打合せということで、先日の宿題の答えを聞きにこられたんやと思いますが、先に首都分散の骨子(こっし)をお聞かせいただけませんか?」

やはり大阪も最初は受け身の態勢かと龍子は思った。

「わかりました。それでは簡単に。京阪神が手を組めば、歳入額が東京を超えることは知事もおわかりかと思います」

「それは僕も気づいていますが、単純に力業(ちからわざ)で説き伏せるわけにもいかんでしょう。分散するにしても何をどう動かすのか? 動かすことによって支出が増えたり負担が増えたりすることも考えられます」

「ええ。労働的な負担は多少やむを得ないものと考えていただきたいですが、経済的な部分については、京阪神がそれぞれ一部の予算を出し合い、その予算で新たな都市づくりを実施するのが良いと考えています。西が予算を見直し、多少の経済負担を強いてでも分散を実施するという意志を見せることで、東側にも賛同していただける可能性があるのではないでしょうか?」

　龍子の様子からすると、既に数字の部分では具体案を持っているのだろうと察しがついた。それならば、そこを今、深掘りせずともその先を話せば良いと吉岡は思った。

「わかりました。ほな実際、東との交渉が成立したとしましょう。その後、京阪神が一緒になって関西エリアの整備を行うとして、その役割はどのようにお考えですか?」

「吉岡知事は、大阪が西の拠点になることに拘られますか?」

　龍子は吉岡の問いには答えず、直接的な質問を投げた。

「拠点というのが何を意味しているのかにもよります。大阪は東京に次ぐ経済力を持っています。兵庫はベスト10には入ってますが、京都はそれすらも保持できてない。本来であれば、今回の件のリーダーは大阪であるべきやと思てますけど、お金の力だけで押し切れる問題ではないというのが私の見解です。残念ながら大阪の人口は過密化の一途を辿(たど)ってます。土地にも余裕がありません。交通の利便性の良いエリアに新たに大きなものを建設したり、多くの人が押し寄せたりというのは、実際どうですやろ」

影山も口を開いた。

「東京の国会議事堂みたいなもんが関西にできたとして、それがある場所が関西の拠点のように見えるんですかなぁ。そもそも京阪神が手をつなぐわけですから、関西というエリアで考えるという認識でええんちゃいますか？」

龍子は意外だった。もっと大阪が拠点としての立ち位置に全面的に拘ってくると思っていたからだった。

「では、大阪はどのような立ち位置を考えておられるのですか？」

吉岡が答える。

「大阪はもともと商人の街で、昔から経済活動が盛んな土地柄です。そやからずっと栄え続けてるんです。関西エリアの経済を活性化させるための中枢を大阪が担わせてもらうのが一番やと考えてますし、もっとも重要な役割やないかと思てます。今の京都では無理でしょう。そやからもっと京都には、大阪を大事にしてもらわな」

影山が補足するように話し始める。

「何をするのにもお金が動きますやろ？　その運用も大阪の得意とするところやし、新しい施策をぶち上げる行動力も大阪が一番や。ちゃいますか？」

大阪が別の角度から主張してきたと、龍子は感じた。だが、西の拠点という立ち位置を主張しないなら、京都の機嫌を損ねることもない。大阪に経済を握ったと、一旦は思わせておくのも良いだろう。

「大阪の行動力と発想力で西の経済を盛り上げていただくのは重要です。おっしゃるとおり、大阪が適任ではないかと、私も思っておりました。では、京都や兵庫の役割についてはどう思われますか？」

龍子が訊ねた。

吉岡は、しばし考えていたが、ゆっくりと話し始める。

「まあ、京都には御所もありますし、海外からは日本の象徴的なエリアとして見られています。少なくなったとはいえ、海外の人が訪れる観光地としてはランキング上位の場所です。分散後の中枢の所在は京都でええでしょ。京都が拘ってるのは、外からの見え方だけちゃいますか？　大阪は『実』を取りに行きますよ。兵庫にいたっては面積に余裕があるんで、大阪や京都からの利便性がもっとよくなれば、あの広さは大阪から見ても魅力です」

影山が割って入る。

「そやけど、そんなこととして仰山の人が兵庫に流れでもしたら、それはそれで問題でっせ」

「今のままやったらそうかもしれんけど、手をつないだ後やったら、そこのところは既成概念に囚われんと、新しい発想で考えたらええんちゃいますか？　影山さん」

吉岡にたしなめられ、影山が黙ってしまった。龍子から見ても、吉岡は影山より遥かに若いが、一枚も二枚も上手のように見える。考え方が柔軟で、常に新しいことを考え出そうという熱がある。

「知事のおっしゃる通りです。関西が一つになるということが今後、新たな施策を見出す一歩につながることかと思います」

龍子は吉岡の意見に賛同した。京都を心底から受け入れていないことは、言葉の端々に表れていたが、今は西の拠点であることを主張しないだけで充分だと思った。

龍子の思考を遮るように、突然吉岡が沖田に話しかけた。

「沖田くんはずっと坂本さんと行動を一緒にしてるんやろ？　京都側の一人として、沖田くんはどう思ってるんや？」

沖田は迷いを見せずに、はっきりした口調で答え始めた。

「桂知事は最初は遷都という考えだったかもしれませんが、坂本さんの影響もあり、この国にとって何が一番良いのかを考えたのだと思います。ただ歴史のある街ですから、分散後は、その重みを活かした役割を担うのが一番良いというのが、僕の個人的な意見でもあります。一方で僕自身は古い世代の考え方に疑問も感じてます。外からどう見られているかというのは、僕たちの世代はさほど重要視していません」

龍子は、吉岡の言葉に沖田が抵抗を見せたことが意外だったが、そのことには触れずに助け船を出した。

「私も京都の役割については沖田秘書と同じ考えですね。この件の発案者であることも事実ですから、その点については京都に敬意を表しながら、先に進みたいと思っています」

吉岡が頷いた。

「確かに僕や沖田くんの世代は、変わってきてるし、変わらなあかん。今回の大仕事も若い世代が牽引していかなあかんと思うわ。そやけど、東と対面で話す時は、桂知事のあの威圧感は大事や。西の威厳を前面に出してもらうのには、是非桂知事に前に出てもらわな」

「そやな。最初が肝心やからな」

吉岡にたしなめられてから押し黙っていた影山が茶化した。そんな影山を無視するかのように吉岡が質問してきた。

「坂本さん、但馬さんにはもう会わはったんですか？」

「いえ、月曜なんです。大阪が先でした」

龍子は正直に答えた。

「そうですか。坂本さんの宿題への答えが興味あるなぁ」

吉岡が悪戯っぽく笑った。

「気になりますか？」龍子が訊ねる。

「そりゃ気になりますよ。ただ但馬知事は鋭い視点を持っておられるんですが、温厚な方なんで争いは好まないでしょう。争いが始まりそうになったら避けていくタイプかとお見受けしてます」

龍子は苦笑した。

「ただ何を考えておられるのか、イマイチ摑み切れない方です」

龍子が吉岡をからかうように突っ込んでみた。

「めちゃくちゃな要求をしてこられたらどうします？」

吉岡が高らかに笑った。

「いや、それは絶対ないと言えますね。断言してもいい。実際にはこちらの出方を窺ってから意見を述べられるんじゃないんですか？」

また龍子は苦笑した。吉岡もなかなか人をよくみている。だからこそ、知事にまで上り詰めたのだろう。

「ではその件は、月曜以降のお楽しみということで」

龍子が笑った。吉岡もつられて笑っている。緊張がほぐれたのか、吉岡が目の前のたこ焼きを一個頰張り、笑顔で龍子に勧め、龍子、影山、沖田と順にたこ焼きに手を伸ばした。すっかり冷めてしまっていて、すこぶる美味しいとは言えなかったが、少し小腹が空き始めた時間になっていたせいかたこ焼きは一気にそれぞれの腹の中へと消えていった。しばらくの談笑の後、吉岡が最後の質問を投げてきた。

「坂本さん、あと二回でまとめられればと言うてはりましたけど、次の回で分散の骨子について皆が合意したとして、三回目で東への対策という流れになりますか？」

「ええ。そういうことになります。先日申し上げた通り、東に行く前に西で時間をかけすぎても無駄に終わる可能性があります。基本的な部分で合意したならば、まずは東に行くべきでしょう。皆さんの勢いがあるうちに『鉄は熱いうちに打て』ですね」

影山が目を輝かせながら割って入る。

「東に分散構想を持ち込むだけでも歴史に残りそうな一大事案やなぁ」

影山はそう言いながら、自らの気分が高揚するのを抑えられなかった。

「影山さんのおっしゃる通り、東に交渉に行くだけでも凄いことやと思いますわ。桂知事が都知事と対するのを想像しただけでも興奮します」

「そやで吉岡くん、いや吉岡知事。その時ばかりは思いっきり上から攻めてほしいなぁ。西のプライドがかかってるさかいな」

この二人の会話を聞きながら、龍子は内心安堵していた。大阪は東との交渉には、京都を前に押し出すつもりだ。その思惑があるからこそ、京都への牽制を控えたのだろうか。なかなか要領のいいことで、と少し愉快でもあったが、大阪の思惑を否定するものでもない。これで桂の面子は充分に守られると、龍子は思った。

「桂知事には頑張っていただきましょう。上からいくか、下からいくかは匙加減でしょうね」

龍子の言葉に、全員が頷いた。

龍子と沖田は大阪府庁を後にし、京都に戻った。四条河原町に着いたのは十八時近くで、土曜日ということもあり街は多くの人で混み合っていた。

「坂本さん、お疲れさまでした。まだ早いですけど、一杯どうですか？」

人懐こい笑顔で沖田が龍子を誘った。この二日間の沖田との集中打合せの効果なのか、龍子にもすっかり沖田に対する免疫が備わったようで、笑顔に困惑することもなくなっていた。沖田への信頼は早くから芽生えていたが、より仲間意識が強くなったのだろうか。妙な警戒心も感じなくなっていた。

「いいねぇ。行きますか。店は沖田くんにお任せで」

大阪での粉ものがまだお腹に残っている感じで空腹感はなかったが、暑さのせいで冷たいものを一気に飲みたい衝動は、沖田と同じだった。

「行きましょう」

そう言って沖田は四条通りを龍子のホテルがある祇園の方に向かって歩き出した。四条大橋を渡り、花見小路を南に下がり、更に路地を入ったところに店はあった。京都はメイン通りを入った裏路地に隠れ家的なお洒落（しゃれ）な店が多数点在している。

「坂本さん、着きました。ここです。お茶屋だったところを利用して作られている店なんです。いい雰囲気でしょう」

そう言って、沖田が店の暖簾（のれん）をくぐる。店内はこぢんまりとした雰囲気でカウンター席とボックス席がある。時間が早いせいもあり、客はカウンターに一組の男女がいるだけだった。

「おいでやす。お二人ですか？」

「ええ、ボックス席でもよろしいですか？」

沖田は店の奥のボックス席を指定し、席に着いた。沖田に続き、龍子も壁側の席に座る。

まもなく店員がメニューを持って注文を聞きにきた。

「坂本さん、とりあえず生でいいですよね？」

龍子が頷く。沖田は先に生ビールを二杯注文し、龍子にメニューを差し出した。

「京都ならではの『おばんざい』の店です。好きなもの頼んでください」

「おばんざい」とは、京都の家庭料理のことだ。龍子はメニューを受け取ると、十数種類もの料理に目を輝かせた。

「どうせ坂本さんのことですから、食事はコンビニとかですませてるんじゃないですか？」

龍子は驚きながら苦笑した。

「え？　私、そんなイメージ？　まあ、当たらずといえども遠からずってとこですね。どうも面倒で」

「あきませんよ。ちゃんとしたもの食べないと」

龍子はメニューをまじまじと眺めながらため息をついた。食べたいものが一杯あるが、やはり粉ものがお腹に残っている。

「どれも美味しそうですが、正直、さっきのたこ焼きのせいか……」

「じゃあ、つまみになるようなものにしましょうか？　生麩に牛肉のたたきとか、どうですか？」

「はい。それで」

いきなり頼もしい男を感じさせる沖田を見ながら、龍子は、ふと初めて沖田と飲んだ時のことを思い出した。京都に来てから三日目だった。あの時は沖田も遠慮していたのか、龍子自身も肩に力が入っていたのか。あの頃に比べると随分、沖田の印象も変わってきていた。素直で信頼のおける人物だろうと思うところは最初から変わっていないが、龍子への気遣いが優しさに思え、沖田の存在が頼もしいと思えるようになっていた。余計なことは一切喋らず、でしゃばることは一切ない。それでいて周りの空気を読みながら、自分の考えもきちんと持っている。今では、沖田になら安心して何でも喋れるような気がしていた。

「沖田くん、ここにはよく来るの？」と龍子が話しかけた。

「常連とまではいきませんが、たまに大学時代の友人と来たりしますね。僕は大きなお店とかが苦手で。こぢんまりして、家庭的な感じの店が好きなんです」

「そこは趣味が同じ」

「良かった。高知にもこんな感じの店、ありますか？」

「そうね。家庭料理というよりは、創作料理を出すお洒落な店は増えたかなぁ。高知県人はみんな、のんべえだから。お酒がメインでその次に料理、みたいな感じかなぁ」

そう言って龍子が笑った。二人がたわいのない会話をしていると、注文した品がテーブルに運ばれてきた。その頃には、既に二人のグラスが空になっていたので、沖田は焼酎(しょうちゅう)のお茶割、龍子はレモンハイを注文した。飲み物が運ばれ、一旦店員の行き来がなくなると、沖田が話題を変えてきた。

「大阪は意外でしたねぇ。拠点は大阪に、と主張するかと思ってました」

店に入ってからずっと、二人は敢えてたわいのない話題でつないでいた。注文の品が落ち着く機会を見計らっていたのだ。今まさにその機会が訪れたが、それでも周りを気にしながら、二人は少し小声で話し始めた。

「そうね。私も正直、少しだけ意外でした」

「少しですか？」

「うん。少し。最初に大阪に行った時のことを覚えてる？」

「はい。覚えてます」

「私が『歴史に名を残す』と言って煽ったんだけど」

沖田が記憶を辿る。

「あぁ……。影山さんが令和維新と言った、あの時ですね」

人目を気にする時の会話では、沖田は必ず肩書を外して話す。それは龍子も同じだった。

「そうそう。私も今日、大阪での二人のやりとりを見ていて、あの時のことを思い出したの」

「ということは、東に行くことを重要視しているという理解ですか？」

龍子が、察しの良い沖田に向かって指を差し、おどけてみせた。

「ピンポーン！」

沖田が笑った。仕事に対して妥協しない雰囲気を醸し出す龍子が、時に可愛さを見せる。

次の瞬間、沖田の中で疑問が湧いた。

「東と交渉する時には桂さんを前に出そうとしてましたから、僕たちと同じように成功させたい気持ちはわかりました。でも大阪が拠点になるということをあんなに簡単に否定したのが意外でした。西の経済を担いたいという主張が、かなり強気の姿勢だったのも気になります」

「やはり沖田くんもそこが引っ掛かるのか……」

「僕もってことは、坂本さんもですか？」

「そう。あの二人はそれぞれ違うところを見ているような気がするのよ。吉岡さんは実務で実力を見せつけて自分の今の状況を更に安定させようと考えている……。でもそうすると影山さんにはどんなメリットがあるのか？　影山さんの立場なら大阪が主導権を握った方がいいように思うんだけど、吉岡さんを煽る気配もないですから」

「お金を動かすことにだけ興味があるような言い方でした」

龍子がグラスをゆっくり回しながら考え込んだ。そんな様子に沖田も黙る。しばし沈黙の後、沖田が「あっ」と小声を発し、龍子に問いかけた。

「ひょっとして、分散後に照準を合わせてるんじゃないですか？　影山さんが狙っているのは、もっと上の中央部分で、それまでに私腹を肥やすとか……いやぁ、ちょっと無理があるかなぁ……」

　沖田は自問自答している。

「いや、満更外れではないような気がする。吉岡さんよりは遥かに策士でしょう。今、吉岡さんの側近のような位置にいるのも彼の本意ではないはず。だとすると、本気で吉岡さんを援護するわけがない」

「それはそうですね」

「吉岡さんより影山さんの方が格段に、お金の匂いがします」

「そうか」

　沖田と龍子は同じ考えに及ぶ。お金を動かす権限を持つポジションを狙い、その権力で私腹を肥やし、更に上を目指すというのは充分に考えられる。

「影山さんは、この構想に便乗して完全に私腹を肥やすことを考えている。真っ黒よね？」

「僕もそれは感じました。でも僕たちに気づかれるぐらいなら影山さんも大したことないなぁ」

「やりすぎれば後で自業自得になるんで、ほっといていいとは思いますが、国民の税金で私腹を肥やすなどあり得ません！　全く、いくらの算段をしてるのやら。様子を見ながら釘（くぎ）をさしておくことも必要かもしれませんね」

「いきなり思いついた訳でもないでしょうから、前例がありそうですよね？」

「そうね。少し調べてみます」

そう言って龍子は大きくため息をつき、飲み物を追加した。

「坂本さん、明日は日曜です。今日は本気で飲みますか？」

「いいねぇ」

二人は意気投合して、妙に気分が良かった。龍子は三杯目を飲み干し、四杯目を口にするころ、珍しく酔いを感じていた。この程度の酒量ならいつもはシラフに近い龍子だが、緊張がほぐれたせいなのか酒が身体に沁みていくのが早い気がした。そんな龍子の様子を窺いながら、沖田は龍子に気づかれないように少し自分のペースを落とし始めた。

「でも今は、目の前の目標だけを考えよう、沖田くん」

「そうですね。まずはあと二回の会議、それから東。まだまだ課題がありますから」

「そうね、そうね。でも今回は、桂さんに感謝。一緒に動くのが沖田くんで本当に良かった」

龍子の本心だった。

「僕なんか、ただ横にいて楽しんでるだけですから。すみません。楽しんでる、は不謹慎でした」

沖田が照れながら恐縮する。

「楽しんでいるのは大いに結構。でも、沖田くんの存在は大きいです」

「そうなんですか？　まあ、坂本さんより身体は大きいですけど」

二人は顔を見合わせて笑った。沖田は改めて話題を戻し、兵庫のことを話したいと思っていたが、二人が冗談を言い合っている間に隣のボックス席に客が入ってきてしまった。二人で隣の席に客が座ったことを確認すると、もう政治の話題には触れなかった。龍子が五杯目のグラスを、沖田が四杯目のグラスを空にした時、どちらからともなく店を出ることにした。

「今日は僕のおごりです」

そう言って、龍子を先に店の外に出し、沖田が会計を済ませた。龍子は酔っているなと感じていたが、足元がふらつくほどではなかった。龍子が店を出てきた沖田に「ご馳走様」と礼を言い、別れを告げようとすると、

「ホテルまで送ります」

沖田がそう言って龍子の歩く方向に歩き出す。

「いいよ。すぐだから」

龍子が沖田を気遣ったが、また沖田が龍子をからかった。

「いいえ、女性に夜道は危険です！」

「そんなこと、全然思ってないと顔に書いてあるけど」

「わかりました？　でも一応僕も男子なんで、送ります」

「はいはい。では紳士くん、お願いします」

二人はゆっくりと四条通りを目指して歩き出した。しばらくして前方から、艶やかな舞妓さんが二人歩いてきて、龍子の横を通りすぎた。舞妓さんたちの姿を追うように龍子が

すれ違いざまに振り返る。

「坂本さん、舞妓さん見るの初めてですか？」

「違うけど、いつ見ても艶やかで。京都にいることを実感します」

「舞妓さん体験っていうのもできるんで、今度やってみたらどうですか？」

「女なら、一度は憧れるよねぇ。あの姿……」

「似合うと思うけどなぁ」

「また、からかってるでしょ」

龍子はそう言って笑ったが、沖田はからかったわけではなかった。龍子の女性としての一面を垣間見てから、本当に似合うだろうなと思い、つい口に出たのだが、それ以上言葉を足すことはしなかった。二人はまたゆっくりと歩き始め、四条通りを右に曲がり龍子の宿泊先のホテルの前に到着すると、月曜の予定を確認した。

「沖田くん、月曜は何時の新幹線？」

「十一時七分の京都発で、十一時三十五分に新神戸着です」

「了解。じゃあ、月曜は京都駅の正面に十時五十分でどう？」

「わかりました。タクシー乗り場の辺りでお待ちします。明日はゆっくり休んでください」

龍子がホテルの中に入るのを確認し、沖田も帰宅した。

三

月曜日、龍子は晴れやかな気分で朝を迎えた。昨日一日、土曜の夜に沖田に言われたこともすっかり忘れ、コンビニで買いこんだ軽食をとりながらダラダラと過ごしたせいか、一度身体がリセットされたような気分だった。しかし、ホテルを一歩出ると気分が滅入るほどの蒸し暑さが待っていた。ほんの僅(わず)かな距離を歩くのも、決死の覚悟だと気合を入れ、四条河原町へと向かった。そこからバスで京都駅まで十数分だ。

京都駅に到着し、待ち合わせ場所に向かう。朝の通勤ラッシュ時間も終わり、駅の周辺は遠くまで見渡せるほど人がまばらだったが、珍しく沖田の姿がなかった。初めて沖田を待つのかと、ちょっと嬉しい気分になりながら歩いていると、後ろから肩を叩かれた。

「おはようございます」

沖田だった。初めて沖田の先回りができたことがちょっと嬉しいと思っていた龍子は軽く落胆した。

「おはよう。今日こそ、沖田くんより早いかと思ってたのに」

「坂本さんがどっちから来るかなと、向かい側から見てました」

沖田くんの方が更に早かったのかと心の中で呟き、肩を落とす。

「どうしたんですか？」と、沖田が悪戯っぽく笑う。

「いつか、沖田くんより早く着きたいと。今日こそ勝ったと思ったのに」

「優秀な秘書の僕に勝とうなんて、十年早いです。さあ、行きましょう」

沖田は冗談を返し、龍子にチケットを渡すと案内するように前を歩いていく。龍子はその背中を追いかけながら、京都駅の改札を抜けた。


龍子と沖田が乗り込んだ車両には、誰もいなかった。少なくとも次の停車駅、新大阪までは二人だけのようだ。いつものように優秀な秘書の沖田が龍子に飲み物を渡した。

「但馬知事は、まずこちらの考えを聞いてから答えを出すという意向でしたよね？」

沖田が訊ねる。

「そうね。最初からそう言っていました」

「坂本さんは、但馬知事にどこまでこちらの構想をお話しされるつもりですか？」

「大阪と同じように話すつもりです」

「ではどこの予算を使ってという具体案は伏せるのですね？」

「そのつもりです。皆さんへの情報開示は公平にいきたいです」

「兵庫は何を主張するでしょうか？」

龍子は沖田の問いに、少し考えた。吉岡が言っていた但馬知事の人物像には同意する。争いは好まない。だからこそ当初から兵庫を仲介役に考えていたのだ。更に、但馬の自分への印象が良いことも肌で感じていた。

兵庫への対策で注意すべきは、歳入額から差し出す交付金の比率ではないかと考えていた。本構想の発案者である京都が十パーセント以上の削減を強いられるのは、ある程度強行突破できたとしても、兵庫が七パーセントの差出しを納得するだろうか。京都が中枢拠点としての立場をとり、大阪が財布を握るとなると、兵庫にはどんなメリットを差し出せば良いだろうか。金額の問題というよりは、ステータスの問題だ。この点において、龍子の中ではまだ確固たる結論が出ていなかった。

「私も正直に言えば但馬知事のお考えが全く予想できないのです」

龍子の答えは沖田にとって意外だった。

「先日の兵庫では意気揚々で、明確な答えを持っていたように思いましたが、今日は違うんですか？」

「この間はね、単に京阪神が集まりましょうということに過ぎなかったから、説得する自信があったんだけど、今日はちょっと違います」

龍子は沖田に素直に本心を話した。もう沖田に隠すことは何もない。龍子は続けた。

「私の中で、兵庫にとってのメリットが明確に見えていないのです」

「それは僕も同じです」

「京都は拠点、大阪は経済。兵庫は……ポジションの問題だと思います。但馬知事のお考えは、今日その場で読み取っていくしかないでしょうね」

「僕も精一杯読み取ってみます」

沖田は構想の骨子を聞いてから、龍子にとって重要な片腕になっていた。

ほどなくして新幹線は新神戸に到着し、二人は但馬の待つ県庁へと向かった。

県庁の受付に立ち寄り、知事室がある六階に到着すると秘書の酒井が出迎えてくれた。

そのまま知事室へと案内され、部屋に入るとテーブルには黒塗りの重箱とお茶が三つずつ
配置してあった。そして但馬が笑顔で待っていた。

「お昼時に申し訳ない。たまには坂本さんと食事でもしながら話したいと思いまして。どうぞお座りになって、くつろいでください。沖田くんもどうぞ」

促されるままに龍子と沖田は席につき、但馬に一礼をした。

「二時間ほどはゆっくり話せますので、食べながら話しませんか」

そう言って但馬は目の前の弁当の蓋を開けた。先に蓋を開けたのは但馬の二人への気遣いだった。龍子は「では、遠慮なく」と一言言って弁当の蓋を開け、沖田も続く。正方形に区切られたスペースに上品に和のおかずが盛り付けられていた。但馬が箸を動かしながらしみじみとした口調で話し始めた。

「先日の集まりは大変意味深いものでした。あんな日が来るとは」

龍子が少し箸を止め、答える。

「やはり京阪神が手をつなぐというのは画期的なのでしょうか?」

「その通りですよ、坂本さん。そして、改めて歴史に残るような大仕事をしようとしてい

るのではないかと思いました」

　龍子は但馬の言葉をしっかりと受け止め、言葉を選びながら話す。

「確かにそうかもしれません。ただ、それだけの大仕事ですから各府県にとって負担になることもあるかもしれませんが、その辺りを但馬知事はどのようにお考えですか？」

「楽な大仕事など、ないでしょう。それよりも分散後の経済効果への期待の方が大きいですな。私もあれからいろいろ考えてみましたが、充分にやってみる価値があると見ています」

　但馬は微笑みながら率直な考えを口にした。龍子と沖田はこの瞬間、但馬の本気度を肌で感じた。

「それはとても嬉しいお言葉です」

　龍子はまだ言葉をつなごうとしていたが、但馬が間髪を入れずに質問を投げた。

「実現に向けての坂本さんの構想を先に聞かせていただけますかな？」

　この但馬の質問で、一気に緊張が高まり、龍子と沖田の箸が止まった。龍子は箸を置き、但馬の方に身体を向けて話し始めた。

「わかりました。東との交渉に向けて、京阪神が手をつなげば歳入額の規模は充分に東京を上回ります。対等に話ができる基礎ができます。そして重要なのは、現在の国の予算を極端に脅かすことなく、首都の一部を西に動かさねばならないということです」

　但馬も箸を置き、大きく頷いている。龍子が続けた。

「そのために、皆さんには一部の予算を一つの財布にまとめていただき、その予算で分散に向けた費用を捻出します。もちろん、西が全てを負担することではありません。国にも多少の負担は必要でしょう」

但馬が腕を組み、唸った。

「一部の予算……。どの部分ですかな?」

「ここでは具体的なお話は避けますが、各府県の負担がほぼ公平になるように考えております」

「なるほど」

「さきほど但馬知事が分散後の経済効果への期待が大きいとおっしゃいましたが、それはご想像の通りかと。たとえ一時的に負担を強いられたとしても、その見返りは充分あるとみております」

「そうでしょうな。坂本さんのお考えですから、無理難題はないものと想定はしておりますよ」

そう言って、但馬が笑顔を見せた。しばし話を中断し、また箸を動かす。但馬は何か熟考しているようだった。大阪とは違い、積極的に何かを主張する感じは見受けられなかった。龍子は但馬の心の内が読み切れないまま、弁当を食べ終えた。但馬と沖田も龍子より少し早く食べ終えていた。少し窮屈感を覚える沈黙が続いたが、お茶で喉を潤した後、但馬がゆっくりと口を開いた。

「坂本さん、兵庫には何を期待しておられますかな？　分散後の話ですが」

やはり兵庫は何も主張しないのだろうか。龍子は、但馬の問いには答えず、但馬に問い返した。

「但馬知事は、兵庫がどのような役割を担うのが良いとお考えなのでしょうか」

但馬が笑みを浮かべながら龍子の問いに答える。

「正直に申し上げます。坂本さんからこの話を聞いた時には、兵庫として何を主張すべきかといろいろ考えました。ですが、これは兵庫のメリットや関西の活性化だけを追求すべき問題ではないという考えに至っております」

龍子は黙って聞き入った。

「もちろん兵庫だけが負担を強いられる結果は避けたいですが、そこは坂本さんがおられる限り、ある程度は安心しておるのです」

龍子は一礼をし、口を開いた。

「では、但馬知事は兵庫の役割については何も主張しないとおっしゃるのでしょうか？」

「そうですな……。想定してみたのですが、一部の省庁が関西に動いたとして、その中枢は当然京都が主張されることでしょう。経済力という点では大阪が主張してきてもおかしくないですが、建設用地の問題を考えるといかがなものかと思います。それよりはこれまでの実力どおり、分散後の経済活動における実務を引っ張っていただくのが大阪の役割ではないかと。そうすると兵庫は何を担えるか……。むしろ新しい日本の形を作り上げるための斬新な発想や、未来を見据えた新たな事業体の拠点として、ここ兵庫の土地を活用いただけるのではないかと」

但馬の構想は、まだ混迷しているように思えたが、目先の利益だけを追っていないことは明らかだった。

「但馬知事はこの国の未来をみていらっしゃる」

「そうですな。いや、そうでなければこのような大事を為すべきではないと思います」

また沈黙が訪れた。但馬は何か言いたげな様子だったが、迷っている。その様子を察知し、龍子が問うてみた。

「但馬知事、何かおっしゃりたいことがあるのではありませんか？」

龍子の言葉に但馬は沖田の方に視線を送り、言いづらそうに口を開く。

「京都のことですが、沖田くんがおられるからなぁ」

龍子が即座に答える。

「ご心配なさらずとも大丈夫です。彼は完全に中立の立場です。京都の代理人としてこの場にいるのではありません。私の秘書として同行しております」

龍子の横で沖田が頷き、言葉をつないだ。

「坂本さんがおっしゃる通り、私はこの件に関しては、坂本さんと考えを共にし、行動しております」

但馬が二人の言葉を受け、意を決したように話しだした。

「わかりました。そういうことであれば、話しましょう。坂本さんに一つだけお願いがあるのです。本件に関し、京都はもともと遷都を目論んでいたのではありませんか？　そうであるならば、私は賛同できない。東西両都。この発想が貫き通されない限り兵庫は協力できないと思っておるのです。このことを坂本さんは死守できますかな？」

「それは、但馬知事がこの国の未来を考えておられるからですね？」

「その通りです。坂本さんは、何故首都分散という構想に至ったのですかな？」

　但馬は最初から分散構想が龍子の考えであったと見抜いていた。その構想にどの時点で京都が賛同したのかまではわからなかったが、京都が坂本龍子に本件を委ねた本意は、兵庫と大阪の賛同を得ることだと考えていた。龍子の存在によって京都が前面に出てこないことは、但馬としてもやりやすいと思っていたが、京都の最終的な思惑が遷都であるなら事情は違ってくると考えていたのだ。あの桂を抑え込めるだけの力が果たして坂本龍子にあるだろうか。その点を但馬は懸念しているのだった。

　龍子は但馬の質問に真摯に向き合い、答え始めた。

「西側の経済効果は結果論です。むしろ国内の人流を変えることで、よりこの国を強いものとする。更には、政治を国民のもとに戻したいと考えているのです」

「政治を国民のもとに戻す？」

　但馬が怪訝そうに龍子に聞き返した。

「はい。国は国民のもの。政治家は国民が雇用しているのです。それなのに国民が政治に興味を示さなくなってきているというこの国の現状を変えてみたいと思いました」

「なるほど」

「そのためにも、この国を大きく変化させる必要があると思います。今回の事案はその一歩になると考えているのです」

龍子は迷いなく、きっぱりと言い切った。但馬が大きく頷いている。龍子は更に言葉を続けた。

「但馬知事のお願いに関してですが、おっしゃる通り、当初桂知事は遷都という発想をされていたやもしれません。ただ、比較的早い時期に東西両都で日本を動かすという発想に転換されておられます。桂知事もまた、但馬知事と同じようにこの国の未来を見ておられるのです。ですから、心配には及びません」

龍子の横で再び沖田が大きく頷いた。二人の様子を窺い、但馬も納得している。

「わかりました。そういうことであれば、次回の会議が楽しみですな。関西の力で日本を変えてやろうやないですか。兵庫の役割については、京都、大阪の考えを聞きながら検討していきましょう」

龍子は胸をなでおろした。桂といい、但馬といい、今回は龍子の予想を遥かに超えた考えを持っているようだった。改めて龍子は、今回の構想を動かすことの重大さを痛感した。

但馬が沖田に向かい、話しかけた。

「沖田くん、次回はいつ頃になりそうですかな？　早い方が良いと思っておりますが」

沖田が答える。

「但馬知事のご都合を今ここで伺えれば有難いのですが」

沖田の問いを受け、但馬が手帳をめくっている。

「今週なら、木曜の夕方以降……。来週に持ち越さない方が良いでしょうが、来週であれば、火・水あたりですかな。とはいえ、本件に関しては最優先で考えますので、他の皆さんの予定が見えたところで早めに知らせてもらえますかな」

「わかりました。すぐに調整いたします」

龍子と沖田は、但馬に深々と礼をし、県庁を後にした。


帰りの新幹線もさほど混んでいなかったが、龍子と沖田の席から少し離れたところに二組ほどの客が乗っていた。それでも小声で話せば会話を聞かれる心配はないくらいの距離感だった。二人の話題は県庁での但馬のことだった。

「緊張しましたね」

沖田が話しかけてきた。

「場当たり的な会話を予想していたので、緊張しました」

「結果良好ですが、意外でした？」

「想定外でした。改めて皆さんが遠くを見ておられる気がしています」

「桂さんと但馬さんは似ているのではないでしょうか？」

「そうね。それも大阪とは別の見方で遠くを見ていますね」

「国を考えて、自らを主張しない。そこは桂さんよりは但馬さんの方が凄いのと違いますか？」

「いや、私はお二人に同じものを感じましたね」

「坂本さん、何か元気ないですね」

龍子が苦笑した。

「改めて今回の案件が大ごとのように思えてきたから」

「最初から大ごとですよ。今更ですか？」

「うん。意外と鈍感なんです！」

龍子のおどけた言い回しに沖田が笑った。但馬の前では自分の思いを堂々と答えた龍子だったが、上司の門田に首をかけたことを思い出し、珍しく不安になっていた。

国を変えるということは、想像以上に大仕事だ。結果はわからないが、失敗に終わる可能性は大いにある。龍子の思考がふと龍馬に及んだ。坂本龍馬という人物は、こんな圧の中で国のために奔走していたのか。改めて龍馬への尊敬の念が沸き起こってきた。

「沖田くん、できれば但馬さんが言っていた木曜の夕方で調整してみましょうか」

「ええ、僕もそのつもりでした。早く前に進んだ方が良いと思います。もう資料も整ってますし」

「では、木曜で調整できることを祈りましょう」

「はい。坂本さんは、次回の会議まではどうされますか？」

「できれば明日、桂さんと話したいです。今日の報告もかねて」

「わかりました。今晩にでも明日の時間をお知らせします」

二人は夕方には京都に戻り、そのまま京都駅で別れた。

四

翌日、知事室で桂が一人、龍子を待っていた。昨晩沖田が龍子にメッセージで知らせた時間どおり九時に知事室の扉がノックされ、龍子が入ってきた。

「おはようございます」

龍子は元気よく挨拶をし、桂に促されるままいつもの席に座った。

「朝早くからすみませんな。大阪と兵庫の状況は、沖田から簡単には聞いております」

「はい。両府県ともに、分散後の西の拠点は京都が良いとおっしゃっています」

「そうですか、そうですか。花を持たせてくれましたな」

桂が満足気に答えた。

「やはり京都からの発案となりますから、但馬知事も吉岡知事も最初から決めておられたようでした」

龍子の答えで桂は大阪と兵庫の決断に裏がないことを確信できた。

「では分散後の大阪の要望は？」

「大阪は、関西エリアの経済活性化に向けて尽力したいとおっしゃっています」

「ほほう。吉岡くんらしいな。実務をとってきたか。但馬くんは、何も主張しておらんと沖田から聞きましたが、それは間違いないのですかな？」

「はい。その通りです。但馬知事のお考えは、桂知事と同じだと思われます」

桂が不思議そうに龍子を見た。

「同じとは？　京都は、充分に主張していると思うが……」

そう言って桂が笑った。龍子は真っ直ぐに桂を見据えて答える。

「この国の未来を見ておられるのです」

「ほほう」

桂は穏やかな笑みを浮かべている。

「この国の未来を考えて、兵庫は何ができるのかを考えたいということです」

「但馬くんは、思いのほか先を見ておったか」

「はい。ですから、桂知事が遷都という発想を変えられて、東西両都、首都分散という構想に同意しておられるお気持ちと同じかと受け止めております」

桂が豪快に笑った。

「坂本さん、貴方は大した女性ですよ。名前だけではないようですな。私の後継者として京都に呼びたいぐらいだ」

龍子は恐縮していたが、自分の認識が間違っていないことが確認できて安堵した。そして、今なら高知の件も交渉しやすいだろうと思い、報酬の話を切り出した。

「桂知事、高知県に利益をもたらす施策についてお約束をいただきたいのですが」

「そうでしたな。その話がまだでした。これまでの坂本さんの働きを見れば、充分な成果を出してくれております。まずは坂本さんの希望を伺いましょうか」

「ありがとうございます。高知は京都には及びませんが、観光業に力を注いでおります。坂本龍馬だけでなく、毎週末には関西方面から多くのゴルフ客が高知を訪れます。まずは正式に京都と高知の観光面での提携事業を推進したく、お願いいたします」

「やり方によっては、かなりの収入が得られますな」

　桂が、穏やかな笑みを見せた。

「ありがとうございます。かなりの収入になるようにご尽力いただければと思います」

「京都と高知は、一人の人物で深いつながりを持っておりますな」

「坂本龍馬ですね」

「彼の妻は京都の女で、彼は今もここ京都に眠っておりますからな」

「それでは、具体案をまとめますので、知事から担当部署へのトップダウンをお願いします」

　桂は黙って頷いた。高知は何とも良い人材を得たものだと、桂は本心から驚いていた。交渉人としての実力は多少調べていたが、地方の一県庁職員がここまでの動きをするとはけてくる。百戦錬磨の政治家を相手に、自らを信用させる能力は持って生まれた才なのだろうと桂は思った。

政治の世界での最後の大仕事として、日本を変えることを思いつき、目の前にいるこの女性を呼び寄せたのは、単に自分のプライドを守るためだった。失敗したとしても、地方の一県庁職員の戯言で片付けられると、安易に考えていたのだ。しかし、桂はそんな自分を今では恥じていた。それも、坂本龍子の真っ直ぐな姿勢に好感を持ち、信用し、更には自らの考えをも変えさせた彼女に敬意すら感じ始めていたからだった。

龍子はまだ気づいていなかったが、桂は自分の構想が、龍子というフィルターを通して新時代のうねりに変わろうとしていることを感じとっていた。

「次回の会議が実に楽しみですな。さきほど沖田から木曜の夕刻になったと聞きました。準備は整っているそうで、具体的な話を楽しみにしております」

沖田は昨日のうちに調整したのだろう。

「わかりました。では、また木曜の夕刻に。よろしくお願いします」

龍子は深々と頭を下げ、部屋を出た。

旧本館を出たところで、龍子は沖田に電話をかけた。

「坂本です。沖田くん、調整ありがとう。今、桂知事から聞きました。早かったですね。

さすがです」

『とんでもないです。大阪も待ち構えていたようでしたから、すんなり決まって僕もほっとしてます。坂本さん、今どちらですか？　もう新館ですか？』

「いいえ、今旧館の玄関です。今日は新館に戻らず、このままホテルに戻って、ふらっと京都の街を探索しようかなと。沖田くん、どこかオススメの場所あります？」

『坂本さん、京都にも龍馬像があるの、知ってますか？』

龍子は驚いた。知らなかったのだ。

「えっ、そうなの？　龍馬と京都の関係はいろいろ知っていたけど、銅像まであるの？」

龍馬ファンの本領発揮とばかりに沖田が得意気に答える。

『そうなんです。僕も龍馬さんに会いたくなるとよく行くんですが、坂本さんが泊まっているホテルの近くです』

「どこ、どこ？」

『円山公園です。わかりますか？』

「八坂神社の裏手の？」

『そうです』

「ありがとう。行ってみますね」

『はい』

「次回が木曜の夕刻なら、会議に向けての最終チェックは木曜の朝からやれば間に合うでしょ?」

『大丈夫だと思います』

「では、木曜日に」

ホテルに戻り、仕事着を脱ぎ捨てジーンズとTシャツというお決まりの軽装にキャップを被(かぶ)ると、さっき沖田に教えてもらった円山公園に行く道を携帯のマップで検索した。散歩するには程よい距離だ。すぐに小さなバッグを手にし、部屋を出る。そして龍子がホテルのフロント前を通過しようとした時、いつもと違う服装の龍子に気づいたフロント係の女性が声を掛けてきた。

「坂本様、今日はもうお仕事、終わりですか?」

同じホテルへの滞在日数が一週間を超えてくると、ホテルの職員とも顔なじみになり親し気に話しかけてくる。

「ええ。少し観光してきます」

龍子は笑顔で答えた。

「今日は午後からもっと暑(あつ)なるらしいんで、お気をつけていってらっしゃいませ」

龍子はフロントに一礼し、外に出た。外は午前とは違いうだるような熱気を感じたが、さすがに慣れてきた。汗をかくのも悪くない。

龍子は八坂神社の方に向かって歩き、八坂神社の西楼門を抜けると、本殿を左に見ながら奥へと進む。南楼門の正面にある「舞殿」を通りすぎ、更に奥へと歩を進めた。しばらくして視界に飛び込んできたしだれ桜の木の前を通り過ぎると、そこから奥が円山公園の敷地内になる。車が往来する場所とは違い、木々に囲まれた公園内は少しだけ涼を感じる。

日本庭園の風情を楽しめる場所に近づいてくると、やっと龍子の視界に銅像が現れた。高知の龍馬とは違う姿を見ることに高揚感を感じながら、坂本龍馬像を目指す。

京都にある銅像には、龍馬ともう一人の像があった。龍馬の隣で跪いているのは同じく土佐の中岡慎太郎だった。遠く故郷を離れ、国のために奔走した二人は、ここ京都四条にある近江屋で暗殺されている。当時、坂本龍馬は三十三歳、中岡慎太郎は三十歳の若さだった。

龍子は二人の姿を仰ぎながら、おこがましくも今の自分を重ねていた。今の世の中では、国を変えようと動いてみても、この二人のように命の危険にさらされることもまずないと言える。せいぜい職を失うぐらいだ。二人が生きた時代であったなら、命をかけて国を動かす勇気が自分にはあるだろうか。龍子はしみじみと時代の変化を感じていた。

そして、ふと初めて桂と会った日からこれまでを振り返り、緊張はしたもののさほど大事にも至らず前に進んでいることが不安に思えてきた。今が首都分散という構想のほんの入り口に過ぎないとは言うものの、このまますんなり東に行くことができるのだろうか？

但馬は、京阪神が手をつなぐ日がくるとは考えも及ばなかったように言っていた。隣接している府県でありながら、これまで手を組もうとしなかったのは、それだけ見えない確執があったからではないのだろうか。

龍子はこれまで、それぞれの思惑を利用し、時に煽り、時に逆手にとり事を進めてきたが、長い年月でできた確執は簡単に溶けるものだろうか。

龍子は突然、我に返った。まだまだ、やっておくべきことがある。

「龍馬さん、中岡さん、ありがとう」

龍子は、二人に向かって声をかけた。それから急ぎ足で来た道を引き返し、ホテルに戻った。


ホテルの部屋に入ると、すぐさま沖田に電話を入れた。

「沖田くん、坂本です」

『お疲れ様です。龍馬像、見てこられましたか？』

「あの、それよりも明日、やはり打合せをしておきたいのですが」

龍子が沖田の質問にきちんと答えなかったことで、電話の向こうの沖田は少し驚いているような感じだった。

『坂本さん、何か問題でもありましたか？』

沖田は坂本の焦りを少し察知したようだった。

「いえ、問題ではないのですが、まだ準備が甘いような気がしています。明日、大丈夫ですか？」

『わかりました。僕は大丈夫です。朝からやりますか？』

「そうね。十時にはそちらに行きます」

沖田の「了解」の返事を聞き、龍子は電話を切った。明日、沖田と想定問答をやっておこう。


翌朝九時、外は土砂降りの雨だった。台風でも来ているのだろうか。大きな雨粒を見ながら、これでは嵐の前の静けさどころか、嵐の前の一波乱だと、龍子は憂鬱な気分になった。傘が役に立たないほどの雨に、仕方なくタクシーで府庁へと向かった。

新館の部屋では、既に沖田が待っていた。

「どうしたんですか？　昨日の電話では問題が起こったような雰囲気でしたけど」

龍子の顔を見るなり、挨拶も忘れて、沖田が訊ねてきた。

「問題は起こってないのだけど、問題が起こることを想定しておくことが大事だと気づいたのです」

「起こりますか？　問題。いたって順調かと思いますが」

沖田が不思議そうに答える。

「順調すぎることが問題だと思えてきて」

「心配性だと言われる僕が安心しているのに」

まだ沖田は不思議そうな顔をしている。

「心配性の沖田くんが心配していないことが、不安です」

龍子が茶化した。沖田が笑う。

「わかりました。では、今日は何をしておきますか？　坂本さんから指示をください」

「今解決していることがひっくり返ることを前提に、更なる解決策を考えておきたいのです」

沖田が不思議そうに龍子を見つめている。

「おかしいと思うかもしれないですが、起こり得る可能性はゼロではないかと」

龍子は、沖田の疑問を振り払うように心の内を明かした。

「要するに大阪が拠点は大阪にとか、京都が分散ではなく遷都でなければダメだと言い出したらとか、そういうことですか？」

沖田は、精一杯龍子の気持ちを想像してみた。

「取り越し苦労な気はしますが。昨日何かあったんですか？」

「別に、何も」

龍子が首を横に振りながら答えた。

「龍馬像には行ったんですか？」

「行きました」

「龍馬さんに会って、勇気をもらったんじゃなくて不安になって帰ってきたんですか？」

「そういうことです」

淡々とした答えに、沖田が呆気にとられている。龍子はそんな沖田の様子を意にも介さず、沖田の不満気な顔を覗き込みながら「やりましょう」と活を入れた。

「わかりました。それで坂本さんの不安が解消されるなら協力しますが、具体的な数字も固まっていますし、それを見直す必要はないと思います」

「そうです。資料を見直すというよりは、皆さんの要望が現状からぶれないように事前に対策を考えておきたいということです」

「なるほど。じゃあ、大阪や兵庫が分散後の拠点を京都ではダメだと言ってきたとしますか」

沖田も段々龍子の意図が摑めてきた。

「その場合、大阪は経済活性化の役割を捨てる。兵庫は未来の都市づくりという構想を見送るということにしたいと思います」

「各自が一つの役割ということを明確にしておく、ですね」

「公平さを保つために、各府県の役割は大きく三つに分ける。これを大前提としておきましょう。そして何よりも京都を拠点にすることが必須です。抵抗されたら、何としてでも説得しなければなりません」

沖田が大きく頷き、笑いながら答えた。

「京都は拠点となることに拘っていますから、この構想自体が頓挫してしまいますね。京都を怒らせるな、ということにしましょう」

龍子も笑っている。沖田との問答で頭の中を整理していた龍子は、昨日から続いていた不安からくる緊張が徐々に和らいでいることを感じ始めていた。

「次に一番可能性があるのは、京都がまた遷都を持ち出してくることですね」

「その通り。まあ、今も完全に諦めた訳ではないと思いますし」

「桂知事は一度公言したことを曲げることはありませんが、他の先生方はどうでしょう。但馬知事は遷都ということになるなら協力しないと明言しておられました」

「もしも遷都という言葉が再び京都から出てしまったら、その発想では東との交渉の場が成立しないことを強調しましょう」

「僕はその点にまだ少し疑問を残しています。本当に首都が京都に動いたら日本はダメになるんでしょうか？」

「一番大きな問題は、お金です。東から西に大移動させるための費用を捻出できないのが今の日本の現状でしょう。それに東にとってのメリットが見えないことに東が賛同するとは思えません。だから遷都ではなく、あくまでも東西両都です」

「なるほど」

「その上で良いリーダーが生まれ、リーダーがいる場所を首都とするなら、東だろうが西だろうが問題はないものと思います。ただ今は、この構想に進むため、東京を納得させる大義名分が必要。後は、政治家たちが持っている欲を逆手にとることで東西を均等に強化しつつ、現状を大きく変えるのです」

若い沖田には、「政治家の欲」という龍子の言葉が腑に落ちた。

二人は、時間を忘れ、問題を一つずつ丁寧に議論し続けた。最後の議題になるころ、龍子が突然「お腹が空いてきた」と言い出したことで、一旦議論を中断し、二人は出前の丼を腹の中におさめ、一段落したところで最後の議論が再開した。口火を切ったのは龍子だった。

「京都がいつまでも大阪や兵庫に気遣いを見せ続けるのは難しいように思いますが、沖田くんはどう思います？」

「あまり長引かせるのは良くないと思いますね。でも京都が気遣わなくても、兵庫は桂知事に敬意を持っておられるので問題ないと思いますし、大阪にいたっては桂知事を怒らせたくないというのが本心ではないでしょうか」

沖田もこの件に関しては龍子と同じことを感じていたようだ。

「そうね。今は皆さんの考えが東に行くこと、東と対等に話をすることに集中してくれているようですから、それを持続させるために何が得策かを皆さんの頭に刷り込むことが重要ですね」

「桂知事はともかく、あの三人の先生たちが感情をあらわにしてくると厄介な気がします。昭和バブル世代の意地の張り合いは見苦しいですよ」

龍子が苦笑した。

「この点に関しては、正論は通用しないことを想定して、蜜をちりばめて欲に触れる策、

「坂本さん、面白いこといいますね。令和維新、歴史に名を残す、未来の総理も夢じゃない、ですね」

といきますか！」

五

いよいよ二回目の会議の日がやってきた。

今回は龍子からそれぞれのトップに事前に連絡を入れることを控えた。大阪での会議は十七時に開始と聞いている。場所は府庁近くのホテルの宴会場を押さえているようだ。やはり府庁の中での打合せを避けたのだろう。

沖田からは午前のうちに連絡があり、桂たちは公用車二台で大阪に向かうようだ。龍子と沖田は終了時刻が予想できない可能性を踏まえ、沖田の自家用車で向かうことにし、桂たち一行よりも一時間早く大阪に入るよう時間を調整した。龍子と沖田は予定通り十六時頃には大阪の会場に到着した。今日の資料は全て沖田が持参している。

二人が予約の入っている宴会場に到着すると、入口のプレートには、「坂本様御一行」と書かれていた。重厚な扉を開けると、部屋の真ん中に十五人ほどが余裕で座れる大きさの白い布がかかったテーブルがあり、その周りにぐるりと椅子が配置されている。部屋の隅には水やお茶、コーヒーといった飲み物と充分なコップが用意されており、一番奥の席の後ろにはホワイトボードも設置されていた。

　二人は部屋に入ると、手際よく各席に事前に作ってきた名札をセットする。座席位置は先日の兵庫と同じ並びにした。本来であればホテルの正面で知事たちを出迎えるのだが、今日ばかりはあまり目立たないようにとの配慮で、二人は部屋の中で全員の到着を待った。

　まだ開始時間までには三十分余りある。二人は入り口近くの椅子に並んで座り、雑談を交わした。

「坂本さんは本番に強いタイプなんですか？　今日も随分余裕があるように見えますね」

「今更ジタバタしても仕方がないですから。後は成り行き任せです」

　そう言って龍子が笑う。

「僕は本番に弱いタイプかもしれません。始まるまでは心臓が止まりそうなぐらい、いつも緊張しています」

　さっきから何度も深呼吸をしている沖田の緊張が龍子にまで伝わってきそうだった。

「沖田くん、そういう時は、楽しいことだけ考える。例えば、皆さんが話をひっくり返してきたら面白いなぁ……とか、京都と大阪が揉めたらどうやって収めようかなぁ……とか」

　完全に龍子は沖田をからかっていた。

「やめてください、坂本さん」

　龍子はずっと笑っている。

「そのぐらい太っ腹でないとダメってことです。沖田くん」

沖田は龍子の言葉に苦笑し、肩を落とした。ほどなくして、部屋の内線電話が鳴り、兵庫の到着を確認した。龍子と沖田は立ち上がり、入り口の外で但馬と秘書の酒井の到着を待った。両名の姿に無言で一礼し、部屋の中に案内する。その後、大阪、京都の順に一行が到着した。

部屋の中では一通り軽く挨拶を交わし、全員が席に着いた。龍子がボードの前に座ると、沖田が各席に水を運ぶ。一通り行きわたったところで桂が声を掛けた。

「坂本さん、始めましょう」

龍子は全員に一礼をし、挨拶から始めた。

「皆さん、本日もありがとうございます。二回目の会議を始めさせていただきます。本日は京阪神がどのように手を組み、東への交渉に向かうにあたっての基礎を固めておくのかについて、その具体策をご提案いたします」

この龍子の挨拶を合図に、沖田が全員の席に資料を配った。沖田が資料を配っている間に、龍子が後ろのボードに議題を箇条書きにする。
1. 分散に向けた予算構造と分散後の経済効果
2. それぞれの役割
3. 次回へ向けて

集まったメンバーは全員が真剣な面持ちで龍子の動向を窺い、部屋の中は静寂に包まれていた。ついに龍子からの説明が始まった。

「お手元の資料の一枚目については皆さんにある程度お話ししていたことです。京阪神が手を組めば、その人口は東京を上回り、歳入額の合計も東京を上回ります。このことによって、東と対等に話をする力を持てます。次に京阪神の連合後、あえて連合という言い方で統一いたしますが、分散に向けてどのように西側から予算を捻出し、使用していくのかについてです。数字を見ておわかりのように、京阪神それぞれ歳入額は異なりますので、三府県が同額を差し出すことは公平ではありません。また、例年必ず必要な歳出を大きく変動させることも難しいかと思います。そこで、使い道が自由とされている地方交付税交付金の比率を見てみました」

全員の視線が資料に集中している。

「歳入に対する比率は昨年度の数字です。各府県ばらつきが見られますが、この部分を本件のための予算として捻出していただきたいのです。交付金に目をつけさせていただいたのは、国から配布される調整金のうち使い道が自由とされている性質のものですので、連合後、この予算を自由に使えると考えた訳です。更に、この交付金の割合の中であれば、通年の予算に大きく負荷をかけることなく調整できるのではないかと考えた次第です」

全員が大きく頷く中、影山だけが、京都勢の様子を密（ひそ）かに窺っていた。どうせ京都と仲良くというのなら、近いうちに京都の誰かとは近づいておきたいと画策していたからだ。

龍子が続ける。

「この交付金の三府県の合計が約七千二百億です。ここで重要なのは、交付税額をないものとみなしても三府県の歳入額の合計が東京を上回っているということです。交付税を全額差し出すか、あるいは何％にするのか各府県で調整可能な範囲を後日改めて算出いただくことでよいかと考えております。もちろん本格的に首都分散の道を歩くとなれば、関西エリアだけが負担を強いられることも回避できるでしょう。そうなればもっと柔軟な予算の組み立てが可能になるものと考えます」

ここで一旦龍子は話を止めた。各府県の反応を窺う。但馬が口を開いた。

「我々から捻出したお金を何に使うのかが問題かとは思われますが、痛み分けという点においては、一旦は公平な考え方ではないかと思われますな」

続いて桂が口を開いた。

「首都分散構想を実現するための痛み分けであるならば、致し方ないでしょうな」

龍子は但馬と桂にそれぞれ無言で一礼した。突然、吉岡が積極的に突っ込んできた。

「一旦歳入の一部を差し出したとしても、分散後の経済の立て直しはどう考えておられますか？」

吉岡は先日の龍子との会話の後、様々なシミュレーションを展開し、ある程度の数字を頭に描いていたが、自分の考えと龍子の考えが一致しているのか、或（ある）いは全く違う発想なのかを知りたかった。京都の飯島、山本、柴田は積極的な吉岡を少し疎ましく感じ始めていたが、流石に龍子はそこまで察知することはできなかった。龍子が吉岡の問いに答える。

「資料の五ページ目をご覧ください。さきほどの交付金を一旦使ったとした場合、東から何人の人流があれば歳入を元に戻すことができるのかを単純にシミュレーションした数字です。百十万人です。そして関東エリアからその人口が減った場合の東西の歳入予想と人口密度も記載しておきましたのでご覧ください」

　山本が思わず口を開いた。

「百十万人で東京どころか歳入の多い神奈川、埼玉、千葉を加えたとしてもほぼ対等や……。東京に流れてる関西人も首都分散となったらすぐに戻ってきそうや」

　影山が続く。

「実際にはもっと仰山の人が動いて来るんちゃいますか？　西の経済が跳ねますなぁ」

　吉岡は、龍子の数字より遥かに上の数字を予想していた。一方龍子も実際には分散が進めばもっと多くの人の流入が見込めるだろうと考えていたが、東と西のバランスを考慮すれば余り多くの人を西に流れ込ませるのは得策ではないと思っていた。

　龍子がそろそろ次の議題に移ろうとした時、桂が質問した。

「以前も坂本さんは人流について話をしておられた。この数字にも人口密度が記載されておりますなぁ。やはり、坂本さんは経済効果よりは人流に拘られておりますかな？」

　龍子にとってこの質問は予想外だった。沖田には一度理想を話したことはあるが、この場で言える内容ではない。しかし余り長い沈黙も疑念を抱かせるだろう。

「人の流れを変えることは重要です。経済効果はその結果にすぎないと思っています。あのウイルスによって、一部のエリアに人が集中することの弱点を充分に経験したのではないでしょうか。一旦終息を迎えましたが、何時また別の脅威となるようなものが襲ってこないとも限りません。少しでも都市部の人口密度を周辺エリアに分散し、更には首都機能を分散して根本的な都市部の密度を変化させておくことが理想ではないかと考えています。より安全な国づくりは国民にとっても重要なことですし、安全な国づくりという事案は、東をこの構想に賛同させる一つの大義名分になるとも考えます」

龍子が何とか逃げ切ったと思った矢先に、飯島が口を開いた。

「大義名分なぁ。甘いのと違いますか。東にももっと大きな、具体的な利益をもたらさんことには、交渉の舞台にも立てへんのと違いますかいなぁ。政治の世界は、なかなか複雑ですから」

「そやで。東は蕎麦つゆみたいなもんで、真っ黒やで。闇も深そうや。ピュアな関西人が団体で押しかけて綺麗ごと言うたところで乗ってくるんかいなぁ」

山本が飯島に加勢してきた。龍子は二人の話を聞きながら、珍しく苛立ちを感じていた。こともあろうに、依頼人の京都勢から龍子を困らせるような話題に触れてくるとは想像もしていなかったからだ。

ついには資料を凝視していた影山も、二人の会話を聞いて反応してきた。

「二兆や。東京にあと二兆ほど落としたら、関東で他の追随を許さんトップに躍り出ます」

柴田が冷静に影山の意見を制する。

「その金は、どこから捻出しますんや。言うは易しいけど、そんなん約束したら墓穴ほりますわ」

山本が加勢する。

「そりゃそうや、金で解決しようなんて言うのは、あかん。もったいない。そんな金が出てくるんやったら、西で使たらええがな。金を使わんでも都知事を次期総理に押し上げたらええんちゃいますか？　とりあえず」

「そやなぁ。綺麗ごとの大義名分より、その方がリアルやなぁ」

飯島が同意してきた。そんな側近たちの会話を、知事勢は笑いながら聞いている。龍子と沖田は呆気にとられていた。このまま放置していても、この雑談は延々と続きそうだと龍子は思った。知事たちが笑って聞いているということは、真剣には受け止めていないのだろう。兎に角、この単純な昭和世代を黙らせなければ。

「皆さん、貴重なご意見ありがとうございます。想像以上に、分散への道を真剣に受け止めていただいており感謝いたします。国の機能が東西に分散されれば、新たな日本を生み出した功労者として皆さんの実績が大きく歴史に刻まれることになるでしょう。確かに日本を変えるという構想は理想論であり、綺麗ごとかもしれませんが、歴史に名を残すという言葉が皆さんに響いたように、東とて同じ。金の話や総理になれるかどうかなど、想像させるだけで充分効果があるのではありませんか？　皆さん」

　この龍子の返答に桂と但馬が微かに笑みを浮かべたことを龍子だけは見逃さなかった。

　一方、龍子の正面にある末席に座っていた沖田は、また龍子の弁に感銘を受けていた。

龍子の答えには何の具体策もない。だが、想像させるだけで良いというのは絶妙な回答に
なっている。すぐさま影山が反応した。

「想像させるだけで、充分とは。それ、最高ですなぁ。いけますすよ、その策」

「確かに、勝手に想像させたらええんや。話術やったら西の勝利やで」

「約束せんでええんやったら、こっちの責任でもないしなぁ」

　山本、柴田も追随してきた。飯島も大きく頷く。

　そして、桂が高らかな笑い声をあげ、但馬と吉岡も苦笑している。

「坂本さん、見事な切り返し、あっぱれですな」

　桂の言葉で、これまでの場の雰囲気が収束を迎え、次に吉岡が質問を投げてきた。

「分散後の歳入についてどのように公平に配分されるおつもりですか？　西に流れてくる
新たな人たちがどこに居住するのかによって、税収に公平さが生まれないのではないです
か？」

　この吉岡の発言に飯島が口走った。

「折角落ち着いたのに、また金の話ですか。さすが商人の街ですなぁ」

兵庫勢と京都勢が苦笑している。龍子は何事もなかったかのように答え始めた。

「その件に関して現段階で詳細を詰めることは時期尚早とは思いますが、大まかな考えを述べるとこういうことです。東から流れてくる人々の居住エリアによって住民税の税収に偏りが生じてしまうことは予想されます。その歳入については、細かく分類することは難しいでしょう。であるならば、昨年比でそれぞれの府県の税収がどのくらい上昇したかによって、その上昇分を連合の収入として一時的にまとめ、それぞれの出資率で各府県に戻す方法はどうかと考えます。但し、この件に関しては時期がきたらもっと議論すべきでしょう」

吉岡は押し黙った。影山も考え込んでいる。但馬が龍子を援護するように口を開く。

「東に行くまでに用意すべきことでもないでしょう。東の出方を見極めてから具体的なところを議論するのが得策でしょうな」

但馬が発言すると、秘書の酒井のペンが動く。そして、向かい側の桂が大きく頷き、口を開いた。

「改めてこの数字が物語っておるように、京阪神の我々が東と対等に話をする力を持っているということが重要です。経済的にも分散に耐えうるだけの力を持っておると東に主張できる材料にはなることでしょう。それよりも東京が分散構想に賛同しなければ、国を動かすことができません。東京が賛同できる大義名分の一つに坂本さんが言う安全な国づくりということも使えるでしょう。その先の生臭い話は、西の手の平で東を踊らせて、想像させたらよろしい」

　但馬が桂の意見に賛同する。

「桂知事、そのとおりです。私も同じ意見です。首都分散の重要な点は、東京と関西が協力して世論を動かし、国を説得することでしょう」

　この但馬の発言で桂は先日の坂本との会話を思い出した。但馬と自分が未来を見ているという話だ。桂は妙に嬉しくなった。最後の政治人生を賭けての大勝負に思わぬ友が出来たような気分だった。桂は但馬に笑顔を返しながら言葉を足した。

「東日本を統一するためには東京の首都機能は不可欠。これは百年以上経っても変わっておらんでしょう。国のことを考えるなら、遷都に拘るべきではない。そもそも、西は東以上の力を持っておるのですから、それを再認識させれば良いだけでしょう」

　この桂の発言は、全員に様々な思いを呼び起こさせた。但馬は、桂が遷都という考えを国のために捨てたと確信できた。龍子と沖田もまた同じ思いだった。大阪勢は、あの京都がここまで譲歩してきたことに驚きを隠せなかった。そして、飯島だけは遷都構想をたやすく捨ててしまった桂に腹立たしさを感じながらも、これが最後の桂への餞と思い、この発言で東との対決において上手く事が運べば一旦は良しとするのが最善だろうと考えていた。飯島の戦略は、既に分散後に照準を合わせているのだ。

　次なる龍子の課題に進む。京阪神の関係性を更に強化すべく、役割を明確にしておかねばならない。

「それではそろそろ次の議題に進みます。皆さんの役割についてです」

「よろしいでしょう。分散に向けた各役割ということですな？」

桂が問い、龍子が答える。

「はい。まず首都が西に分散された際の中枢となる場所をどこにするかということです。くれぐれもお願いしたいのですが、この役割も偏ることなく公平に考えていただきたいと思いますので、各府県がその役割を一つずつ担っていただくことが理想です」

「それは当然でしょう」

飯島が言う。

「坂本さん、中枢というのんは、国会議事堂みたいなもんが西にもできるということですやろ？」

山本が訊ねる。

「簡単に言ってしまえばそういうことかと思います」

龍子の答えに山本が返す。

「そういうことやったら、当然今回の発案者である京都を優先してもらわな」

「東にお貸ししていた都の地位を京都が返してもらうということで問題ないんと違いますかな？」

飯島が柔和な口調で主張する。

大阪の二人が少し呆れた表情で、飯島と山本を見ていた。但馬は余裕の表情で見守っている。次に吉岡が口を開く。

「貸したとか、返してもらうとか、そんなんはどうでもいいことです。そんなことより西の拠点をどこに置くかは世界から見てどう見えるかも重要視せなあかんと思てます」

吉岡の言い方にはどこか棘があった。吉岡は会議が始まった時から、桂以外の京都陣の態度が気に障っていたのだった。沖田が吉岡に視線を動かした。拠点は京都で良いと言っていた吉岡がいきなり京都に反発するような態度を見せたからだ。やはり龍子の懸念通りのことが起こるのだろうか。沖田は緊張した面持ちで先の展開を見守っている。龍子も同様に様子を窺っていた。吉岡の言葉にすぐさま反応したのは飯島だった。

「どうでもいいとは、聞き捨てなりませんなぁ、吉岡くん」

臆することなく吉岡が対峙する。

「すみません。言葉の使い方がまずかったようです。本来であれば財政的に日本の第二の都市である大阪としては拠点の役割を担いたいところですが、京都の歴史と格式は日本の中でも特別です。御所も未だ健在ですし、世界の要人が集まる場所としても京都を拠点とした方が色々便利なんやないかと思てます」

「そういうことかいな。それやったら京都としては何も言うことはない」

飯島が憮然とした口調で言った。山本が仲介するように口を挟み笑ってみせた。

「吉岡くんも若いからなぁ。そういう意見やったら、もっとシンプルに京都にしましょうって言うといたらええんや」

　吉岡に笑顔を送るが、吉岡は笑っていない。

「そやったら、大阪の役割は？」柴田が口を開いた。

「大阪は商売の街です。経済的に日本第二位のポジションを守り抜いているのは大阪の強みです。新しい政策も積極的に打ち出しています。京阪神が西の拠点として栄えていくための経済活動の施策を提案し、その資金の運用を統括できればと考えております」

　吉岡がきっぱりと言い切った。横で影山も満面の笑みで頷いている。桂と但馬は想定していた大阪の答えにさほど驚きは見せていなかったが、大人になりきれない飯島、山本、柴田の表情が動いた。皮切りは山本だった。

「日本で財政二位というのは認めるけど、小さいところにぎゅっと集まってるだけやろ？経済的なことは努力でなんとかなるやろうけど、京都の格式と気品は特別なんや。そやから外国から仰山、京都、京都いうてきはるやろ。京都を拠点にと言うんやったら、統括業務は京都が担わなおかしいがな。なあ、柴田さん」

「そりゃそうですわ。大阪さんの商人魂で、どんどん稼いでもろて、使い道をかんがえましょう」

「金の管理は我々京都に任せてもろて、安心したらよろしい」

　飯島も加勢する。吉岡と影山が反論する間もなく、京都勢の勢いが止まらない。

「京都かって選りすぐりの有名企業を仰山出してますからなぁ。大阪の経済力と比べても遜色ないですわ」

山本が余計な話を持ち出したことで、一気に三人の京都自慢に花が咲く。

「山本さん、ええこと言うやないですか。京都にはワコールさんから任天堂さんと、日本全国に名前が知れた企業があります」

柴田が発言すれば、

「体温計のオムロン、秤で有名なイシダ」

と山本が返し、

「お堅いとこでは京セラに島津製作所、村田製作所。京都の商売の手腕も大したもんですわ」

最後を飯島が締めた途端、しびれを切らしたようにこの三人の会話に対抗したのは影山だった。

「そんなん言い出すんでしたら、大阪も負けてませんわ。何と言っても酒のサントリーさん筆頭に、日清、日ハム、グリコさん。家電といえば天下のパナソニックにダイキン、薬も強いでっせ。塩野義製薬に武田薬品。家のことなら大和ハウスに積水ハウス。命を守る日生さんに商社のドン、伊藤忠。どないです？　ほんの一部ですが！」

一気にまくしたてた。吉岡は、「よく言った」とばかりに影山の膝をポンと叩いた後、加勢する。

「日本一狭い土地で、日本二位に君臨してるのは、実力ですわ。知恵の集結というてください。坂本さんがそれぞれ役割は一つずつと言うたやないですか。小学生でも理解できます。京都が拠点やったら、大阪は経済。これでおあいこです」

その勢いに京都の三人が口をポカンと開けている。桂と但馬も呆れて言葉が出ない。沖田は額に冷や汗を滲ませながら下を向いている。龍子が机に肘をついて、頭を抱えた。その気まずい空気を打ち破ったのは山本だった。

「京都対大阪の乱！　ちょっとした余興でしたわ。ハ、ハ、ハ」

高らかな笑いが空転したまま、部屋が静まり返った。誰一人として発言するものはいなかった。桂でさえ、龍子がこの場をどう収めるのかお手並み拝見とばかりに様子を窺っていたのだった。

龍子は考えていた。京都と大阪の奔放さは半端ではない。やはり心底大阪は京都を信用していないのか。京都も同じだ。少なくとも三人の先生方はそうだろう。これが長年の確執なのだ。この状況が繰り返されればいずれこの連合は決裂する。たとえ桂と但馬が分散後の未来を見て行動したとしても、二人だけの力ではどうしようもない事態が来てしまうのではないか。ここで奔放さを押さえ込んでおく必要がある。龍子は、イチかバチかの勝負に出ることにした。ゆっくりと顔を上げ、立ち上がった。坂本劇場の幕開けだ。

「いやあ、無理ぃ――‼」

突然発せられた龍子の雄たけびに全員が呆気にとられ、その視線は龍子に集中した。龍子は、そんな全員の様子などおかまいなしに、静かな声で話し始めた。

「残念です。非常に残念です。やはり、皆さんの力でこの国を変え、歴史に名を残すことは不可能ですね」

一同が、生唾を飲み込んだ。

「坂本龍子、無駄な時間を費やしたようで無念です。吉岡知事がおっしゃったように、一府県の役割は一つ。小学生レベルの単純なルールも理解いただけないとは、無念です」

そう言って、高らかに笑った。一同が茫然とする。一人柱の内心は愉快でたまらなかった。何と肝が据わった女性がいたもんだと龍子を見上げた。

全員が静まり返っているのを確認し、龍子は更に強気の戦略に出た。両手でバンと机に手を突き、大阪の吉岡を見据える。

「吉岡知事、分散後の知事の手腕を拝見できないことが残念でなりません」

吉岡が困惑した表情で龍子に訊ねる。

「坂本さん、大阪がこの連合の財布を動かすのは公平ではないのでしょうか？」

龍子が首を振りながら答える。

「いいえ。全くもって問題はありません。西側が経済活性化の活路を見出すためには、大阪の力が必須です。これこそが大阪の役割でしょう」

「そうですよね。ならば……」

龍子がその先の吉岡の言葉を制した。

「ただ、最終的な決裁判断は、皆さんの同意のもとに行うべきで、大阪の勝手にはなりません。もちろん、京都の勝手にもなりません。この連合の拠点は京都。その京都で京阪神が同意をし、先に進むのです」

初めて龍子が吉岡に圧をかけた。吉岡は有無を言わさない龍子の様子に圧倒され、小さく頷いた。

「京都の先生方の大人げない言い分にご立腹されたことも承知しておりますが、この程度のことをネタとして受け止めずして、東に勝てるでしょうか？　西が力を得るためには、手をつながなければ話になりませんと、何度も申し上げてきました。手をつなぐとは仲良くすること。これも小学生レベルの話」

吉岡と影山は、ただただ小さくなって子供のように頷いていた。龍子は続いて京都の方に身体を向けた。

「飯島先生、山本先生、柴田先生。先生方の存在が最も重要だと思っていた私の考えは間違っておりましたでしょうか？　西の拠点となる京都の先生方のお力に日本の未来が託されているのです。末裔まで語り継がれる歴史を新たに刻んでいただきたいのですが、先生方への期待が大きすぎましたか？　京都は諸外国から注目される日本一の場所です。気品というのは、内から湧き出るもの。自ら主張すべきものではないのではありませんか。他には決して真似できない由緒ある貴重なものが京都には沢山残っております。それは、皆さんが主張せずとも見えております。口を閉ざすことも気品でございます」

この龍子の言葉に三人は面食らった。桂を除外して、三人を名指しての発言だったからだ。龍子は桂の様子を窺うことをしなかったが、桂には自分の思いが通じていることをどこか確信していた。本来であれば小娘の説教に怒りたい飯島だったが、この状況では自分たちのせいで構想が頓挫したと言われかねない。困惑した表情の内に苦々しい思いを抱えながら、飯島が答えた。

「それはもう充分承知しております」

龍子は飯島に軽く会釈をし、最後の言葉を添えた。

「京都の歴史を過去のままで終わらせるか、新たな歴史を作るのか。京都は今大事な岐路に立っているのです」

桂が苦笑いをしている。龍子の様子に圧倒されている三人は、口ごもりながら、口々に答えた。

「そりゃ坂本さんに言われたら頑張らなあきませんなぁ」

「仲良くしましょ、仲良く」

「そやそや、歴史に残る大仕事やからなぁ」

龍子は三人の答えを聞き、まだ心底理解していないことはわかっていたが、一旦頷き、席に座った。

大阪の二人と京都の三人は、東との交渉を成立させるための我慢を決め込んだ。それぞれの未来への目的は微妙に違うものの、東へと向かう気持ちにおいて同じ方向を向いた。

次に龍子は、但馬の方に身体を向け、穏やかな口調で話しかけた。

「但馬知事、改めて兵庫の役割をどうお考えでしょうか？」

但馬は龍子の一連の対応を目の当たりにし、更なる敬意を抱き始めていた。酒井は顔色一つ変えずにペンを構える。

「坂本さん、先日お話ししたように兵庫としては今答えを出すべきではないと考えております。東との話し合いの結果で兵庫が何をすべきか、何ができるのかを見出していきたいのです。ですが、あえて言うならば、兵庫は関西の未来都市の役割を担っていきたいと考えております。広い敷地を活かせる構想です」

桂が口を開いた。

「但馬くん、実に素晴らしい。目先のことに囚われていないことに敬意を表したい。兵庫の美しい街並みと広大な面積を活かし、関西の新たな都市づくりの役務を担うというのは京都にも大阪にもできんことでしょう」

但馬が桂に笑みを返し、兵庫について語った。

「桂さんにそう言っていただけると、恐縮しますなぁ。正直なところ、今の兵庫は高齢化が深刻です。分散後に少しでも多くの若年層が流入してくれれば、兵庫にとって大きなメリットになり得ると思っております。兵庫は、ものづくり産業が活発で、世界有数の科学技術の基盤を持ち得ております。その特性を大いに未来に活かすことに皆さんのお力を借りることができれば嬉しい限りです」

「そうですか、そうですか」

桂が満足気に相槌を打った。龍子も但馬の言葉に大きく頷く。

「但馬知事、ありがとうございます。それでは一旦まとめます。分散後の役割は、拠点として京都。経済の活性化施策を大阪、未来の都市づくりを兵庫。全ての決定は京阪神の合意のもとに実施され、その決定会議は拠点である京都で行われる。これで公平とみなし、決定しておきたいと思います」

全員が大きく頷いた。

「それでは、次回の議題は、東への対応策についていたしますが、先に東側のアポを取り付けておくべきと考えます。東との接触は桂知事にお願いしたいと思っておりますが、皆さんいかがでしょうか？」

全員が納得している。

「桂知事、お願いできますでしょうか？」

「わかりました。構想の話を伏せて、まずは日程を決めることにしますか。東京の様子もわかりませんので、探ってみることにしましょう」

全員が桂に一礼した。

「では次回の日程は、一週間後ぐらいでいかがでしょうか？」

「いいでしょう」

桂の返答に、一同が同意した。

「ありがとうございます。では次回は京都で実施いたします。詳細は沖田秘書の方から連絡いたします。そして、最後の資料ですが、皆さん周知の国の省庁をリスト化いたしました。どの省庁を西に動かせる可能性があるのかを補足した資料になります。参考にしていただき、事前にお考えいただければと思います。本日はこれで終了といたします」

龍子が深々と頭を下げ、会議は幕を閉じた。そして龍子と沖田が京都、兵庫、大阪の順に見送った後、二人の車も京都へと走り出した。


車中での龍子と沖田は、一気に疲れを感じていた。

「疲れましたね、沖田くん」

龍子の方から声をかけた。

「本当にお疲れさまでした。一回目以上に冷や汗は出るわ……」

龍子が思い出し笑いをしている。

「坂本さんは笑ってますけど、また先生たちがやらかしてくれたと」

「さすがにあの流れは想定外でしたね。あの場では解決策で頭が一杯でしたけど、思い返すと笑えますね。完全にネタになっている」

「確かにネタはネタですが、雰囲気が冗談ではすまされない感じでしたから。大阪が不機嫌なのが、伝わってきてました」

「そうね。でも京都と大阪のバトルも慣れてくると可愛く思えてきました。結局はお互い相思相愛なんでしょう」

「またまた、坂本さんの持論が出てきましたね」

沖田が冗談を返す。

「だってそうでしょ？　アンチは裏を返せば熱烈なファンってことでしょう」

龍子が笑った。

「そうなんですかね。でもとにかく今日の坂本さんは、桂知事と同じくらいの迫力でした。感動しました。あの雄たけびは、最高でしたね」

そういって沖田も思い出し笑いをしている。ほどなくして二人の会話が途絶えると、龍子を突然睡魔が襲い、単調な夜の高速を走る沖田への気遣いよりも睡魔が勝ってしまった。助手席で静かな寝息をたてる龍子を沖田は優しく見守っていた。

どのくらいの時間が経っただろう。ふと龍子が眠りから覚め、外の景色を眺める。もう高速からは降りたようだった。

「ごめんなさい。沖田くんも疲れているのに、うっかり眠ってしまいました」

龍子が恐縮したように沖田に詫びる。

「起きられましたか。僕は慣れているので大丈夫です。もう京都市内ですから、あと十五分ぐらいで到着するかと思います」

龍子は沖田の声を聞きながら、窓の外に視線を動かし、腕時計を見た。まもなく二十一時だった。

「そういえば坂本さん、今度の土曜日は大文字さんなんですが見に行きませんか？」

沖田が龍子を誘った。もうお盆の時期なのかと龍子は思った。

大文字さんとは京都の夏の終わりを告げる風物詩で「京都五山送り火」のことだ。お盆の精霊を送る伝統行事で、東山に大の字が、続いて松ヶ崎に妙・法、西賀茂に船形、大北山に左大文字、そして、嵯峨に鳥居形が浮かび上がる。

大文字さんと言えば祇園祭と共に、普通は彼女とのデートスポットだろうと龍子は思った。私を誘うということは彼女がいないのだろうか……。この際聞いてみたいという衝動にかられたが、余計なことは言うまいと言葉を飲みこみ、無難な質問を返す。

「いいですね。しばし仕事を離れて楽しみたいと思っていました。どこかオススメのスポットとかあるの？」

「五つありますけど、どれが見たいですか？」沖田が訊ねる。

「そうねぇ。『大』の字は見たことがあるから、それ以外がいいかなぁ。あとはお任せします」

沖田は自宅近くの河原を思いついた。

「それなら、上賀茂神社の近くにいいスポットがあります。送り火は夜ですが、その前に龍馬さんのお墓に行きませんか？　お墓に行って、食事を済ませて、送り火。どうです？」

無邪気にコースを組み立てる沖田を見ながら、龍子も楽しそうに笑う。車は二人の週末の予定が決まる頃にはホテルに到着し、土曜日の午後に会う約束をして龍子は沖田を見送った。

二回目の会議を終えた翌日金曜の夜、一本の電話で呼び出された飯島が、影山に会うため祇園の料亭に向かっていた。二人で食事でもという誘いだったが、手中に収めたいと思っていた影山からの誘いを飯島は快諾した。

若い吉岡と違い、自分と同類の匂いを感じていた影山という男が、何かを企んでいることは明らかだ。わざわざ京都に出向いてくるということは、自分にとっても悪い話ではなさそうだと想像を巡らせながら、先を急いだ。

約束の時間二十時ちょうどに到着した飯島を影山が迎えた。祇園の奥まった場所にある料亭の個室は、密談にはうってつけの場所だった。

「突然お誘いしてしまい、すみません」

影山は、会議の席でのことなどなかったかのように満面の笑みで飯島に挨拶をする。

「いやいや。お待たせしましたかな」

「私もつい今しがた到着したところです」

和室の部屋の奥にはちょっとした庭が作り込んであり、京都らしい風情を醸し出していた。テーブルには既に料理と酒が並んでいて、影山が用意周到に出迎えたことが窺える。

二人は向かい合わせに席を構え、落ち着いたところで即座に影山が酌を始め、口火を切った。

「一度飯島先生とは、酒を酌み交わしたいと思っておりました」

「そうですか。影山くんも大変ですなぁ。若い知事の下で」

嫌味にもとれる飯島の返答だったが、影山は口元を緩めたまま話を進めた。

「心中お察しいただき、恐縮です。まあ彼は頑張っておりますし、実力もありますから」

「そのようですな。威勢もよろしい」

「今回の構想が前に進んだ暁には、充分儲けてくれるんやないかと思います」

「影山くんは次の選挙で巻き返しを図るんと違うんですか？」

飯島は酒に口をつけながら、余裕の構えで影山の本心を聞き出そうとしていた。

「飯島先生は、桂知事後任を有力視されておられますが、大阪は世代が変わりましたんで」

「諦めるんですかいな」

「知事職よりも、今度の大仕事でしっかり活躍する方に興味をそそられてます」

飯島の目が光った。

「ほほう。それは意味深やなぁ。そやけど表舞台に出ていくのんは吉岡くんや。影山くんは裏方でどうするのんや？」

「裏方言うても、活躍の場は色々あります。首都分散となれば、近隣の関西圏との連携もあります。そうなったら若い吉岡くんのやり方では通用せん政治の世界いうもんがありますから。大阪のもんですが、飯島先生のお力にもなれるかと思っております」

ついに影山が核心に触れてきたかと内心は好奇心に満ちていた飯島だったが、不敵な笑みを浮かべたまま料理に箸を伸ばした。口を開かない飯島の様子を探りながら、影山が言葉を足す。

「玉の仕込みでご協力できればと」

飯島は心の中で豪快に笑った。やはりこの男は、使える。自分の目に狂いがなかったことにも満足していた。

「そういうハッキリした物言いは、嫌いじゃないですなぁ。政治に玉はつきもの。綺麗ごとだけでは進めませんからなぁ」

影山も飯島が提案を受け入れることを確信した。ここで確実に飯島に取り入っておけば、山本と柴田も追随して自分への警戒心を弱めるだろう。京都の自尊心をくすぐりながら、しっかりと利用してやろうというのが影山の魂胆だった。

「そやけど影山くん、そんな嬉しい協力をしてもろて、君には何をお返ししたらよろしいのかな?」

「それはもう、飯島先生のお力をお借りして、グイッと上に押し上げてもらえれば」

「グイッと、かいな。知事より上にかいな」

「ええ、ええ。飯島先生かって、本心は知事で満足はされへんのと違いますか?」

影山がそう言って、また飯島の盃(さかずき)に酒をついだ。

「そやなぁ。一部と言うても国会が西にも出来たら、色々と面白なるさかいになぁ」

飯島はそう言いながら、初めて影山に返杯し、話題を変えた。

「それはそうと、影山くんは坂本龍子という人物をどない思う?」

「なかなか弁が立つことは事実ですから、東との交渉には利用できるんちゃいますか? 正論ばかりで攻めてきますんで、正直やりにくいですが、所詮、地方県庁の一職員です」

影山は、飯島に本心を伝えた。

「なるほどな。小娘の分際で生意気やとは思うが、君が言う通り利用価値はあるか……」

「そうやと思います。東を引っ張り出すまでは頑張ってもろて、その間に我々はしっかり仕込みを」

「今の段階で仕込み始めるんは危険とちゃうか?」

「確実なところだけは、根回ししときます」

「ほう。ちなみにどこや?」

「まずは奈良ですわ。都市開発での問題点を仰山抱えてますさかい。玉を流すルートもしっかり考えてます」

影山の回答に飯島が満足気な笑みを浮かべた。

「ええとこ押さえてるやないか」

「飯島先生は私より遥かにお力をお持ちかと思いますが、京都が握れる相手にもこの影山を使ってください。山本先生や柴田先生もおられますが、拠点となる京都の皆さんではあからさまには動きにくいと思てます。大阪が経済施策を担うことになれば、私の方が動きやすいはずです」

確かに影山の言うことには一理あるなと飯島は思った。

「先生、滋賀はどうです？　根回ししやすいんと違いますか？」

「滋賀か……」

飯島はしばし言い淀んだ。影山の提案に興味はあるが、あまり最初からこちらの手の内を見せたくはない。まずは影山を自由に動かし、その実力を見極めてからでも遅くないだろうと思った。

「まあ滋賀にはいつでも動けるさかいに、慌てることもないやろ」

完全に警戒心を解いてはいない飯島に苛立ちを感じた影山だったが、自分の提案を拒否していないことだけは確信できたのだから、これ以上の話は避けるべきかと考えた。

「わかりました。ほな、奈良だけでも固めときます。くれぐれも坂本龍子には気づかれんように、注意して動きますわ」

「そやな。あの女に気づかれたら厄介や」

「先生との関係は分散が成功するまで、気をつけなと思てます。今後は極力電話で」

六

沖田との約束の土曜日は、晴天だった。ホテルの正面に十六時に迎えにくるという。龍子は朝から何もしない時間を満喫した後、待ち合わせの三十分前から軽く化粧をし、ジーンズに大きめの青のカジュアルシャツという軽装に着替えた。

龍子はプライベートでも女性を感じさせる服装を好まない。ワンピースや体形を強調する服は所有もしていない。仕事を離れるといつもきまってジーンズにTシャツという恰好だ。今日の服装の上衣にTシャツを選ばなかったのは、少しだけ沖田を意識してのことだった。いつものように束ねている髪の毛にシャツと同色の帽子を被り、ホテルの正面に向かった。

沖田の青い車の助手席に乗り込んだ龍子を、ジーンズに薄紫のカジュアルシャツという恰好の沖田が笑顔で迎えた。いつもはスタイリング剤で整えている髪型も、今日はナチュラルに決めている。いつもとは違う雰囲気に少し戸惑いを感じたが、よく似合っていた。

一方沖田も龍子が仕事を離れた服装をしているのを初めて見る。気取りはないがどこか洗練されたように思えるのは龍子の持つ凛とした佇まいのせいなのか……。龍子の笑みに一瞬胸の高鳴りを覚えたが、龍子に気づかれないようすぐに気持ちを切り替えた。

「坂本さん、今日は楽しみましょか」

沖田は掛け声をかけるように言い、アクセルを踏んだ。花見小路通りを南に下り、突き当りを左折すると、車は東大路通りを右に曲がり、龍馬の墓がある京都霊山護国神社を目指した。神社の駐車場に車を停め、沖田の案内で坂本龍馬の墓まで歩く。

「沖田くんは、よく来るの？」

「ええ。この間坂本さんにおススメした銅像の方がよく行くんですが、龍馬さんのお墓は夏のこの時期になると一度は訪れます」

「毎年？」

「ええ、ほぼ」

　沖田が照れ笑いをしている。

「相当なファンよね？」

「ファンですね。龍馬さんに会うと元気になるというか、励まされるというか」

　二人はほどなくして墓の前に到着した。龍子は、坂本龍馬と並んでいる中岡慎太郎の墓を前に両手を合わせ目を閉じた。先日見た銅像より遥かに感慨深いものがあった。ここに京都で暗殺された二人の高知県人が眠っているからだ。人生の半分近くを故郷の外で生き、故郷ではない場所に眠る二人。どんな思いなのだろうか。龍子の神妙な面持ちを見ながら、沖田が別の墓を示し声を掛けた。

「あそこには桂小五郎さんのお墓もあるんです」

　龍子は沖田の指の先に視線を送る。

「日本の未来を変えようとした人たちがここに集結しているということなのね」

　また龍子は感慨深い表情を浮かべる。

「沖田くんが毎年ここに来る理由がわかる気がします。歴史に残った志士たちは、今の日本を見て何を話してるんでしょうね」

「満足はしていないでしょう。褒めてもいなさそうです」

沖田が答えた。いきなり龍子が高知弁で喋り出した。

「まっこと、おまんらぁ何をしゆうがで。もっとこの国のことを考えんと沈んでしまうで。こんな感じかなぁ。龍馬さんの言葉」

沖田はいたく感激している。

「うわぁ、坂本龍子の高知弁！」

無邪気に喜ぶ沖田を見ながら、龍子が笑った。ふと沖田が気を取り直し、改めて龍馬の墓に手を合わせる。しばらくして沖田が顔を上げるのを見計らい、龍子が訊ねた。

「龍馬さんに何を話してたの？」

沖田が得意気に答えた。

「それは当然、先日の坂本さんの雄姿を報告してました」

「えっ？　それで、龍馬さんは何と？」

龍子が悪戯っぽく訊ねた。

「そうか、そうか。高知にわしに似いちゅうおなごがおったか！」

沖田が龍馬を真似たような口調で答えると、龍子はお腹を抱えて笑った。いつも完璧な仕事振りをみせる秘書の沖田が、龍馬の話をするときは、完全なる年下男子に思える。無邪気すぎて、ついからかいたくなるのだ。特に今日の沖田はスーツを着ていないせいか、余計に幼く見えた。いつまでも笑っている龍子に少し不満そうに沖田が話しかける。

「笑い過ぎです、坂本さん。僕はいたって真面目に龍馬さんに坂本さんの存在をお知らせしていたのに」

　龍子がふと小首をかしげた。

「存在？」

「そうです。龍馬さんが坂本さんの存在を知らないなら、もったいなさすぎます」

　沖田は何を言い出すのか？　ふと、龍子は沖田の大きな勘違いを思い出した。

「私の存在？　隠し子の話？」

「その答えのために、日々僕は坂本さんを支えているといっても過言ではありません」

　龍子は、また吹き出してしまった。確かに沖田の誤解もわからなくはない。

　坂本龍馬という男は、文献によると結構な女好きだったらしい。結婚したのは、ここ京都の楢崎龍（ならさきりょう）という女性だけで、その女性との間に子供は産まれていない。二人が結婚していたのは一八六四年から暗殺されるまでの三年間。ということは、二十九、三十まで嫁をとっていないことになる。女にうつつを抜かすほど暇ではなかっただろうが、隠し子という発想はなくもないだろう。むしろ、龍馬ファンにとっては、隠し子でもいいから末代にその血を継いだ者がいてほしいということなのかもしれない。

「沖田くん、その秘密を聞くために頑張って」

　龍子は沖田をからかいながら、志士たちに別れを告げた。二人は神社の駐車場まで戻ると、再び車に乗り込む。沖田の車はメインの四条通りを避け、東大路通りを北に向かって走る。八坂神社を過ぎ、三条、二条と北に上がっていくと、二条通りを過ぎたあたりで右手に平安神宮が見えてきた。

「平安遷都千百年を記念して作られた平安神宮です」

沖田が時折京都案内を交えてくれる。しばらくして東の東京大学とともに難関とされている京都大学が見えてきた。沖田は大学近くの駐車場に車を停めた。

「坂本さん、送り火の前に食事をしておきましょう。僕の母校ですが、人気のフレンチの店を予約しておきました」

想定内とは言うものの、折り紙付きのエリートだと龍子は思った。沖田が案内した店はキャンパス内にある時計台の一階にあった。さっきまで無邪気に振舞っていた沖田がしっかり龍子をエスコートしている。店内は広々としており、レトロな雰囲気に満たされていた。二人は窓際の席に案内され、腰を下ろす。

「ここは大正十四年に建てられた建物なんです」

沖田が説明してくれる。

「気に入ってもらえましたか？　京都で京都料理ばかり食べるのも飽きるでしょうから、今日は違った味を楽しんでください」

龍子は沖田に礼を言い、小さく頷いた。

ふと龍子は沖田のことを「完璧すぎる！」と思ってしまった。高学歴で伯父が名高い政治家で、スタイルも悪くなく、顔面偏差値は上位層とくれば、相当モテるだろうに。

しかし、この数週間、ほぼ沖田と行動を共にしているが、女性からの電話もかかってこないし、それらしき素振りもない。とすると、仕事では見せない別の顔があるのだろうか？　龍子の脳内をいらぬ想像が駆け巡る。龍子は我を忘れて、沖田を直視していた。その様子を不思議がり、沖田が龍子に声をかけた。

「坂本さん、僕の顔に何かついてます？」

我に返った龍子があわてて誤魔化した。

「ぜんぜん。仕事を離れると沖田くんも雰囲気が違うなぁと思っていただけ」

龍子の言葉にすぐに沖田が反応した。

「どんな風に違うんですか？」

そこを突っ込んでくるのか……龍子は咄嗟に言ってしまった。

「男子だなぁと」

「坂本さん、それは褒められてるんでしょうか？」

沖田が不服そうな顔をしている。

「ごめん、ごめん。変な意味ではなく、沖田くんは仕事を離れれば更に素敵な男性だなぁということです」

龍子が淡々と答えた。

「嬉しいです。龍馬さんに褒められているみたいに思えてきます」

沖田がまた無邪気な年下男子に戻った。

「沖田くん、龍馬を意識しすぎ」

二人が他愛のない会話を楽しむ中、フレンチのお洒落な皿がいい頃合いで運ばれてくる。最後のデザートが運ばれてきた頃には、すっかり外は陽が落ちていた。二人は最終目的の送り火を見に行くため店を出た。

沖田の車は大学を出て更に北に走り、今出川通りに出たところで西に向かう。京都の街を南北に流れる鴨川にかかる賀茂大橋にさしかかると、また沖田が説明を始めた。

「この橋から二本の川が合流して、ここから下流を鴨川と呼ぶんです。宝ヶ池のあたりから岩倉川と合流した高野川がこの橋まで東側を流れ、西側は賀茂川。読みは同じですが、上流は漢字が変わります。謹賀の『賀』に『茂』と書いて賀茂川です」

賀茂大橋を渡ると、車はその賀茂川沿いを北に走った。一大行事のせいか道は混んでいる。龍子はふと腕時計を見た。送り火への点火はたしか二十時に始まるはずだ。あと三十分ほどで到着できるのだろうか。

「道が混んでますね。間に合いそう？」

龍子が沖田に訊ねた。沖田は龍子に微笑みかけながら答える。

「大丈夫です。今日は船形を見ようと思っているので、点火が二十時十分頃です。到着して少し待つ感じかと思います」

ほどなくして、植物園を通り過ぎ、沖田が目指した御薗橋に到着した。近くのコインパーキングに車を停め、二人は賀茂川の河原に降りていく。

河原では、程よい間隔で見物客が場所をとり、川から流れてくる風を楽しみながら点火の時間を待っていた。龍子が想像していたより人出は少なかった。沖田が適当な場所を見つけ、車から持参してきたレジャーシートを広げ、龍子に座るように勧めた。準備に関しても何から何まで隙(すき)のない完璧な男だ。個人的には少しぐらい隙がある方が良いのだが、これも一種の職業病なのだろうと龍子は思った。そんな龍子の心の内を知る由もない沖田が龍子に話しかけた。

「ここなら、さほど人も多くなくてゆっくりできるかと。穴場ですね」

「確かに穴場ね。それにしても、京都の夏の川沿いはカップルが多いよね」

龍子はそう言って周りを見渡す。

「僕たちも一応、カップルですよ」

沖田が悪戯っぽく龍子に言った。

「いやいや、どう見ても姉と弟でしょう」

「ええ？　そうかなぁ。いい感じに見えてると思いますけど」

自信たっぷりにふざける沖田を見て、龍子は笑っていた。もし自分が彼女だったら、沖田はこの場でどんなリアクションをするのだろう。少しだけ興味があるなと無邪気な沖田を微笑ましく見つめた。

一方、沖田が龍子に「弟」と評されたことを少し不満に感じていると、突然周りから歓声が上がった。そして全員の視線の先ではゆっくりと船の形が浮かび上がり始めていた。点火から約三十分ほどの点灯時間だが、その間、河原は静寂に包まれ、人々は美しい光景に見入っていた。

龍子は再び龍馬を思う。坂本龍馬もこの京都の地で夏の風物詩を見たのだろうか。京都の街並みは時代とともに変わっているが、あの山の景色はきっと昔と変わらないはずだ。百五十年以上の時を経て、龍馬と同じ景色を見ているのかもしれないことが不思議でたまらなかった。そんな龍子の思いを察知したかのように、隣で沖田がポツリと呟（つぶや）いた。

「きっと、龍馬さんも同じ景色を見ていたと思います」

四章　不測の事態

一

月曜日。大阪では朝から吉岡と影山が知事室で二回目の会議の余韻に浸りながら談笑していた。

「前回の坂本龍子の迫力は半端やなかったですなぁ。あんな坂本さん、初めてでしたわ」

影山が龍子を思い出しながら感心している振りを見せ、吉岡の反応を窺った。

「さすがの僕も参りました。そやけど、ちゃんと公平に京都にも苦言を呈してくれてましたし、大阪としても坂本さんが間に入ってくれるんやったら、多少の我慢も必要やと思いましたわ」

吉岡は龍子には敬意を表したいと心から思っていた。

「京都の存在からして、上からやから。けど墓穴掘りましたやん。有名企業の数で言ったら負けませんで、大阪は！」

影山が思い出したように興奮し始めたが、それをたしなめるように吉岡が言う。

「もうええやないですか、影山先生。京都とのことは、余興や思て、楽しみましょう」

意外に大人しい吉岡の返答に「おもろない男や」と影山は少々不満だったが、吉岡が京都への配慮を見せるのなら、自分は裏で存分に動けばいいと考えた。ただ今後の自分の行動が露呈せぬよう吉岡への警戒を強めることを心に決めた。

影山がチラリと腕時計に視線を落とした。自らが仕込んだシナリオが動き出す時間が迫っていた。影山は飯島との密談の後、すぐに大学の後輩の古田を抱き込む策に出ていた。

現在古田は奈良県の知事に就任している。古田を知事にまで押し上げたのは影山の功績で、古田は影山の言うことには何の疑いも持たず従い、抵抗もしない。古田の知事就任後は、従順な古田を上手く利用しながら、古田に気づかれることなく、自分の懐に数千万の金を動かしていた。影山にとって、金を動かす一番美味しいルートが奈良県なのだ。

奈良は、歴史の産物を守るために、都市部の利便性を失っているという土地柄で、県内の交通利便性が悪いために、観光地としても伸び悩んでいる。ウイルス後の経済は悲惨な状況で、その立て直しのためには、県内の交通利便性を強化し、歴史の遺産を守りながら、新たな都市開発を実施する必要に迫られていた。そんな奈良の事情に影山が目をつけない訳がなかった。

首都分散を機に、奈良への投資を通じて、大阪からではなく、また奈良から金を流すことを企んでいる。そのためにも先に奈良に情報を漏らし、吉岡を追い詰めておくというのが影山のシナリオだった。そして坂本龍子を引っ張り出し、分散後の奈良の要求を彼女に突き付けておくのが得策だろうと考えていた。

予定通りに影山の携帯が鳴った。携帯の画面には古田という名前が表示されていた。ついに影山のシナリオが幕を開ける。影山は吉岡に軽く会釈し、電話を受けた。

「久しぶりやないか。古田くん」

その声に吉岡は電話の相手が奈良県知事の古田満だと察知した。一体、朝から奈良が何の用事か。吉岡が怪訝そうに電話の行方を注視する。

「朝から突然、何ですか？　ゴルフの誘いですか？」

影山がいつもの軽い口調で探りを入れている。先方が何を話しているのか吉岡には聞く術もなかったが、影山の表情が一変するのを目の当たりにした後、「どこから漏れたんや……」と影山の独り言が聞こえた。

「何のことですかいなぁ」

影山がとぼけてみせ、次の受け答えでは焦りを表現した。なかなかの役者ぶりだった。

「わかった、わかった。ほな知事にも伝えとくさかいに。あとでもう一回電話するわ」

そう言って影山は電話を切ると、困った表情を見せながら吉岡に報告を入れた。

「奈良に情報が漏れたみたいです」

「何の情報です？」

「令和維新……」

影山が肩を落とし、困惑した表情を見せる。吉岡が言葉に詰まりながら、影山に訊ねた。

「どこから……。ほんで奈良は何と言うてるんですか？」

「奈良も参加させてくれと。話を聞きたいと言うてきました」

「それはまずいですよ、影山先生」

「そうですやろ？　大阪のセキュリティが疑われる事態や」

吉岡は押し黙っている。影山が矢継ぎ早に吉岡を急き立てた。

「逃げることはできませんやろ。呼びますか？」

吉岡が意を決し、影山に告げた。

「日程を調整してください」


知事室を退室した影山は、すぐさま古田に電話をかけていた。

「古田くん、予定通りや。吉岡が会うと言うてるわ」

『影山先輩の言うとおりにしたら、ほんまに大丈夫なんですよね？　まずは奈良に新幹線、ですから』

電話口で確約を求める古田に、影山が念を押した。

「まかしとき、大丈夫や。それより、他には漏らしてないやろな、この情報。くれぐれも二人だけの話やで。その代わり、きっちりまとめたるさかいに」

京都の月曜は、朝から吉報が飛び込んできた。府庁の部屋でゆっくりと朝刊に目を通していた龍子のもとに、興奮気味の沖田が飛び込んできた。

「おはようございます。坂本さん、決まりました！　東京に行く日程が」

龍子が目を見張った。

「いつですか？」

さすがの龍子も興奮した。

「来週の木曜だそうです。都庁に十一時です」

思いのほか早いと、龍子は思った。

「東京に行く前の最終会議は今週にしますか？　それとも来週？」

一瞬迷ったが、最終会議の前準備を考え、龍子は来週の火曜を候補にあげた。

「わかりました。では皆さんの調整に入ります。一旦旧館に戻りますが、後でまた来ます」

沖田はそう言って、また小走りに部屋を出ていった。

大阪の知事室では、吉岡が腕を組み、天井を仰ぎ、一人で考え込んでいる。突然携帯が鳴った。影山からだった。

『吉岡知事、奈良が夕方に襲撃してきますわ』

「何時ですか？」

『職員が少ない時間がよろしいですやろ？　十八時にしました』

「わかりました」

影山との電話を終え、今日の予定に目を通していると、沖田からメールが届いた。東京に行く日程と最終会議の件だった。吉岡は、内線電話で来週の火曜と木曜の予定を空けるよう秘書に伝え、沖田に了解のメールを戻した。ついに東に行く日程が定められ喜びたいところだったが、心はここにあらずの様相で奈良との会談が気になっていた。

朝の影山との会話から頭を切り替え、今日やるべきことを粛々とこなしていた吉岡だったが、昼休みを返上しても予定通りとはいかなかった。目を通さなければいけない決裁事案を少し残した状態で奈良との約束の時間がやってきた。

定刻通り、知事室の扉がノックされる。先に入ってきたのは影山だった。その後ろには、小柄で温厚な人柄が窺える奈良の古田知事の姿があった。吉岡は何事もなかったかのように満面の笑みで古田を迎え入れた。

「これは、これは古田知事。ご無沙汰(ぶさた)しております」

「こちらこそ。すっかりご無沙汰している間にとんでもない話が耳に入ってきまして」

古田は影山とのシナリオ通りに進めていく。仕組まれたことだと気づいていない吉岡が古田の言葉を制し、ソファーに座るよう促した。吉岡は自らがこの話の主導権を握るため、先に口火をきった。

「維新の話ですか……。どこからお耳に入ったのかは不問としますが、どういうご用件で?」

古田は柔和な表情を崩さぬまま、吉岡の質問に答える。

「単刀直入に申し上げます。奈良も是非参加させてください。その大仕事に」

吉岡と影山が顔を見合わせ身構えるなか、古田が飄々と続けた。

「なんや首都を西に動かすいう話なんですやろ？　めちゃめちゃええ話やないですか。お隣の奈良に相談もなく、そんな話進めるやなんて、奈良かて関西やないですか？」

それなりに大まかな話は摑んでいるような様子に吉岡は腹をくくった。そんな吉岡の様子を確認し、影山もシナリオ通りに事を進める。

「古田くんの情報通にはかないませんわ。そやけど、これは京阪神の話やから、奈良まで広げるわけにはいかんのです。ねえ、吉岡知事」

吉岡は、奈良が京都に歯向かえないことを予想し、苦し紛れの言い訳を口にした。

「古田知事のご要望はわかりますが、これは大阪が言い出したことではなく、京都の発案なんです。もちろん成功させるよう、京阪神が動いてますんで、必ず奈良にもメリットがあるように考えますんで、ここは一つ控えてもらえませんか？」

影山の指示は、「京都の話が出たら、落ち込め」だ。

「京都……桂知事ですか」

古田が影山の指示通り、表情を曇らせた。

「そうなんや、古田くん。私らも京都から話があった時はひっくり返りそうになったんやけど、高知の坂本龍子いう交渉の達人が間に入っていて、それは見事に話を進めてる、ちゅうことなんや」

影山が吉岡を援護するように見せかけ、古田に合図を出す。「坂本龍子に会わせろ」という次なる段階への合図だった。

「坂本龍子……。なんや聞いたことありますなぁ。高知県庁の職員でありながら政治のトラブルを片付けてくれるいうお人ですやろ?」

吉岡と影山が同時に頷いた。

「それやったら、奈良がごねてる言うて、その坂本さんに会わせてください」

古田が希望を見出したように顔を輝かせた。吉岡は、影山の援護が裏目に出たと思い、困惑している。影山の予定通りだった。

「坂本さんに会わすことはできるでしょうが、何を言わはるんです。坂本さんにお願いしたとて、参加は難しいと思います」

坂本龍子を引っ張り出すため、もう一押しの古田だった。

「吉岡知事、奈良はこれまで散々大阪に貢献してきたと思てます。長いこと奈良はホテルも増やさず、観光客が大阪でお金を落とせるよう協力してきたやないですか。今回ばかりは、奈良も諦めません。西が首都になったら、奈良かて無視できひん場所やないですか。まずは新幹線の駅を作ってもらわな」

古田が初めて不服そうに吉岡に言うと、影山が呆れたようなフリをして返した。

「古田くん、奈良にホテルが少ないのは、それは奈良の問題やろ。むしろ、大阪からの利便性のおかげで奈良に観光客が流れてんのちゃうんかいな」

黙っていた吉岡が口を開いた。

「古田知事。今回の件は、それぞれが自分の得になることのためだけに動こうとしてるんとは違うんです。むしろ、それを京都と坂本さんが嫌っておられるんです」

古田が訝しげに質問した。

「ほな、何のためにこんな大それたことをやろうとしてるんですか？」

「国のためやないですか！」

吉岡が声を荒らげた。ついに吉岡に坂本龍子が乗り移ったかと思うほどの剣幕に、影山が驚いている。自分のシナリオにはない吉岡の反応だった。果たして、坂本龍子に会わすという決断を吉岡がするのか？　さすがの影山も緊張していた。

「わかりました。一度、坂本さんに会ってみてください。そしたら、古田知事も納得されると思います。影山先生、坂本さんに会えるよう調整してあげてください」

吉岡がまくしたてた。奈良を相手にいくら説明しても、時間の無駄だと思えたからだった。坂本さんにバトンを渡した方が落ち着くところに落ち着くだろうと、考えてしまった。

結果は影山のシナリオ通り。吉岡の返答に、影山は安堵していた。吉岡が今度は静かな口調で古田に言った。

「古田知事、くれぐれもこの件は、他に口外なさらないよう。京都がへそを曲げたらこの構想は確実に頓挫してしまいます。奈良の要望が絵空事になるのは望んでおられんでしょう？」

古田は黙って頷き、坂本龍子との面会を約束させ、帰っていった。古田が部屋を出て少し時間をおいたところで、影山が大きくため息をついて見せ、吉岡の様子を探る。

「まいりましたなぁ。坂本さんはどう収めるやろ。大阪の立場も悪なるんちゃいますか？」

吉岡もため息をつきながら答えた。

「僕で判断できることでもないですから、坂本さんが良い方向に導いてくれると信じるしかないです。大阪の面子はこの際考えないことにしましょう。それよりもこの事案が頓挫することの方がまずい」

「京都と兵庫の耳にもはいりますよねぇ」

「そこも含めて、坂本さんに委ねましょう。影山先生」

京都では沖田が部屋を出てから一時間ほどして、戻ってきた。

「坂本さん、予定通りです。いよいよですね」

龍子も胸をなでおろした。東への日程が決まってしまえば、あとは前進するのみだ。

「沖田くん、最終会議に向けて抜かりがないように準備していきましょう」

それから二人は時間を忘れ、どのように分散していくのが西にとって有利なのか、この国にとってベストなのかを議論しながら現状存在する省庁を一つずつ検討していった。あっという間に退庁時間を過ぎ、時計が十九時を回ろうとしていた。

「ごめん、ごめん。沖田くん。すっかり遅くなりました。そろそろ本日は終わりにしましようか」

沖田が龍子の言葉にふと壁の時計を見た時、突然龍子の携帯が鳴った。影山からだった。

「もしもし、影山先生、お疲れさまです」

龍子が電話に応対をする横で、沖田が机の上の資料を片付け始めていた。

「えっ？」

龍子が緊張した声を発した。沖田が不審気に龍子の表情を窺う。

「いえ、そういうことであれば私が明日奈良に伺います。十一時に伺うとお伝えください」

龍子は何度か相槌を打った後、電話を切った。すぐさま沖田が訊ねる。

「奈良？　奈良で何かあったんですか？」

龍子が深刻そうな顔で沖田の質問に答えた。

「奈良に情報が漏れたようです」

「えっ？　どこから漏れたんですか？　それで奈良は何か言ってきたんですか？」

沖田が矢継ぎ早に質問を浴びせた。

「どこからかはわからないですが、今日大阪に来たそうで、奈良も参加したいと言って譲らないと言っています」

「そんなの大阪で対応したらええやないですか!?」

「奈良が私に会いたいと言っているそうです」

沖田が怪訝そうな顔で言う。

「坂本さんに押し付けてるだけと違いますか？」

龍子が黙っていると、沖田が続けた。

「参加させるんですか？」

「いえ。奈良まで広げたら、その周辺も黙ってはいないでしょう。東との交渉の段階では京阪神だけです。厄介なことにならなければいいのですが」

深刻な龍子の表情を見て、沖田は不安と同時に大阪に対する苛立ちを感じた。

「大阪は何をやってるんですかね」

沖田の反応に龍子は気持ちを切り替えた。大阪への不信感を煽ってはいけない。急に明るい顔で沖田に言った。

「まあ、仕方ない。情報は漏れるものです。対応をしっかりやりましょう。奈良が何を言い出すのか、楽しみですね」

沖田には龍子の明るさが空元気なのはわかっていたが、敢えて龍子の調子に合わせた。

「ですね。今日はゆっくり休んで、明日に備えましょう。ホテルまで送りますよ」

二人は部屋を出て、駐車場に向かった。沖田が歩きながら携帯を操作している。

「坂本さん、京都駅九時三十三分発の《みやこ路快速》なら、十時十九分に奈良に着けます。その次の列車だと間に合わないので、これに乗るしかないですね」

「わかりました。じゃあ、京都駅で九時十五分に待ち合わせましょう」

二

翌日の火曜日はどんよりした曇り空で、今にも大粒の雨が落ちてきそうだった。龍子と沖田は京都駅で合流し、奈良へと向かった。車内は混んではいなかったが、六割ほどの席が埋まっていたため、二人の会話は控えざるを得なかった。定刻通りに奈良駅に到着した二人だったが、そのまま県庁に向かえば早く着きすぎてしまう。タクシーに乗り込むまでにはまだ少し時間があった。二人は会話がしやすい場所まで移動し、少しの間立ち話をした。

「昨晩いろいろ考えてみましたが、予想できませんでした。坂本さんはどうです？」

沖田が訊ねた。

「わからないですね。影山さんからも詳しくは聞いていませんが、参加したいということに対しては、大阪が断ったということは聞きました」

「それでも引かないと。坂本さんを引っ張り出すということは、参加させてくれとごねるつもりでしょうか？」

「向こうの出方はわからないですが、何かを要求したいことは事実でしょうね」

「古田知事に会うのは今日が初めてですか？」

「ええ。どんな方ですか？」

「温厚な方です。威圧感を与える方ではありません」

「沖田くん、奈良と大阪はどんな関係なんですか？」

沖田が少し考えている。どう答えてよいのだろうと迷っている様子だったが、しばらくして口を開いた。

「僕の個人的な印象ですが、奈良県民は、もともとは大阪府民だったわけですから、仲が悪いという関係性ではないと思われます。程よい距離感なのではないでしょうか。京都や大阪への交通利便性だけは良いので、今でも通勤や通学で奈良から通ってくる人は多いと思います。そういう点では、奈良県民が他府県にお金を落としていると言えます。観光スポットはありますが、人が滞在するイメージが薄く、奈良に行っても泊まるのは大阪や京都だったりするようです。ここ数年前まで奈良にはホテルが少なかったんですが、やっと増え始めたと思ったらウイルスの打撃で、思惑が外れて大変なんではないかと思われます。人口は京都の半分ぐらいで、交付税率は高いですね」

龍子は黙って沖田の話を聞いていたが、その後会話をつなぐことをせず、沖田を促しタクシーで奈良県庁へと向かった。二人は受付を済ませると、職員の案内で五階の知事室の隣にある応接室に通された。ほどなくして古田知事が入ってきた。

龍子と沖田がソファーから立ち上がると、古田が先に挨拶をした。

「申し訳ありません。わざわざ奈良まで。知事の古田です」

龍子、沖田の順に挨拶を返す。そして三人が椅子に腰を下ろしたところで古田が話し始めた。

「坂本さんにお目にかかれるのを楽しみにしておりました」

龍子が一礼する。

「さっそくですが、大仕事に着手されているようで」

古田は、影山からくれぐれも坂本龍子を怒らせることはご法度(はっと)だと言われていた。相手に主導権を渡し、必ず奈良の要望を坂本龍子の耳に入れておくようにと指示を受けている。古田は笑顔のまま、龍子の出方を窺った。龍子は笑顔を返すも、返答しない。古田が仕方なく口火を切った。

「奈良も参加させていただきたいと大阪に願い出た次第です」

龍子が答える。

「それで大阪に断られたそうですが」

「その通りです。ひどい話でしょう、坂本さん。奈良はこれまで散々大阪には貢献してきたはずです。なんせ、奈良府民と言われるぐらいですから。元をただせば大阪なんです、奈良は」

古田の不満たっぷりの言い分には反応せず、龍子は質問した。

「何故(なぜ)それほどまでに参加されたいのですか？」

古田が驚いた表情を見せた。隣の沖田もこの龍子の質問の意図がわからなかった。

「何でって。それは、ここで参加しておかないと損やないですか？」

「損？」

龍子は表情一つ変えず繰り返す。

「そうです。首都が西に分散されたら、膨大な利益を生むやないですか」

「その通りです。ですが、最初から参加しないと損というのは認識が違うのではと思います」

龍子が笑顔を見せた。

「京都・大阪・兵庫が独占しようというのは見過ごせません」

古田が不服そうに龍子に訴える。奈良の要望だけを伝えればいいと言われてはいたが、古田の本心は、この時点から参加できるものなら参加したいと思っていた。

「古田知事、何故そのような発想になられるのでしょう。京都・大阪・兵庫の三府県は、自分たちが痛み分けをしてでもこの国に変化をもたらしたいと考えておられるのです。その負担は京阪神が背負うと言っておられるのです。大変不躾ですが、奈良はその負担を最初から背負えますか？」

古田が初めて黙った。龍子が続ける。

「その負担は、地方交付税交付金の部分から捻出します。ほぼ全額と言っても過言ではないでしょう。奈良は、それに耐えられますか？　無理でしょう。歳入に対する交付税率が高い県ほど、財政状況は厳しいはずです」

さっき駅で沖田も言っていたが、龍子も事前に奈良の財政については調べていた。交付税率は昨年の数字を見ても歳入の三割に迫る勢いだった。

龍子は古田の顔を笑顔で覗き込む。古田の反応を窺っているのだ。沖田は龍子の正論に心の中で拍手を贈っていた。答えに困っている古田に更に龍子が続ける。

「であれば、最初から参加せず、西への分散を見極めたところで参加される方が良いのではないでしょうか？　その方がリスクを取らずに益をとることにならないでしょうか？　ノーリスク、ハイリターンです」

龍子がお得意の豪快な笑いを放った。古田はまじまじと龍子の顔を凝視し、呆気にとられている。坂本龍子が予想以上に変わった人物だということに驚いていた。すかさず龍子が笑顔で質問を足した。

「それでは奈良は、分散後に何をお望みですか？」

予定通り、坂本龍子が奈良の要望を聞いてきた。古田がしばし考えるフリをした後、あらかじめ用意しておいた答えを、切実さを込めて龍子に訴えた。

「奈良としては、大阪や京都を通過せず、直接奈良へのアクセスができるよう新幹線の駅を希望します。そして、奈良も京都と同じように歴史と文化を背負った土地です。奈良県内の交通の利便性を高めることができたら、格段の増収につながります。奈良県民が守り抜いてきた史跡をそのままに、新たな街づくりに着手できる収入源を見出したいのです」

「古田知事のお気持ちは充分にわかりました」

予定通りの流れに、古田の表情が明るくなる。

「それでは坂本さん、この件に関しては坂本さんに委ね、お約束いただけると思ってよろしいですか？」

「今、この時点でお約束はできません。何故なら東との交渉結果が見えていないからです。ですが、分散への動きが始まれば、奈良の要望を三府県に提案することはお約束いたします」

古田は大きく頷き了承した。

「坂本さん、ほんまに成功するんでしょうか？」

古田は最後に本心の質問を足してみた。

「わかりません」

龍子が飄々と答える。古田が呆れたように返した。

「そんな殺生な！　それでは約束とは言えんやないですか!?」

「古田知事、結果が出ていることであれば、この場で奈良の希望を叶えると確約いたします。ですが、今はまだ過程です。過程の段階で明言できないことは、政治家の皆さんならおわかりではないですか？　結果を出すために、日々模索し、画策し、頑張る。それだけです。古田知事は奈良の得となることだけを念頭に置かれているようですが、今回の事案はこの国のためにやろうとしていることです。国を変えることが、結果として各府県に大きな経済効果を生み出すということかと思います」

古田は龍子の答えに納得できた。

「お噂は伺っておりましたが、大したお方ですね、坂本さんは。地方の県庁職員という職責がもったいない方ですなぁ。大阪は奈良をいつも意に介さずといった調子で、今回もまずは大阪にと思って話してみましたが、無駄だと思った次第です。坂本さんを信じてお預けします」

また、ここに一人、坂本龍子のファンが増えたと、沖田は思っていた。

一方龍子は、いとも簡単にこちらの話に納得を示した古田の対応に少しばかり疑念を持っていた。龍子は安堵した表情を見せる古田に質問を投げてみた。

「ところで古田知事、大変失礼なのですが、この情報はどのようなルートでお耳に入ったのでしょう。決して口外いたしませんので、お伺いしておきたいのですが」

古田の顔が一瞬にしてこわばる。龍子は間髪を入れずに探りを入れた。

「大阪から漏れたことは否めないと思っておりますが」

古田は口籠っていたが、龍子が一歩も引かない構えを見せていることに観念し、口を開いた。

「いや……まあ、それは……。他県の情報、特に大阪の動きは常に気にしておりますので、色々と人脈もございますから。具体名を申し上げるのは、何卒、ご勘弁いただきたいです」

古田の慌てようをしばし観察していた龍子だったが、すぐに笑顔で最後の挨拶をした。

「ありがとうございます。古田知事、奈良の要望は、確かにお預かりしました。最後に、この件に関し、くれぐれも情報が他県に漏れないようお願いします。京阪神も知事レベルでしか知り得ない情報です。ノーリターンにならないよう、シャットマウスでお願いします。本日の件、影山先生への連絡は私の方からでよろしいですか？」

龍子が意図的に影山の名前を出した。その瞬間、古田の表情に緊張が走ったのを龍子は見逃さなかった。


奈良県庁を出た龍子と沖田は、タクシーで奈良駅まで戻り、駅の周辺の蕎麦屋で昼食をとり、十三時五十三分発の列車で京都に戻った。朝に比べると車内の人は少なく、小声であれば喋れないことはなかった。

「またまたお見事でした。すんなり収まって良かったです」

沖田が龍子を労いながら、興奮している。龍子も笑っていたが、心ここにあらずといった感じだった。そんな龍子の様子に気づいた沖田が訊ねた。

「どうしたんですか？　さっきから何か考えてるようですが」

「影山さんがこんなに早く仕掛けてくるとは……」

「情報漏洩は影山さん？」

「ええ。それは確信できました」

そう言って、龍子は考え込んだ。

「わざと情報を漏らしたその意図は何でしょう……。裏金を仕込もうとしているということとなんですか⁉」

　龍子はまだ黙っている。

「吉岡さんも共犯？」

　沖田も色々と思考を巡らしているようだ。

「吉岡さんは違うと思います。影山さんの策でしょう」

「じゃあ、古田さんは？」

「確信は持てませんが、影山さん一人の策かと」

　ひとまず奈良との話は無事に終わったように見えているが、自分が奈良と会うこと、更には奈良の要求を自分が受け取ったことは、影山の計画だったのだろうと、龍子は察知した。

　古田に対して疑いを持たなかったのは、影山のような策士の匂い（にお）いが全くしなかったからだ。おそらく、いいように利用されているだけなのではないかと推察していた。

　そんな龍子の思考を遮るように、沖田が話しかけてきた。

「影山さんの過去について、少し予定より早めて調べた方がいいですね」

「そうですね。さっき沖田くんが奈良には数年前にホテルが増え始めたと言ってたけど、その時のお金の流れについて、調べられますか？　数年前というのが、前回の知事選の頃だとすると……」

「わかりました。調べてみます。今日の件、報告はどのように？」

「大阪の面子もありますから、今は止めておきましょう」

　二人の乗った列車は十四時四十二分に京都駅に到着し、そこから真っ直ぐ府庁に戻った。沖田は一旦秘書室に戻ってから龍子のもとに行くと告げ、旧本館に向かった。龍子は一人新館の部屋に入ると、すぐさま影山に電話を入れた。三回ほど呼び出し音が鳴った後、影山の声が聞こえてきた。

『坂本さん、お疲れさまです。どうでしたか？　奈良は』

　開口一番に影山が探りを入れてきた。

「大丈夫です。収まりました」

『それは、それは。吉岡くんの言う通り、坂本さんに委ねたのは正解ですわ。大阪に来たときは偉い勢いでしたけどなぁ。そやけど、今後の要求をしてきたんとちゃいますか？』

　龍子は絵に描いたような影山の返答に内心呆れていた。

「県内の都市開発のための予算を捻出できればとおっしゃっておられました。ところで、影山先生は古田知事とはお親しいので？」

　今度は龍子がやんわりと攻めた。

『大学の後輩なんですわ』

　影山はシナリオ通り事が進んだことに満足し、龍子への警戒を怠った。

「そうなのですね。分散後は、是非とも奈良の案件にご尽力してあげてください」

　龍子は心とは裏腹な返答をした。

『任せといてください』

電話口の影山は上機嫌のまま、電話を切った。

龍子は改めて自分の推測が的を射ていることを確信した。侮れない男だが、考えそうなことはおおよそ察しがつく。今は、自らの策に酔わせておくのも悪くないだろうが、その悪事は必ず封じ込めると心に誓った。

一方影山は、龍子の胸の内など知る由もなく、すぐさま飯島に報告の電話を入れた。

「もしもし、飯島先生。影山です。奈良の件、上手いこと握れましたんでご報告しときます」

『そうか。順調やなぁ。期待してるで影山くん』

三

この火曜の朝、府庁への出勤前に飯島のもとに一本の電話が入った。ゴルフ仲間でもある滋賀の県知事、田原誠（たはらまこと）からだった。田原と飯島の関係は対等ではない。五十代半ばの田原にとっては同じ職責の桂にはなかなか太刀打ちができない。飯島も自分よりは年上だが、取り入るには好都合の人物だった。桂の側近でありながら、自分の懐に得があることには独断で動く。そんな飯島に田原が媚（こび）を売ってみせているような関係だった。

『おはようございます。飯島先生』

「ああ、おはよう。朝早くからどうしました？」

『なんや大変なことが耳に入ってきまして』

　飯島が怪訝そうな表情を見せるが、田原には伝わっていない。電話口で田原が更に続けた。

『電話で話すのもなんですので、急ぎお目にかかって確認したいのです』

「そんな重要なことなんか？」

　飯島が面倒くさそうに答える。

『飯島先生もお忙しいとは思いますが、お時間をいただけませんか？』

「いつや？」

『今日の昼前やと、どうです？』

「急やなぁ。今日でないとあかんのかいな」

　飯島はどうでもいいという口調でぞんざいに扱った。さすがの田原も電話口でその対応に不満を感じ、重要な言葉を口にした。

『飯島先生、京都と兵庫と大阪の話です』

　一瞬にして飯島の表情がこわばったが、電話口の田原に気づかれないよう平静を装いながら答えた。

「ほほう。何や面白そうやないか。昼前……よろしいですわ。京都のどこで会いますか？」

　田原は飯島の反応に確信を得た。何かある！　それにしても相変わらずとぼけた親父（おやじ）だと思いながら感情を抑えた。

『職場ではまずいでしょうから、ご自宅までお伺いします』

飯島はますます緊張した。わざわざ自宅に来るとは。それでもここは逃げる術がない。田原が何を知っているのか、確かめておく必要があると思った。

「わかった。ほな待ってるわ。何時頃ですかな？」

『十時半頃には着けるかと』

電話を終えると、田原はすぐに車で飯島宅に向かった。あのタヌキ親父からどんな情報を得られるのか、田原は興奮していた。

田原の情報は、田原の秘書が友人である京都の職員から漏れ聞いたものだった。滋賀にとって京都は気にくわない相手なだけに、日頃から情報のアンテナを張り巡らしている。隣県に位置する滋賀にとって、高飛車な京都は常に目の上のたんこぶなのだが、上手く付き合っておかねばならない相手でもあった。隣県の滋賀を差し置いて、京都が大阪、兵庫と不穏な動きをしているというのは、滋賀としては大事件。折に触れ、京都には完全に馬鹿にされていると感じてはいるものの、近隣の京都と喧嘩するよりは京都のプライドを利用しながら取り入っておくほうが得策だと田原は考えている。

一方、飯島は田原がどこまで知っているのかと考えを巡らせた。ただ、知ったからと言って田原が何を言ってくるのか想像もできずにいた。まあ適当に収めておけばよいかと高をくくった。

約束通りの時間に玄関のインターホンが鳴り、田原がやってきた。

「飯島先生、突然すみません。これ、この間、近江牛のいいのが手に入りまして」

田原が飯島に手土産を差し出した。こういうところは抜かりのない可愛いやつだと飯島が笑顔で礼を言い、その品を受け取った。

飯島は妻に先立たれ、老後を一人で暮らしている。田原をリビングのソファーに座らせ、自らお茶を入れ田原の前に置いた。

「わざわざ悪いなぁ。電話の後、急いで来たんちゃうか？　まあ、お茶ぐらいしかないけど、どうぞ」

田原は一礼して差し出されたお茶を一口飲み、本題を話し始めた。

「飯島先生、なんや京阪神が動いてるそうやないですか」

田原が知り得ている情報はここまでだった。

「田原くんも耳が早いなぁ」

飯島は核心に触れず、田原の様子を窺っている。田原は田原で、飯島の口から核心を引き出そうと画策していた。

「こんな大事なこと飯島先生が知らんはずはないと思いますが、むしろ飯島先生の発案ではないかと胸が躍る思いです」

なんて可愛いやつだと飯島は思った。

「さすが田原くんや。そうやで京都が言い出したんや」

田原は飯島が口を滑らせたことに、「しめた！」と思った。

「やっぱりそうでしたかぁ。飯島先生がついに歴史に名を残さはるんですねぇ。当然僕もお手伝いしますんで。全力で飯島先生の名を高めましょう」

田原は京阪神が手を組むこと自体が歴史に名が残るほどのことだと思っていた。しかし、飯島の受け方は違う。飯島は即座に田原が首都分散のことまで気づいていると思ってしまった。

「歴史に名を残せるかもしれんなぁ。令和の維新やからなぁ。ほんまは京都に都を戻せたらええんやが」

飯島が田原に乗せられ、核心に触れ始める。田原は内心では予想以上の事態に驚いていたが、ぐっとこらえ、瞬時に思考を巡らせる。京都に都を移したいが、そうはいかない。そして飯島の口から「維新」という言葉が出た。それでも田原にはまだ情報が不充分だった。更に飯島に探りを入れる。

「京都はかつての都があった場所ですから、戻すのが当然ですやろ。何であかんのですか？　大阪と兵庫が抵抗してるんですか？」

この田原からの問いかけで、すっかり飯島は田原の手に乗ってしまった。

「そうやないんや。今回は、坂本龍子という高知のお人が京都からの依頼で動いててなぁ。京都に都をそのまま持ってくるよりは、まずは一部の省庁を動かしましょうということになってるんや。もちろんその先は、天皇が京都に戻ってこなあかんと思てるんやで」

飯島はつい自分の思いを混ぜながら話してしまった。田原はついに確信を得た。「東西両都」ということか。坂本龍子という名前も噂には聞いたことがあった。

「飯島先生、何で京都だけで動かへんかったんですか？」

「今の京都の規模では、東京と対等に話ができませんやろ？　それやったら、いっそのこと関西が一丸となった方がよろしいがな」

「なるほど。そやけどよう大阪と兵庫が納得しましたなぁ」

そのことは、田原にとって「東西両都」と同様に一大事だった。これまでの京阪神、特に大阪と京都の関係が芳しくなかったことが滋賀にとっては有利に働いていると思っていたからだ。これで滋賀が更にはじかれたら……。飯島はそんな田原の思いを知る由もなく、口が止まらない。

「それは京都が言い出したら、大阪と兵庫は納得しますやろ」

飯島の言葉が終わらないうちに田原が態度を変える。

「飯島先生、滋賀も当然、参加します」

飯島が突然の田原の物言いに戸惑いを見せた。

「田原くん、今更それは難しい」

飯島はさすがに東京に向かう日程が既に決定していることまでは口走らなかった。大きな山場の前に滋賀を参加させるなどあり得ないとだけ思っていた。

「三府県より、四府県の方がより強力やないですか」

「それはそうやが……あくまでも三府県でまとまってる話であって、滋賀みたいな小さな県まで入ってくるとなると」

飯島が苦し紛れに抵抗を見せる。

「飯島先生、さすがにそれは聞き捨てなりませんなぁ。滋賀は京都のお隣さんです。琵琶湖の水かって、供給してるやないですか。勝手に動かはるんやったら、琵琶湖の水、止めますわ！」

田原がついに最後の切り札を出した。

滋賀県の琵琶湖は日本最大の湖で、面積・貯水量共に日本一を誇る。琵琶湖の水は瀬田川、宇治川、淀川となり大阪湾に流れ込んでおり、滋賀県と近隣の京都・大阪・兵庫に飲み水を供給しているのだ。

「まあまあまあ、田原くん、そう興奮せんと」

飯島は内心、自分に歯向かう田原を不服に思っていたが、収める方が得策だろうと考えていた。騒がれることの方が厄介だからだ。しかし、田原の勢いは止まらなかった。

「ほな、奈良、和歌山、三重を巻き込んで談判ですわ！」

「ちょっと待ち。わかったから。そんな仰山声掛けたら、滋賀の取り分が減るやもしれんやろ。こっそりつなぐさかいに、時間くれるか。それまでは一切口外せんと約束してくれるか」

飯島が腹をくった。田原の口から京阪神以外の他県に情報が漏れることを何とか食い止めなければならない。何とか田原を納得させ、滋賀で連絡を待つように伝え、田原を家から送り出すと急いで府庁へと向かった。

奈良から秘書室に戻った沖田に同僚の秘書から伝言が伝えられた。戻り次第知事室に来るようにという桂からの指示だった。沖田は何事かと思いながら、知事室の扉をノックした。沖田が部屋の中に入ると、桂と飯島が待ち構えていた。沖田は二人の深刻な表情を見て、ただ事ではないなと思った。桂が手招きをして沖田を呼び寄せる。

「遅かったやないか。坂本さんも外出中とのことやったが、一緒か？」

「はい。ちょっと外で調べものをしておりました」

沖田は咄嗟に誤魔化した。奈良に行っていたことは秘密にしておくと龍子が言っていたからだ。

「ちょっと困ったことが起こってな。まあ座り」

桂が沖田に着席を促した。

「どうされたのですか？」

沖田の問いかけに、珍しく桂が口籠っている。その様子を見ていた飯島が代弁した。

「滋賀にばれたんや」

「えっ！　滋賀にもですか⁉」

興奮した沖田は思わず口走ってしまった。

「滋賀にも……とは？　他にも漏れたんかいな」

飯島が確認した。桂も沖田を凝視している。沖田は失言を後悔したが、これ以上誤魔化せば厄介なことになるだろうと考え、正直に答えることにした。

「実は、さきほどまで奈良に行っておりました。昨晩、大阪から連絡が入り、奈良が参加したいと騒いでいると。奈良県知事が坂本さんに会いたいと言っているとのことで、今朝行ってまいりました」

「大阪は何をやってるんや！」

飯島が自らのことを棚に上げ、声を荒らげた。そんな様子には反応せず、桂が沖田に訊ねた。

「それで坂本さんは、奈良を収めたのか？」

「はい。見事でした」

「ほほう。沖田くん、今坂本さんは府庁内かな？　すぐに呼んでくれ」

桂の急き立てる様子に沖田は慌てて退室し、龍子を呼んだ。沖田は知事室のあるフロアのエレベーター前で龍子を待った。沖田から連絡を受けた龍子は、十分ほどで到着した。エレベーターの扉が開くと、緊張した面持ちの沖田が龍子を迎えた。

「坂本さん、滋賀にも漏れたようです。僕の失言で奈良の件も、知事に伝わってしまいました。すみません」

沖田が神妙な面持ちで詫びを入れ、龍子に今知り得ている情報を伝えた。

「はい。京都のセキュリティも自慢できません」

沖田の言う通りだ。

「沖田くん、取り急ぎ桂知事に話を聞きましょう。同席してくださいね」

「わかりました。飯島先生もご一緒です」

この沖田の言葉で、龍子は瞬時に情報漏洩の元は飯島ではないのかと推察した。知事室に入る直前、沖田が龍子に最後の耳打ちをした。

「滋賀は奈良のように簡単には収まらないかもしれません」

龍子は沖田の言っていることの意味を想像できないまま知事室に入った。

「坂本さん、お待ちしておりました。急にお呼び立てしてすみませんなぁ」

桂から発せられる威圧感は微塵もなかった。龍子が一礼して席に座り、訊ねた。

「沖田秘書から聞きました。滋賀に情報が漏れたと」

「そのようです。私も今日の昼に飯島から聞きまして、どうしたものかと困惑しております」

桂が神妙な面持ちで言った。飯島が付け加える。

「今朝のことです。滋賀県知事の田原くんから電話をもらいまして」

龍子が即座に質問した。

「田原知事とはどういうご関係なのですか？」

「滋賀もですか……」

「どういう関係も何も……、まあ何かにつけて京都に便宜を図ってほしいことがあると頼んでくる男ですわ」

飯島の憮然とした態度を見て、龍子は瞬時に影山と古田の関係とは違うと思った。この情報漏洩は、計画犯ではなさそうだ。

「田原知事は全てを把握しておられるのですか？」

龍子が訊ねた。

「京阪神が手を組んで首都分散に動いているということは知っておりました。さすがに東京への日程が決まっていることまでは知らんようでしたなぁ」

飯島は、自分が田原の策に乗って核心を喋ってしまったとは全く気づいていない。龍子が飯島の話を聞いて少しの間考えこんでいると、飯島が腹立たし気に奈良の件を口にした。

「なんや奈良にも漏れたそうやないですか。大阪は何をやってるんですか」

龍子は飯島の物言いに少しばかり苛立ちを感じた。大阪を責める立場ではないだろう。京都からも漏れているではないか。しかも滋賀問題も自分たちでは片づけられず、私に押し付けようとしているのではないのか。龍子は自分たちの不都合なことからは逃げようとする政治家たちの悪しき慣習に、どっと疲れを感じていた。

龍子の隣で沖田が心配そうに様子を窺っている。桂が飯島をたしなめるように口を開いた。

「飯島くん、いまここで大阪や奈良のことは言わんでもよろしい。坂本さんのお陰で収まったということですから。結局は京都からも漏れたことになりますやろ。滋賀の件は……」

　飯島が渋々黙り、憮然と天を仰いだ。龍子も桂の正論に一旦気を鎮め、飯島に確認を続けた。

「飯島先生、それで滋賀は何か要求をされているのでしょうか?」

「この件に参加したいと言うてます。参加できひんのやったら、そりゃもう、琵琶湖の水止めるやら、奈良、和歌山、三重を巻き込んで談判やら、えらい剣幕ですわ」

「琵琶湖の水止める……いつもの言い草か」

　桂がポツリと呟いた。その言葉を受けて、飯島がまくしたてる。

「何かにつけて水止めるて、それしかないのかと思いますわ。実際に止めたら、滋賀が沈みますのになぁ」

　龍子は呆れかえると同時に、可笑しくてたまらなかった。対大阪だけでなく、滋賀との関係性もまた不協和音ということなのだろうが、相手への対抗の仕方は笑いを誘う。どこまで本気でどこから冗談なのか、龍子には計り知れなかった。桂は龍子の様子を窺っていたが、恐縮したように龍子に話しかけた。

「坂本さん、想像通り京都と滋賀には、はっきりとした上下関係があります。大阪に対しては力関係もありますんで、これまで牽制し合ってきたということですが、滋賀は違います。お隣で行き来もありますが、奈良を参加させずに滋賀を参加させるということはあり得ません。たとえ、奈良が参加したとしても、滋賀はないだろうと思てます」

龍子は桂の言い分を聞いて、京都の気位の高さもここまでくると表彰ものだと思った。同じ国の中で隣り合わせの者同士が上下関係などあり得ないだろう。お互いに牽制し合って、抑えつけ合って、何の得があるのか。これから首都を担おうと言っている中枢の人たちの考え方を変化させない限り、どこかで必ず紛糾するだろう。龍子は自分の力でどこまでやれるか、想像もできなかったが、とにかく今は、この厄介な面々を束に連れ出すことだけに集中したいと思った。

「桂知事、お気持ちはお察しします。私もこの段階で京阪神以外の県を参加させるべきではないと考えております」

桂も飯島も大きく頷いている。龍子が続けた。

「ですが、参加させない理由は、参加できないからです」

桂と飯島が小首をかしげる。

「それはどういう意味ですかな?」

桂が問うた。

「首都分散を推進するためには、京阪神が多少の支出を了承することが重要です。先日お話ししたとおり、一部の税収を分散に向けて使用していくということです。いわゆる痛み分けということになります。この負担は京阪神、つまり都市部でない限り無理だということです」

「なるほど。それは坂本さんがおっしゃる通りかもしれませんな」

「国からの援助が大きい県ほど、お財布はひっ迫しています。余裕がないはずです。だから参加できないのです。ですが、分散後は京阪神の周辺のエリアには充分な協力を仰ぎ、西側を団結させる必要があると思っております」

　桂と飯島は黙って耳を傾けている。

「京阪神の皆さんも最初は、自分の府県にどんな利益があるのかだけに目を向けておられましたが、今は違うと信じております。国のために動くことが、結果的にそれぞれの府県に利益をもたらすことになるのです。であるならば、奈良や滋賀とてこの考え方に賛同いただく必要があるのです。京阪神がまずは一つになる。次に関西が一つになる。近畿が一つになる。そうして派及していき、西を活性化させるのです」

　桂が大きく頷いたが、飯島は不満を口にした。

「そやけど、それやったら京阪神が損している気がしますがなぁ。坂本さんの言い方やったら、奈良やら滋賀は、最初に痛みを分けんとあとで得だけとるんですやろ？」

　予想通りの小さな男だと龍子は思ったが、飄々と飯島に返した。

「飯島先生、その通りです。一見そのように思われても仕方がありません。ですが、奈良に拠点を作りますか？　滋賀が経済を担えますか？　それは、京阪神が牽引するのです。そして、奈良の要望、滋賀の要望を実現すれば、京都の皆さんはより敬意を払われ、それこそ歴史に名を残す令和の志士になるのではありませんか？　更に、西と東が対等な力関係で国を支えれば、皆さんがその先に描かれている構想へと道が開けると思いますが」

もう飯島も反論しない。桂も龍子の最後の問いかけに心底満足していた。坂本龍子という人物には幾度となく苦言を呈されているような気がしていた。二回り以上も年下の女性から生意気な苦言を呈されても、腹立たしいと思ったことは一度もなかった。

「坂本さん、それでは滋賀をどう納得させますかな？」

桂が穏やかな口調で質問した。

「飯島先生、滋賀の知事にアポイントをとっていただけますか？　まずは、滋賀の言い分をもう一度私が聞いてまいります」

龍子は、滋賀に行ってこようと覚悟を決めた。

「わかりましたが、田原くんを京都に呼んだらええんちゃいますか？　向こうも連絡を待っていることやし」

飯島が面倒臭そうに答えた。

「飯島先生、滋賀の気持ちを収めるためにも、まずはこちらから出向くべきと考えます。京都に呼べば、向こうに交渉の主導権を渡すことになりかねません」

龍子がきっぱりと言い切った。桂は、龍子の言い分は正論だと思った。

「飯島くん、坂本さんの言うとおりにしましょう」

桂の言葉に飯島が頷き、すぐに目の前で田原に電話を入れた。飯島が言うように、田原は飯島からの連絡を待ちわびていたようで、明朝一番に龍子の来訪を指定してきた。

四

水曜の朝、滋賀県庁の三階にある知事室で、田原は坂本龍子の到着を待ちわびていた。一体どんな女性なのだろう。おばちゃんか？　はたまた若いのか？　田原の情報網であらかじめ探りを入れることもできるのだが、滋賀が知り得た情報を他県に露呈するきっかけを自ら作るような馬鹿なことはしまいと決めていた。飯島から情報を得てからは、ひたすら沈黙を守り続けた。

定刻五分前に知事室の扉から龍子と沖田がやってきた。田原は思いのほか若く、小柄な龍子に内心驚いた。この女性が桂知事の指名で動いているのか？　一体どれほどの手腕を持ち得ているのか？　田原の興味が瞬時に坂本龍子へと動いていた。

龍子もまた沖田の話を聞き、昨晩気になって既に田原の顔はネットで確認済みだ。外見に狡猾（こうかつ）さは微塵もなく、どこか素朴な雰囲気の人物だった。昨晩の写真と同じ顔が満面の笑みをたたえながら、龍子を迎えた。

「坂本さん、ようこそお越しくださいました。お目にかかれるのを楽しみにしておりました。どうぞ、おかけください。沖田くんもお久しぶりです」

そう言って龍子と沖田に部屋の中央の応接スペースへの着座を勧めた。龍子は笑顔のまま無言で一礼し、席に着いた。沖田も、軽く挨拶を交わす。二人が下座の席に着いたところで、田原がさっそく龍子に探りを入れてきた。

「いやあ、坂本さん、お噂には聞いておりましたが、今回はまた歴史に残るほどの大仕事を京都の依頼で動いてはるそうで」

龍子は、奈良の時と同様に、すぐに返答をせず、笑顔を絶やさず真っ直ぐに田原を見つめていた。その様子に、田原の中で緊張が走る。すぐにはこちらのペースに乗ってこない。

「桂知事が一目置かれている方とのことで、結果には大いに期待しております」

「ありがとうございます」

龍子は言葉をつながない。一瞬、会話が途切れた。田原がどう切り出すべきかと思案していると突然、龍子が口を開いた。

「ところで田原知事、琵琶湖の水を止められるそうですね？」

龍子の発言に、田原が驚いたのは言うまでもない。沖田は、必死で笑いをこらえた。戸惑う田原に龍子は追い打ちをかけた。

「最高の切り札をお持ちのようで、大変感銘を受けております」

田原は訳がわからなくなった。馬鹿にしているのかと龍子を窺ったが、そんな感じはまるでない。

「感銘て……坂本さんも面白いお人ですねぇ。琵琶湖の水に関しては洒落(しゃれ)です、洒落」

苦笑しながら、田原が返答した。すかさず龍子が追い込んでいく。

「そうでしたか。実際には琵琶湖の水は国土交通省の管轄ですから、止めることは難しいでしょうが、止められるものならこの際止めてみてはいかがです？　水が難しければ、米原に関所などいかがですか？」

田原と沖田が面食らっている。田原が苦し紛れに、爆笑した。

「坂本さん、それええやないですか！　関所とは」

「まあ、それほど今回のことに限らず京都に対してご立腹されているようですから、いっそのこと実行されてはいかがですか？」

田原は龍子が京都側の人間ではないことに気づいた。龍子の隣に座る沖田が怪訝そうに龍子を見ていたことも田原の考えを後押しした。

「坂本さんは、京都がどれほど滋賀を軽くみているか、おわかりですか？」

思わず、田原の口から愚痴がこぼれる。

「充分に理解できます。私なら水を止めるだけでは勘弁できません。米原に関所を作って東から京都に向かう人たちを差し止めたいですね。あと何ができますか……あっ、比叡山にもゲートを作り、滋賀側への通行を有料にするとか。そういえば私には無縁ですが、京都の男性に対しては雄琴への出入りを禁止するというのも得策かと」

龍子がついに豪快な笑いを放った。龍子の横で沖田が思わず頭を抱えて下を向いた。龍子の提案は火に油を注いでいるのではないか。沖田はそう考えたからだった。そんな沖田の様子を横目で見た龍子は、心の中で「沖田くん、ナイスリアクション！」と、叫んだ。田原は、龍子の提案に爆笑しながら、龍子に心を開いてきた。

「坂本さん、最高ですねぇ。実に面白い。坂本さんに滋賀の立場をご理解いただけていることが嬉しいですよ。確かに滋賀県の規模は京阪神には及びませんが、京阪神への貢献度は高いと思てます。滋賀県の北側は福井、東側は岐阜、三重に隣接していますが、その三県より遥かに西側の京都、大阪、兵庫に貢献しているんです。何と言っても水というライフラインを握っているわけですから」

田原の口から一気に思いが流れ出す。

「今回の東西両都という大構想も、京阪神が中心に動いているというのはごもっともなことでしょうが、何故、滋賀の参加を拒まれるんですか？　拒む理由がわかりません。大きな事案ほど関西が一丸となって実行すればええやないですか。滋賀もその昔は近江商人として商売上手と評されてきました。得させることはあっても損させることはないと自負しておりますが。ここまで滋賀がはじかれる理由がわかりませんわ」

龍子は田原の話に真剣な面持ちで耳を傾けた。沖田はやっと龍子が思惑通りに事を進め始めていることに気づいた。龍子が真っ直ぐな視線を田原に向け、ゆっくりと口を開く。

「田原知事、何か誤解があるように思います」

「誤解？」

「ええ。私は滋賀だけに限らず周辺の関西、近畿の皆さんは当然参加すべきと思っています。ただ時期の問題なんです」

龍子は今この時点で滋賀が参加したいと思っていることを知っていたが、あえて知らぬふりをした。

「坂本さん、時期というのは？」

「これからお話しすることは、田原知事の胸にだけ留め置いていただけますか？」

龍子があえて田原だけに話すのだということを強調した。飯島に取り入ろうとするほどの男であれば、この言い方が響くはずだと思った。龍子の予想通り、田原は大きく頷いた。

「首都分散という構想は、まず西の代表と東の代表が肩を並べる必要があります。西の代表となるのは、一旦ですが京阪神ということです。東の代表は勿論、東京です。この東西の話し合いが上手くいかなければ、空論です。どれだけ西側が必死になろうともです。東京の壁は思いのほか厚いと思っています。滋賀が参加するのは、東京との話し合いが決裂せず、分散に向けて手を組みましょうということになってからだと思います」

迷いのない龍子の話に、今度は田原が聞き入っている。

「更に、分散に向けて進むことになったと仮定します。その場合は、京阪神だけの力では難しい局面も出てきます。その時こそ、関西・近畿が京阪神に力を貸し、一丸となって西の経済を盛り上げるのです」

田原が神妙な面持ちで龍子に訊ねた。

「一つだけお伺いしたい。最初から団結した方が東京を説得しやすいのではないのですか？」

「いえ、それは逆です。東京と同等に近い力で交渉に臨むのが好ましいのです。関西・近畿が一丸となって立ち向かってしまえば、東京は逆にその勢力に危機感を感じ、関東が一丸となってしまうでしょう。そうなれば事が大きくなりすぎて空論と化してしまうことが予想されます。東から西に遷都することを目論んでいるのではないかと誤解させることは絶対に避けねばなりません」

「遷都ではダメなんですか？」

田原は自らの得のことなどすっかり忘れ、龍子の構想に集中していた。

「今回の構想は、この国に変化をもたらしたいという発想が基本です。国のダメージを極力最小限に抑えての変化です。首都が東から西に動くことは解決にはなりません。もしそうなったとしても、おそらくまた数十年すれば今の日本と同じ状況になっているか、もっと悪くなることが想定されるからです。どこか一か所に首都を集中させるという発想そのものをなくし、この国を一つにするのです。文化の違う東西が手をつないで首都機能を持ち、国を支えるという構造です」

龍子は田原に真摯に答えていくうちに、つい喋りすぎたかとも思ったが、田原の表情が挨拶を交わした時から比べて随分と落ち着き、真剣な面持ちに変化していることに気づいていた。

田原はやっと、桂が何故龍子に一目置いているのかを理解した。この構想を飯島は自分や京都の発案だと言っていたが、最初からあの気位の高い京都が考えていたとは思えなかった。

「お話しいただいてありがとうございます。充分に理解できました。ですが、そもそもの発案は本当に京都なんですか？」

田原は何の策もなく、正直に龍子に訊ねた。この人なら正直な答えが返ってくるだろうと思ったからだった。龍子は迷わずに答えてくれた。

「発案は京都です。ただ、最初は遷都というお気持ちが強かったことも事実です。ですが、桂知事と何度かお話をしていくうちに、現在の構想についてご納得いただいております。京阪神が公平な役割と立場で、西への首都分散のために動いているというのが現状です」

田原はこの龍子の答えを聞き、改めて京都のキーマンは桂だと痛感し、桂が思いのほか柔軟な考えの持ち主だということを察知した。

「坂本さん、京阪神が公平に手をつなごうとしているというのは坂本さんの功績以外の何物でもないのでしょう。今後も坂本さんがいてくださるのであれば、滋賀や近隣の県にも配慮をしていただけることと思います」

田原の正直な気持ちだった。

「田原知事、今後何かご不明な点があれば、私でも構いませんが、次の世代を担うこの沖田秘書と連絡を取り合ってください。今回の件も、ずっと二人で動いておりますので、内容は熟知しております。桂知事の側近ですが、只者（ただもの）ではありませんので」

龍子が意味深なことを言いだし、田原が小首をかしげたところで、沖田が口を開いた。

「只者でないかどうかはわかりませんが、何かあればご連絡をください。滋賀県への失礼の数々は、私からもお詫び申し上げます。私たちの世代は、何のわだかまりもなく、滋賀とは友好的な関係を築きたいと思っておりますので」

田原は沖田を改めて直視した。龍子と同じ真っ直ぐな目をしているのを見て、直感的に信用できる男だと思った。田原は満面の笑みを浮かべ、沖田に言った。

「沖田くん、いい目をしておられます。確かに時代が変われば京都と滋賀の関係も変わるでしょう。これからもよろしく頼みます」

龍子が最後に滋賀に挨拶をした。

「田原知事、ご理解いただいてありがとうございます。ですが、この坂本、滋賀の無念をそのままにはいたしません。今日のことは京都にしっかりと報告し、京都の皆さんにも苦言は呈したいと思います。今後、滋賀を無視するようなことがあれば、私の提案を是非とも実施してください」

そう言って龍子が深々と頭を下げた。田原が爆笑しながら席を立ち、龍子と沖田を扉まで見送る。先に沖田が部屋の外に出た。龍子は部屋を出る瞬間、田原の方を振り向き、顔を寄せ、耳元で囁(ささや)いた。

「沖田秘書は、桂知事の甥(おい)っ子ですから」

そして微笑(ほほえ)みを浮かべ、驚いた表情をした田原を残し部屋を出た。

二人が部屋を出た後も、田原はまだ笑っていた。龍子の冗談も可笑しかったが、それよりも龍子の人柄にすっかり魅了されていたからだった。そして、最後に耳打ちされた情報は意外だった。飯島と長く付き合っているが、そんなことは一度も聞いたことがない。もちろん沖田の話をしたこともあるが、聞いたことがないのだ。おそらく桂の側近の飯島ですら知らないのかもしれない。

　耳打ちで伝えたということは、沖田に聞かれるのもまずいと思ったのだろう。そして、龍子が自分に教えた意図は何だろうと、龍子の思惑を読み取ろうとした。今、田原の頭の中では臆することなく自分に頭を下げた沖田の姿と桂が重なっていた。そして田原は、沖田を通じて桂に接触しろという龍子の意図を読み取った。

　龍子と沖田は、そのまま真っ直ぐ京都に戻ることにした。京都に着く頃にはちょうど昼時だろう。車が県庁の駐車場を出ると、すぐに沖田が龍子に訊ねてきた。

「坂本さん、最後に田原さんに何を言ったのですか？」

　龍子は悪戯(いたずら)っぽい表情を浮かべ、「ひみつ」と返す。不服そうな沖田だったが、すぐに話題を切り替えた。

「滋賀の味方になる戦略は見事でした。一瞬どうなることかと思いましたが……」

「沖田くんのリアクションのおかげです」

「えっ？　頭を抱えてしまった時ですか？」

「そう。あのリアクションのお陰で、完全に私が滋賀の味方であることを疑わなかったのだと思います」

「なるほど。あの時は、何も考えずに行動してしまいました」

「だから良かったのですよ。最後に沖田くんが頭を下げたのも、更に良かったです」

「あれは、正直な気持ちでした。僕も本心は京都と滋賀の関係を馬鹿馬鹿しいと思てるんで。ネタとしては面白いですけど、あくまでもネタですから」

「京都は誰(だれ)もが憧(あこが)れる素敵な場所です。京都の人たちがそれを強調せずとも周りが既に認めているじゃないですか。清水(きよみず)の舞台の上からではなく、飛び降りて周りを見れば、もう少し景色が変わるのではないですかね」

「坂本さん、上手いこといいますね。でも今回の一連の出来事で京都の気位の高さには辟易(へきえき)したんじゃないですか?」

沖田が申し訳なさそうに龍子に言った。

「そんなことはないです。確かに長い歴史の中で、色んな関係性が生まれているなぁとは思いますが、やはりどう考えてもアンチ同士の密な関係にしか見えないです。京都と大阪、京都と滋賀、大阪と奈良、どこも好き同士が楽しんでいるような感じがします。外から見ると、本当に愉快です。羨(うらや)ましいような気もしますね」

龍子は沖田への配慮を込めて、笑いながら答えた。沖田は龍子の答えに胸をなでおろし、また話題を変えた。

「そういえば、坂本さんは田原知事にはシャットマウスのお願いをしませんでしたが、大丈夫でしょうか……。喋りませんよね?」

「大丈夫。田原知事は喋りません」

「また、即答ですか」

「田原知事は、京都に対する思いだけで今回騒いだわけですから。他に喋るメリットがありません。気持ちが収まれば静かに見守るでしょう」

龍子が思い出したように言葉をつないだ。

「沖田くん、今後田原知事を折に触れて桂知事につないであげてください」

「僕がですか？」

「ええ、田原知事と飯島先生との関係は、そろそろ終わりにした方が良いと思いました。そもそも田原知事の目的は桂知事でしょうから」

龍子は滋賀への漏洩の一件を知った時から、飯島と田原の関係が気になっていた。決して正常な関係とは言い難い。飯島は昔ながらの感覚で、田原を端から下に扱っていた。忖度のある対応をする沖田なら、田原の思いが桂に真っ直ぐ伝わるのではないかと思っていた。

「わかりました。だから、坂本さんは僕のことを只者ではないなどと強調したんですね」

龍子が笑っている。少しして沖田が声を出した。

「あっ！　ひょっとして、坂本さん、田原知事に僕が桂の甥っ子だと教えたんじゃないですか？　誰も知らないのに……まずいですよ。そのことこそ、シャットマウスしてもらわないと」

龍子はまた悪戯っぽい表情で「ひ・み・つ」と返した。

「坂本さんは、秘密ばっかりですね」

　沖田が少しすねたように呟いた。その横顔を見ながら、龍子は笑っていた。


　京都府庁に到着した沖田は、知事室に桂がいることを確認し、すぐに龍子と共に桂のもとへと向かった。知事室には飯島の姿はなかった。龍子にとっては、好ましいことだった。

龍子と沖田は桂に一礼し、ソファーに腰を下ろすと滋賀での一件が収まったことを龍子の口から報告した。桂が穏やかな笑みを浮かべながら安堵していた。

「本当にお疲れでしたなぁ。どうなることかと思いましたが、奈良に続いて滋賀までも、たった一度の面会で収められるとはあっぱれとしか言いようがないですなぁ、坂本さん。礼を言いますぞ」

「ありがとうございます。私も安堵しております。桂知事には東京への日程についてご尽力いただいたところでしたので、予定が狂うことが一番の懸念でした。本当に良かったです。ただ……」

　龍子が一旦、意図的だったが中途半端に言葉を止めた。

「ただ、どうしました？」桂が聞き返した。

「滋賀にとんでもない提案をしてしまいました」

　龍子は怪訝そうな桂をよそに、滋賀に提案した京都への仕返し的対策を話した。しばし黙っていた桂だったが、突然大笑いをはじめ、沖田に声をかけた。

「勇人、驚いたやろ？」

龍子の前で初めて、桂が沖田を下の名前で呼んだ。桂と沖田の関係を知っている龍子だけしかその場にいないことで桂の気が緩んだのだろうか。それとも、龍子を完全に信用したことの証なのだろうか。公の場で私的な呼び方をされたことで沖田はかなり驚いた。社会人になって初めてのことだった。

「そりゃ、驚いたよ」

沖田が伯父に調子を合わせた。

「ええお人に勉強させてもろたな」

桂が目を細め、沖田も嬉しそうな表情を見せている。龍子もまた、二人の会話に驚きながら、改めて二人の関係を確認していた。もう少し、微笑ましい光景を見ていたかったが、そういうわけにもいかず桂への要望を口にした。

「桂知事、滋賀のことで一つだけお願いがございます。田原知事の抵抗は、長年に亘る京都の対応が要因となっております。もう時代も変わっております。滋賀に対して京都からの歩み寄りを是非ともお願いします」

龍子の要望に驚くこともなく、桂は鎧を外したままの状態で龍子に向き合った。

「坂本さん、長年染みついてしまった垢のようなものは、なかなかとれんもんですが、少しずつ洗い落とせばいずれ綺麗になります。私の世代では難しくとも、勇人の世代なら希望があると思とります」

「ありがとうございます。田原知事は素朴で実直な方とお見受けいたしました。何より桂知事に敬意を抱かれていると感じました。ですが、直接桂知事と向き合うことができなかったものと思います。もしお二人が同じ職責の者同士として向き合うことができれば、おそらく但馬知事同様に桂知事の大きな力になるかと」

「そうですか、そうですか。私は坂本さんにお目にかかってから随分と考えを変えさせてもらいました。滋賀のことも柔軟に考えますよ。甥っ子たちの世代につながねばなりませんからな」

桂はそう言って、龍子と沖田に微笑んだ。

五章　歴史に残る大仕事

一

それからの五日間は、最終会議に向けた準備で龍子も沖田も忙しく過ごした。一番の難関は、東京が京阪神と手をつなぐための名分をどう考えるかということだった。沖田との議論は、経済面、人口密度、更には地球環境、少子化、高齢化といった国が抱える問題点にまで発展した。二人の議論が白熱し、退庁時間を過ぎても時間を忘れて話し込む日もあったが、粛々と龍子はホテルと府庁、沖田は自宅と府庁の往復を繰り返した。

そして奈良と滋賀への情報漏洩以外は、その後二人の邪魔をする事態は起こらず、いよいよ最終会議の日がやってきた。最終会議は京都で行われることとなり、龍子が最初に宿泊していたホテルが予約されていた。

会議開始は十八時。大阪の時と同じように龍子と沖田は一時間前にはホテルに入り、準備に勤しんだ。そして定刻の十五分前には京阪神の面々が次々と部屋に到着し、いつもと同じ席順で着席していく。一つだけ違ったのは、沖田の席が龍子の隣に設けられたことだった。

いつもの通り、兵庫、大阪、京都の順に一行が会場に到着し、会議開始まで談笑していた。

定刻通り、龍子の一声で会議が始まった。

「いよいよです。本日もありがとうございます。まずは東京との日程調整にご尽力いただきました桂知事へ敬意を表し、御礼申し上げます」

龍子が深々と桂に頭を下げるのと同時に、参加者全員が一礼した。

「では、さっそく東京との会談に向けての決起集会を始めさせていただきます。本日は京阪神の皆さんのご意見を伺うことを中心としながら、進行いたします。よろしくお願い申し上げます。まず、東京が首都分散に賛同し、今後京阪神と共に話し合う場を設けることを確約していただくことが、東京との会談での目的です。それぞれ皆さんが、どのような考えで東京を説得すれば良いのか、ご意見をいただければと思います」

龍子は、まず全員の考えを聞く姿勢から入った。先陣を切ったのは、但馬だった。

「僭越ながら口火を切らせていただきます。分散に向けて、東京と京阪神の負担が公平とは言い難いかと思っております。京阪神は、新たに分散対策の予算を計上することになりますが、東京に同じことを強いてもおそらく抵抗されることでしょう。であるならば、あえて逆手にとって、東京に対してはリスクをとることなく分散後のメリットが得られることを強調していく方が得策だと考えます」

全員が真摯に但馬の話に耳を傾けた。吉岡が同調した。

「僕も但馬さんの意見には賛成です。天下の東京さんですから、そう簡単には応じないでしょうし」

「そやなぁ。いざ行くとなるとハードルが上がるなぁ」

飯島の本音の後、龍子が桂に質問した。

「桂知事、都知事と直接お話しされたとお伺いしておりますが、先方はどのような雰囲気だったのですか？」

「どうもこうも、普通の対応ですなぁ。特にこちらが『首都分散』という言葉を使っているわけではないですからなぁ。ウイルス終息後の表敬訪問といった体にしてます。まあ、京阪神の知事が全員揃ってということには、少々驚いておられたが」

「表敬訪問であれば、坂本さんが兵庫にいらっしゃった時と同じですなぁ。私はあの時、いきなり坂本さんから『首都分散』と断言されてひっくり返りそうになったのを覚えています」

但馬が光景を思い浮かべながら話すと、大阪も続いた。

「僕は坂本さんが大阪に来られた時、沖田秘書が一緒だったことで何事かと思いました。京阪神が公平に手をつなぐということは……正直、実現不可能やと思いました。今は全く変わりましたけど」

吉岡は苦笑しながら京都と兵庫に頭を下げ、続けた。

「国を動かすという言葉に感銘を受けたんです」

「そやったなぁ。あの時は令和維新いう言葉で盛り上がったなぁ」

影山も回想し、吉岡が続けた。

「政治の道を志した者にとって、維新に奔走し、国を動かし、歴史に名を残す、というのは三蜜（さんみつ）です。それは都知事とて同じではないですか？」

吉岡の洒落（しゃれ）に全員が笑った。

「三蜜。上手（うま）いこといいますなぁ」

桂が吉岡を褒めた。吉岡は初めて桂の顔を堂々と直視した。初めての会議の時の威圧感がなくなっていたことを不思議に思ったが、嬉（うれ）しかった。

「確かにそやなぁ。京都側も最初は遷都に拘（こだわ）ってましたが、今は考えが変わってますから。吉岡くんが言うように、三蜜に動かされてるわな」

山本も同調し、京阪神の面々全員が苦笑した。桂がゆっくりと話し始めた。

「坂本さんと話をするうちに、正直自分の考えを恥じたぐらいです。これまで私たちが感じてきたことをそのまま都知事にぶつけてみてはどうですかな？」

桂の話に全員が頷（うなず）いた。

「ただそれはあくまでも政治家としての志であって、本音です。本音だけでは動きにくいのも政治家。建前も重要でしょうな。皆さんの意見はどうですかな？」

龍子と沖田は桂の歩み寄りを微笑（ほほえ）ましく捉（とら）えていた。桂から他府県の意見を聞くという姿勢は、歩み寄り以外の何物でもなかったからだ。桂の威圧感から解放された吉岡が率直な意見を述べ始めた。

「僕もずっと建前の部分を考えてきました。当初は西の経済効果ばかりを追いかけていましたが、それでは東京のメリットが見えてきません。結局のところ、坂本さんがおっしゃっていた人口密度の問題も考えてみました。都市部に人口が偏る傾向の短所の一つに地球温暖化の問題があります。国際的に、日本が積極的に温暖化対策に臨むという名分のもと分散の道を考えるということも考えられると思います。更に、日本全体の人口を考えると少子化問題も無視できず、実際に人口は減少傾向にあります。更に高齢化です。若い世代に負担を強いる国の体質を今から抜本的に見直すために東と西が手を組んでこの問題に取り組むということも考えてみたいと思いました。皆さんはどうですか？」

「吉岡知事の考えはどれも深刻なこの国の重要課題です。明後日にそこまでの具体的な討論には至らないことは想定できますが、京阪神の方向性を一つにしておくということについては、重要なお考えかと思います」

　但馬が吉岡を援護した。龍子が口を開く。

「私と沖田秘書も、今日まで様々な問題を議論してきました。吉岡知事の考えと何ら相違はありません。一部の都市に人口が集中しないように、もっと国民が暮らしやすい環境を整え、東と西それぞれが広範囲における新たな都市開発を実施すること。大手企業の所在地においても大きく偏りが起こらないように対策を講じていくこと。東と西の相互の交通アクセスをより短縮化し、首都分散の不便を解消すること。そのことが、結果的には地球環境の問題や少子化問題の解決への糸口になるものと考えます」

「まあ、正論はそういうことやと思いますが、都知事への土産（みやげ）は何と言っても次期総理、ちゃいますか？　一回ぐらいはやらしてみてもええんちゃいます？」

山本が生臭い話に切り替えていく。

「西の力で総理に押し上げるいうことや」

影山が同調する。

「直球でいくか、変化球でいくか、悩ましいところですな」

飯島も口を挟んだ。龍子は黙って聞いていた。政治家というのは、何故（なぜ）裏口に回りたがるのか。時代が変わりゆく中で、いつまでも同じことを繰り返すのが政治なのだろうか。

不満と疑問が頭をかすめていく。そんな龍子の思考を桂が制した。

「まあ、それは最後の隠し玉です。まずは正論でぶつかってみようやないですか」

次に龍子が発言する。

「東京がいきなり分散構想に賛同するということは考えにくいことです。まずは、皆さんの考えに興味を持っていただき同じテーブルで話をする機会を得られるかどうかに集中しましょう。ただ、今皆さんが考えておられる首都分散への建前は、西側の団結を強めるために今後も充分に議論いただきたいと思います。西側の準備が充分なほど、東京を参加させた後の進行において西が主導権をとれるものと考えます」

京阪神の面々は一様に大きく頷き、その後も各自が考えてきた分散後の日本の変化について熱い議論を交わし続けた。

　そして会議が終盤に近づく頃、改めて東京での会合を誰が進行するかについて龍子から提起された。

「それでは皆さん、東京での都知事との面談の際ですが、京阪神の代表は京都の桂知事にお願いしたいと思っております。異論はございませんでしょうか？」

　龍子の言葉に全員が賛同し、「是非、お願いします」と桂に一礼した。

「わかりました。この国のために、政治生命をかけて最後の頑張りをしてみましょう。皆さんも何かの時には援護射撃をお願いしますぞ」

　会議の開始から三時間ほどが経過していた。桂の言葉で会議の幕を閉じるはずだったが、だしぬけに発せられた影山の言葉によって、解散までしばし時間がかかることになった。

「皆さん、東京にこの事案を持って行くことは一大事です。当日は更に京阪神団結の思いを見せつけた方がええんとちゃいますか？」

「それはええなぁ。東京に関西の気合を見せるいうことですやろ？」

　山本が乗ってきた。

「東京への手土産はどないします？　手ぶらでは失礼ですやろ。関西詰め合わせでも用意しますか？」

　山本がふざけると、すかさず影山が突っ込む。

「つけもん（漬物）に、たこ焼き、芦屋の招待券、どないです？」

二人のおふざけに苦言を呈する者は誰もいなかった。全員が笑っている。龍子と沖田は、そんな様子を見ながら、東京に向かうことへの全員の緊張を感じていた。龍子も波長を合わせ、笑いながら参加した。

「大いに楽しんでください。都知事を笑わせるのも戦略の一つかと思います」

「そやろ？　坂本さんのお墨付きやで。さすがにコスプレするわけにもいかんから、全員同じ色のスーツでビシッと決めていきましょか！」

山本が全員に提案した。桂も但馬も笑いながら同意した。手土産は、京都が用意することになり、全員は意気揚々とホテルを後にした。


東京に向かう前日、龍子は沖田と再び円山公園の坂本龍馬像の前にいた。仕事を早めに切り上げ、坂本龍馬に願をかけにきたのだ。沖田が坂本龍馬と中岡慎太郎の像を仰ぎながら、期待と不安が入り混じった様子でしみじみと言った。

「坂本さん、明日はどんな一日になるでしょうか」

龍子も同じ思いだった。本当に明日はどんな日が待っているのだろう。ただ、ここで沖田より年上の自分が泣き言を言うこともできず、沖田を励ました。

「大丈夫。楽しみましょう。結果がどうであれ、実行することに意味があります。龍馬さんも応援してくれていると思います」

沖田は龍子の前でふと本音を言葉にしてしまったことを後悔していた。これまで、いつも自分の不安を取り除き、奮い立たせてくれていた龍子を今日こそは自分が励まさなければいけなかったのだ。沖田は気を取り直し、龍子に礼を言った。

「坂本さん、本当にありがとうございました。京阪神が無事に手を組めたのも、東京に行くことができるのも全て坂本さんがいなければ為し得なかったと心から思っています。坂本さんと一緒に仕事ができたことも、楽しかったです」

沖田の本心は嬉しかったと言いたかったのだが、敢えて楽しかったと形容した。

「沖田くん、ありがとう。私も同じ気持ちです。沖田くんという優秀な片腕がいなかったら、途中でくじけていたかもしれません」

沖田は、龍子の言葉を聞いて、銅像を指さし、笑いながら言った。

「嬉しいです。それなら、この龍馬さんが坂本さんで、中岡慎太郎が僕ですね」

龍子が反応する。

「でも、きっと近い将来、逆転するでしょうね」

「僕が龍馬さんですか？　感激です！」

龍子は無邪気な笑顔を見せる沖田を見つめながら、神妙な面持ちで言った。

「沖田くん、明日が成功したら、それからが大変だと思います。桂知事をサポートして、京阪神のまとめ役を務めてください。私も遠くから見届けたいです」

「何だか長い別れのような言い方ですね。遠くから見届けないで、ずっと近くで関わってください。それを皆も願っていると思います。もちろん、僕も……」

明日の東京での会談が終われば、龍子が高知に帰ってしまうことは沖田もわかっていたが、できることなら一緒に新しい道を歩いて欲しいと切に思い始めていた。龍子の中にも迷いはあったが、今は地元の職場の人たちの顔や上司の門田のことが蘇り、堂々と県庁に戻りたいと思う気持ちの方が強かった。

「ありがとう。でも、やはり私は高知県庁の職員です。自分の職務も全うしたいので、この週末には帰ります」

沖田が寂しそうな表情を浮かべると、坂本が沖田の肩をポンと叩き、

「私の思いも、この龍馬さんのもとにおいていきますから、いつでもここで話しかけてください」と沖田をからかった。

その龍子の言葉に、神妙な面持ちから一変、沖田が笑いながら答えた。

「坂本さん、今の世の中、電話にメールにオンラインまで、いつでも話せますし、会えますから。毎日連絡しますからね」

龍子は弟をたしなめるように「わかった、わかった」と言って、しばらく笑っていた。

帰り際には二人で銅像に向かって手を合わせ、明日の成功を祈った。

いよいよ歴史に残る大仕事の日がやってきた。

全員同じ新幹線、《のぞみ》八八号で東京に向かう。七時十六分に新神戸から但馬と酒井が、七時三十分に吉岡と影山が新大阪から乗り込み、京都の一行は京都駅で七時四十五

分に合流した。京阪神の一行は全員同じ車両のグリーン車。龍子と沖田は隣の車両の指定席に乗り込んでいた。

　東京駅には九時五十七分に到着し、そこからは東京駅の日本橋口から予約済みの四台のタクシーに順次乗り込み都庁へと向かった。そして三十分後には都庁の第一本庁舎の正面に一行の姿があった。

　全員が初めて訪れたわけではなかったが、今日の目的のせいもあってか、皆の気分は高揚していた。そして天まで上る勢いの高層庁舎を見上げ、改めて東京の財政規模の大きさを突きつけられているような気分と共に緊張が押し寄せてきた。そんな気分をほぐすように影山がはしゃいで見せた。

「マスコミ呼んどいた方が良かったんちゃいますか？」

「京阪神が、都庁に宣戦布告！」と山本が加勢すると、

「令和維新の幕が上がる！」と柴田もはしゃぐ。

　そんな三人の様子に全員の気持ちがほぐれたが、一人飯島が苦言を呈した。

「誰が聞いてるとも限らん。冗談はほどほどに」

　一行は、桂を先頭に但馬、吉岡、飯島、山本、影山、柴田、酒井、龍子、沖田の順に都庁に足を踏み入れた。全員濃紺のスーツで統一し、ネクタイも同色で決めている。龍子は白シャツに濃紺のパンツスーツ、白のスニーカーといういで立ちだった。さすがに十名の団体は目立つ。都庁内にいた人たちの視線が一斉に龍子たちに集まった。

「みんな、見てまっせ！」

そう言って、山本がどこに向けてということもなく、片手をかざし「よっ」とばかりに愛想を振りまいている。完全におのぼりさんの様相だと龍子は笑顔を引きつらせる。吉岡と影山も周辺の人に笑顔で会釈していた。少し遠くの方から黒服の男性が二人近づいてきた。

「SPちゃいますか？」

影山は、二人の男性の耳にイヤホンのようなものが装着されているのを確認し、小声で囁いた。二人の男は桂のもとに近づき、一礼すると「ご案内します」とだけ告げ、龍子たちの前を歩き誘導する。この間は長い時間ではなかったが、全員がエレベーターの中に消えるまで、周囲の人たちの視線は龍子たちから動かなかった。

エレベーターは、知事室がある七階に止まり、全員は特別会議室へと案内された。その部屋に入った途端、一行は再び緊張した。

「規模が違うなぁ」

飯島が小声で独り言を呟いた。

「バブルそのものや」

柴田も豪華さに圧倒されている。

「歳入の違いを見せつけられてるようですわ」

吉岡の口からも思わず感嘆の声が上がる。

面々は、楕円に組まれたセンターテーブルの上座に案内され、桂をまん中に奥から沖田、柴田、山本、飯島、桂、但馬、酒井、吉岡、影山、龍子の順に席についた。沖田が案内をしてくれた一人に手土産を渡し、案内人たちが部屋から退出すると、部屋の中が静寂に包まれた。さっきまではしゃいでいた者たちも、沈黙のまま都知事の入室を待った。桂は正面を向いたまま、静かに目を閉じていた。龍子も緊張していたが、桂がどんな一声を発するのか期待に胸を膨らませていた。

静かに正面の扉が開き、ピンクのスーツに身を包んだ東京都知事、池永小百合が現れた。胸には白いレースで作られた花のコサージュが付けられ、キャリアを感じさせるショートカットのヘアスタイルが実に似合っていた。還暦を迎えたとはいえ、まだまだ女性としての色気を感じさせる雰囲気も持ち合わせている。

さっきの黒服とは趣の違うスーツ姿の男性二人が池永の後に付いているのは、おそらく秘書だろう。

都知事の姿を確認すると、関西の面々が一斉に立ち上がり一礼した。池永の女性らしい透き通った声が部屋に響く。

「皆さんお揃いで。わざわざ遠路をありがとうございます」

そう言って池永も軽く会釈をすると、桂の正面に座った。その両脇に二人の男性が立っている。龍子たち一同が座るのを確認して、男性二人も席についた。池永が正面の桂に満面の笑みで話しかけた。

「桂知事、本当にお久しぶりです。京都での国際会議以来でしょうか。お元気そうで何よりです」

桂も微笑みながら穏やかな口調で返した。

「池永知事も益々のご活躍で、三期目ですかな？」

「ええ、おかげ様で。長くやらせていただいております」

「政界でも百戦錬磨、ご立派なものですなぁ」

「あら、桂知事には負けますわ」

通り一遍の挨拶だ。池永も桂も表情を崩さない。龍子たち関西勢は、息をのんで見守っている。池永の視線が沖田から龍子まで動き、また桂に戻る。

「皆さん、今日は服の色を揃えられたのですか？　圧巻ですね。単なる表敬訪問とはいかない雰囲気ですが、桂知事」

目を細めながら桂が答える。

「これだけのメンバーで都知事にお目にかかるのですから、関西流の礼儀ということです」

「それは、嬉しいお言葉。恐縮です。それにしても、京阪神の知事の皆さんに重鎮の皆さんまでお揃いとは」

そう言いながら再び視線を動かし、最後に龍子を一瞥した。一瞬だったが、その重圧は桂と同等だなと龍子は感じていた。

「桂知事、そちらのお若い女性の方は、初めてお目にかかりますが。ご紹介いただけますか？」

池永の言葉に、龍子が無言のまま立ち上がり一礼し、座った。桂が紹介する。

「高知県の坂本龍子氏です。政治の世界では交渉人としてその名が通っている方です」

池永が思い出したように龍子の方を向いた。

「聞いたことがあります。県庁職員でありながら、政治の世界で交渉人として噂になっている方ですね。女版龍馬とも言われているとか。政治にも興味がおありになるのかしら？」

龍子に笑みを送るが、目の奥に鋭さを秘めていることは離れた場所にいる龍子にも伝わってきた。龍子は臆することなく、真っ直ぐな姿勢で返答した。

「幼少の頃はこの名前に抵抗していましたが、今では有難いと思っております。政治への興味は、この国の国民として持っている程度のものでございます」

「ご立派です」

池永は一言で返し、また桂の方を向いた。

「交渉人の方までお連れになって、今日は何事でしょう。そろそろ桂知事、本題に入りましょうか」

この池永の切り出しに一瞬緊張感が走った。関西勢は都知事の重圧に圧倒されていたが、桂だけは余裕の表情をみせており、龍子に至っては「いい勝負になりそうだ」と、内心胸のは、対等に話をしようという桂の合図だった。

「そうですな。そろそろ本題に入りますかな、池永さん」

いつもの重厚な鎧(よろい)をまとった桂が登場した。肩書を外して都知事を池永さんと呼んだのは、対等に話をしようという桂の合図だった。

が躍るような高揚を感じていた。

「よろしいですよ。桂さん」

池永も負けていない。

「池永さんは、今のこの国をどうお考えですかな？」

「国ですか？　いろいろ問題はあるでしょうが、未来をみて策を講じていけば、必ずや道は開けると思っておりますね」

「模範的すぎる回答ですな。いろいろと新たな改革を進めておられるが、国全体を変えることにまでは及んでおらんように思いますが」

「なかなか厳しいお言葉をいただき、御礼申し上げた方がよろしいのでしょうか？　関西も大阪を筆頭になかなか頑張っておられますが、それも同じことのように見えておりま す」

池永が京都ではなく、大阪の奮闘を敢えて指摘した。それは明らかに桂の言葉に池永が大きく気分を害したからだった。どちらの圧が先に折れるのか、龍子も見守っていた。今の池永の返しは桂の気分を害したのに違いない。龍子は桂の表情を確認したかったが、龍子の席からは桂の空気感を読み取ることも厳しい距離だった。桂が大きな声で笑った。

「そうですか、そうですか。お互い同じことをしているようですな。であるならば、ここで大きく変化をもたらすことをご提案したいのですが」

池永が怪訝そうな表情を見せた。桂が畳み込むように核心に触れた。

「東京と京阪神の二つの大きな力でこの国に変化をもたらそうと言うておるのです」

池永が口をポカンと開けている。しばらく沈黙が流れたが、池永が笑いをこらえながら言った。

「桂さんは昔からとんでもないことを言いだす方でしたが、どんな変化をお望みですか？京都に首都を動かしますか？」

「動かすとは失礼な。それを言うなら京都に都を戻す、ですなぁ。しかし、そんなことをしたとて、意味のないことです。もう時代が変わりましたのでな。ただ言わせていただくなら、東京は強行突破で都を略奪したのですから、それはお忘れないように」

桂はなかなか手強い池永に対し興奮してきていた。池永は桂より興奮している。鼻であしらうような口調で、桂に返す。

「いつまでそんなことをおっしゃっているのでしょうか。歴史を紐解けば、遷都に対しては僅かな報酬でご納得の上かと」

思わず飯島が反論しようと身を乗り出したが、桂が制し、返答する。

「まあまあ、そう興奮せずとも。過去のことはどうでもよろしいと、言うておるのです。そうではなく、今の時代に最善の方法で国に変化をもたらすため、東京と一緒に歩きたいと言っておるのですよ」

池永の興奮はまだ収まっていないようだったが、桂の腹を探りにきた。

「それでは、桂さんの言う最善とは何なのですか？　何をご提案されたいと」

「東西両都です。首都を分散するのです。今この国が抱える様々な問題を東と西の二か所で解決していきませんかと申し上げておるのです」

桂の興奮は既に収まっていた。池永の出方を余裕で見守っているようだった。

「両都？　首都を二つ作ると……関西の方は、ご冗談がお上手で」

池永が嘲るように笑っている。桂が池永の対応に口を一文字に結び、憮然とした表情をみせるなか、吉岡が口を開いた。

「別に笑わせに来たんと違います。真面目な話です」

池永がやっと笑うことを止め、関西勢を抑え込むほどの上から目線の物言いで返答した。

「皆さん、この国に今、そんなことに耐えられるだけの財源があるとお思いですか？　冗談としか受け止めようがございませんね。東京が言い出すならまだしも、京阪神を含む他府県は、交付税を受けている身でいらっしゃいますよ」

桂も負けていない。

「その交付税を首都分散のために使おうと思とります。東にあるものを西に動かすということに関しては、東京は何の負担もない話。西の痛み分けです。東京は、分散後の未来を見据えた新たな政策を存分に試せるのではないですかな？」

「随分と思い切った決断を。ですが、それは西側に多大な利をもたらすことに終わるのではありませんか？　そんな不公平な提案に東京が応じるとでも？」

池永の興奮をよそに、桂が高らかな笑い声をあげた。

「池永さん、分散したからといって東京の人口が半分になるなどと考えておるわけではないでしょう？　であるならば、七百億程度の減収でこの国が変わるのですぞ！　池永さんには分散後の未来が見えませんかなぁ」

桂は想定よりは少ない数字を突きつけた。具体的な数字が飛び出たことで、池永はかなり事前に構想を練り込んでいると感じとった。

「金額の大きさの問題ではなく、減収は減収。それは東京にとっては痛手です。そんなことに東京は賛同できません。それは当たり前の論理でしょう」

「経済的なマイナスしかイメージできないとは、残念ですな。新しい改革を推進しておられるのを微笑ましく見ておりましたが、ご自分が担当される東京しか見えておられんようですな。池永さん、貴方(あなた)の実力ならば、もっと想像力が豊かなものと思っておりましたが」

池永は苦々しい表情を浮かべながら、この桂の問いかけに答えようともせず、突如話題を変えてきた。

「京阪神と言えば、長年の確執もおありになるかと。今は団結しておられても、いつそのご関係が壊れるとも限りません。そんな不安定なところに首都の一部などあり得ないことでしょう」

吉岡が応戦した。

「池永知事、不安はごもっともかと思いますが、京阪神の関係性は変わったのです。国の未来を考え、一緒に歩くことに全員が同意したのです」

「では、皆さんの任期が切れ、トップが代わられたらどうします？　吉岡知事」

「それは、変わらぬ関係性が続くよう、全員が残りの任期でやるべきことをやり遂げます。東京の心配には及びません」

吉岡がきっぱりと言い切った。関西勢は全員頷いている。龍子と沖田を除いたら一番若い吉岡の気概が見える発言だった。それでも池永は、屈しない。

「但馬知事までこのお考えに同意してらっしゃると？　冷静な但馬知事がこんな法外な提案に賛同されるとは」

冷静と称された但馬も池永の物言いには少々憤慨していたところだった。

「池永知事、冷静な私が賛同したいと思うほど、京都や大阪との連携が実現したということです。政治家として、目が覚めたということです」

「そうですか。お目覚めがよろしかったわけですね」

池永は唯一癖のない但馬まで感化されてしまったことに失望した。桂は少々池永の対応にいらつきを感じ始めていたが、彼女が虚勢を張っているようにも見えていた。

「池永さん、あえて言うまでもないが京阪神が手を組めば東京を超える経済力を持つのですぞ。更に、関西という土地柄は団結力が強いと思とります。京阪神が手を組んだとなれば、周辺の関西、近畿も巻き込んでいくことでしょう。もともと東はその勢力を抑えるために首都を東京にしたのと違いますか。東側の団結を強めるために首都機能と天皇が必要だったということですなぁ。ですが、今の状況であっても関西の勢力は決して衰えてないのです。その勢力を敵に回さず、手を組むことを考えてみてはどうですかな？」

桂は一歩も引かない。

「百歩譲って関西の皆さんが一致団結したことを認めたとします。ですが、分散後の経済以外の効果とは何を提唱されるのです？」

「池永さんには想像できないようですから、お答えいたしますか」

池永が憮然とした表情を見せた。

「いいですか、池永さん。人流を変えるのですよ。人の流れを変えることは決して悪いことではない。都市部に過密に人や企業が集中することがよろしくないということは、ウイルス問題で充分に経験したではないですか。都市部が閉鎖されれば、たちまちこの国の経済は立ち行かなくなる。今は何とか持ちこたえておりますが、再び似たような状況が起こらない保証は何もない。何かが起こってからでは遅いのですよ」

「そんなたられればの話のために、このような大事を起こそうと」

「たられればが悪いのですかな？　いつまで後手に回った政策を黙認するおつもりだ！」

桂が声を荒らげたことで部屋が静寂に包まれた。池永は厄介なことになったと思い始めていた。どこかで幕を引かねば、このご老体は一歩も引かぬ構えだ。

「桂さん、面白いお考えだとは思います。東京は国が無視できない存在であることは事実ですが、といって東京に国を動かす力はないのです。政府はお考えになっている以上に複雑です。あちらを立てればこちらが反論。歯向かえば、こちらの立場も危うくなる。危うくなれば、やるべきことすらできなくなる。その匙加減といったら、日々気苦労が絶えません。言ってしまえば、東京といえども、所詮は一都道府県に過ぎないということです。本当に決起されるのであれば、直接総理に直談判されてはいかがです？」

池永は、自らの状況を正直に吐露しながら逃げに転じた。桂が押し黙ったところで吉岡が発言した。

「さすがにそれは無謀なことと私たちでもわかります。東京が都道府県の一つに過ぎないとおっしゃるのなら、私たちと一緒に国を変えることを考えてもらえませんか？　東京が東の代表、京阪神が西の代表として、それぞれの周辺を団結させ、全員で談判する方がええやないですか」

池永が呆れた表情を見せる。

「吉岡知事、西の皆さんの熱い思いは受け止めますが、ここまでです。正直に申し上げて、戦国の世ならまだしも、武力を行使できる時代でないからこそ、事はより複雑です。熱い思いだけでは動けないことは、皆さんもよくおわかりかと思っておりましたが……。今そんなことに労力を費やすのであれば、東京のように京阪神の皆さんがそれぞれ国の援助を受けず運営していける策を講じられる方がよろしいかと。今日は、面白いお話を聞かせていただきました」

そう言って、池永がこの場に幕を引こうと立ち上がりかけた時、龍子が声を出した。

「池永知事、本当に可能性がゼロだとお思いですか？」

池永の最後の物言いに半ば諦めムードだった関西勢の面々が、一斉に龍子を見守った。

池永が面倒臭そうに椅子に座り直すと、龍子に向かって返答する。

「ゼロかと聞かれれば、ゼロとは答えにくいですが、それは東京が賛同すればの話です。東京は賛同できないと申し上げたつもりですが」

「何故、賛同できないのですか？　面倒だからですか？」

池永が厳しい視線を龍子に送った。

「坂本さん……でしたでしょうか。面倒とは、大胆なご発言で。政治は貴方が思っているほど単純ではないのです」

「国民のための政治、いたって単純だと思いますが」

龍子が真っ直ぐな視線で、対等に池永に向かっていく。関西勢は龍子から視線を動かすことなく期待に満ちた、どこか安心した表情で龍子の動向を見守っていた。

「国民の立場で見る政治はそう見えるのでしょうが、そんな簡単なものではないのですよ。ここであなたと政治を語るつもりはありませんが」

この池永の言葉を聞いて、一気に龍子のテンションが上がった。このまま引き下がっても決裂。ならばやれるだけやる！

龍子はバンと机に両手をつき、立ち上がって啖呵をきった。

「なめたらいかんぜよ！」

関西勢が目をむいた。池永も圧倒されている。隣の影山が吉岡に囁いた。

「花子や！　鬼龍院でてきた。次は桜か？」

こんな時にも影山がボケる。

「影山さん、桜は金さんや」

吉岡が小声でツッコミを入れ、身体をのけぞらせて龍子に見入っていた。

「池永知事！　政治は国民のためのものと思っておりました。国民は複雑な政治など望んでおりません。複雑にしておられるのは、何のためでしょうか？　国民のためと言っていただいては困ります。国民は、政治を複雑にするために皆さんを雇用しているわけではありません。国を支えているのは国民であり、その国民の意見をまとめ、国の未来のために活かしていく仕事が政治なのではありませんか？　複雑になってしまって困るのなら、正せば良いのです。正す方法を考えれば良いのです。首都分散についても、それが最善の方法かどうか、これから議論すれば良いのではありませんか？　議論をしないということは、考えないということです。可能性がゼロでないのなら、何故考えてみないのでしょうか？」

一気に喋り続ける龍子に池永も仰天の様相で見入っている。そして、龍子は少し柔らかな口調に転じていく。

「面倒だからという失礼な言い方にご立腹されたのであれば、嬉しい限りです。東京を三期率いている池永知事の手腕であれば、できることならば考えてみたいと思われていることと私は受け取りました。西の勢力を敵に回すか、味方につけるか、それも池永知事次第かと」

龍子が池永を見て、ニコリと笑った。池永がゆっくりパンパンパンと三度手を叩く。

「坂本さん、あなたが今日、ここにいらっしゃった理由がよくわかりました。あなたの言わんとすることは全て正論です。ですが、今ここで東京の賛同を求められても答えられないというのが正直な思いです」

なかなか手強いが、初めて池永が鎧を外しかけているような気がした。池永の正面にいた桂は池永の表情が穏やかになりつつあることを確認していた。

「賛同を求めているのではありません。それは土台無理なお話かと。それは私でもわかります」

予想外の切り返しをしてくる人物だが、龍子が裏のない人物であることは池永も察していた。

「では、何をお求めですか？」

「共に考える機会をいただきたいのです。考える機会すら必要がないとおっしゃられるならば、今この国が最善の状態であるとお考えになっておられるということです。それはそれで、池永知事のお考えを否定するものでもございません。ですが、最善とは言い難いというお気持ちがあるならば、それは京阪神の皆さんと同じ考えということになります。今の国の問題点には、少なからずお気づきのはず。複雑だからと手をこまねいて見ているだけで良いのですか？　妥協しても良いのですか？　いずれは、誰かがやらねばならないのではないですか？　それが、他の方でも良いのですか？」

　畳みかけるように龍子が池永に問いかけていく。

「池永知事、一度この国に変化をもたらすための策を考える機会をいただけませんか？　京阪神の皆さんも、最初から二つ返事で賛同したのではありません。池永知事もお察しのとおり、京阪神にはお互いへの牽制や確執がありました。それを短期間の間に取っ払い、今日ここに来られたのは、皆さんが国を支える政治家だからです。自らの思惑よりは、国への思いが強かったからです。池永知事もここにいらっしゃる京阪神の皆さんと同じ熱い政治家の一人ではないのでしょうか」

　龍子が喋り終えた。全員がその姿に圧倒され、しばし部屋の中が静寂に包まれた。やがて、池永が微笑みながら、優しい口調で話し始めた。

「坂本さん、あなたは不思議な人ですね。この世に坂本龍馬がいたならば、同じことを言ったかもしれませんね。『可能性がゼロでないなら考える』ですか……。でも徒労に終わる可能性が高いと思われますが、それはどう思われているのかしら？」

「全てのことが努力によって報われるわけではありません。むしろ報われないことの方が多いでしょう。ですが、報われなければそれまでの行動は無になるのでしょうか？　そうではないと思います。一石を投じるということは、結果を期待して行うことではないと思うのです。その一石が思いとは違う結果を生み出すこともあるかもしれませんが、現状に対して波紋を起こすことに意味があるのだと思います」

迷いのない龍子の返答に、池永が静かに頷いた。

「この道を目指した頃の自分を思い出しました。初心に戻していただけた気がします」

池永は感慨深そうな表情を浮かべると、桂を直視した。

「桂さん、政治の世界に長く関わると妙なものがいろいろくっついてくるのですね」

桂が目を細め、池永を見た。

「池永さんも思い出されましたか、昔を……。私も随分、垢をこびりつかせていたようで。その垢を落とすことを坂本さんに気づかせてもろたと思いますなぁ」

池永も桂の言葉に頷き、次の瞬間きっぱりと言い切った。

「わかりました。私も今、この国の状況が最善とは思いません。首都を分散することがベストかどうかも議論するということであれば、ご提案を受けましょう。あくまでも秘密裡に」

関西勢全員が、机の下でガッツポーズを決めた。立ったままの龍子が深々と池永に一礼し、席に座った。

「坂本さん、あなたは政治の世界にいるべき人かもしれません。是非、考えてみられたら？」

龍子は、池永の問いかけに、颯爽と答えた。

「いえ、私は欲が強いのです。一番偉い国民の地位のままが良いのです」

「本当に面白い方ですね。また会いましょう、坂本さん」

池永は、そう言って笑った。


一階の入り口まで、また警備員の案内がいたことで、一行ははしゃぎだしたい気持ちを精一杯抑えていた。そして、都庁の入り口を出た瞬間、緊張から解き放たれたことと達成感で、誰からともなく一斉に歓声をあげた。

「いやぁ、最後は圧巻でしたわ」

吉岡が龍子を労う。

「なんや映画のワンシーンみたいやったなぁ」

山本も思い出し感動しているようだ。

「坂本さん、見事でした」

桂も称賛した。

全員の興奮の中で龍子はしきりに恐縮していた。入り口から少し離れた路上ではしゃぐ姿は何とも目立っていたが、しばし全員が興奮の余韻に浸っていた。

二

　東京での大仕事を終えた翌日の昼、京都鴨川のほとりに佇むホテルの一室で飯島と影山が再び秘密裡に会っていた。

「飯島先生、ついに大きな関門を突破できました」

　影山が自分の功績のように昨日の興奮を口にした。

「まさかとは思たが、ほんまにやりよったなぁ」

「これで先日電話でご報告していた奈良の件が具体化できます」

「影山くん、それはまだちょっと気が早いのと違いますか？　東との話し合いはこれからが本番ですがな」

「それはそうですが、この一年が勝負と違いますか？　桂知事の任期中に首都分散の決着をつけてもろて、飯島先生の時代には一気に西の国会を動かさなあきません。今から動きださんことには後手に回ってしまいます。奈良以外の目ぼしいところへの根回しを進めませんか？」

　大阪気質の勢いで迫ってくる影山の利用価値を飯島は計算し始めていた。影山の言う通り、政治資金の準備も含め先手必勝であることは否めない。

「そうですな。ジワジワ始めますか、影山くん。滋賀はおそらく今の田原君が次期も続投するように思いますなぁ。京都にすり寄ってきてる男やから動かしやすいでしょう。近々ゴルフでもどうです？」

この時、飯島は田原が自分から離れようとしていることにはまだ気づいていなかった。

「お願いします。あとは、和歌山、三重、福井あたりやと思いますが、調べときます」

「その辺りは、分散への動きが固まったら一気に動けるよう準備しとくのがええやろな」

二人は関西・近畿エリアでの経済活動において、どのぐらいの金を流せるのかを目算した。影山は吉岡の横で経済活性化施策を組み立て、実働するにあたっての権限を自分が得ることを想定している。そして実際に近隣県の開発事案に絡み、各県に流した金の一部で自分たちの私腹を肥やすというのが二人の目論見だった。

「この先、あの小娘はどうなるんかいなぁ」

飯島が坂本龍子に触れてきた。

「一旦は高知に帰る言うてましたけど、分散が確定するまでは働いてもろた方がええんちゃいますか。その方がこちらも動きやすい気がしてます」

「邪魔やけど、まだ使いどころはありそうやしな」

そう言って、飯島が一つため息をついた。

「もう少しの辛抱ですわ、飯島先生。まあ高知にいても今はオンラインとやらで会議もできますし、関わらせた方がええと思いますわ。飯島先生からも桂知事にお口添えいただいておいた方がええと思います」

「そやなぁ。都知事に対してあれだけの啖呵をきれる者は中々おらんからなぁ。まだしばらくは辛抱やな」

同じく金曜日。龍子の京都滞在は今日で四十日目を迎えたが、これまでで最高に晴れ晴れとした気分の朝だった。龍子が京都での最後の一日をどう過ごそうかと考えていた矢先に桂から着信があった。


『坂本さん、お目覚めでしたかな？』

「はい。おはようございます。昨日はお疲れさまでした」

『高知に戻られるのは、明日ですかな？』

「はい。そのつもりです」

『では、今日お時間をいただけますかな？』

「私も桂知事にはご挨拶に伺おうと思っておりました。何時にお伺いすればよろしいでしょうか」

『今日は外でランチでもどうです』

「ありがとうございます」

『では十一時にホテルの前に府庁の車を行かせますから、それに乗って来てください』


桂の気遣いに恐縮し、了承した。龍子は急いで仕度を済ませると、約束の十分前からホテルの正面で車を待った。定刻通りに黒い公用車が龍子の前で止まった。車に沖田はいなかった。龍子は車に乗り込むと運転手に訊ねた。

「どこまで行くのですか?」

「貴船です」

聞いたことはあるが、龍子にとっては初体験の場所だった。

「かなり遠いのではありませんか? 北の方ですよね?」

龍子は携帯のマップを見ながら訊ねた。

「初めてですか?」

「初めてです」

「左京区ですが、だいぶ上の方です。それでも一時間はかからへんと思います」

そんなに遠くはない。最終日に初体験の場所に行けるのは嬉しかった。

「川床はご存知ですか?」

運転手が訊ねた。

「聞いたことはあります。川の上に床を作って食事をするところですよね?」

「そうです、そうです。いっぺん行かはったら、感激しますよ。以前やったら予約をとるだけでも大変でしたけど、今は観光客も減ってしもて。まあ、知事の予約は別ものですけど」

川床での食事は高級だと聞いている。龍子は桂に恐縮する反面、楽しみでたまらなかった。龍子の乗った車は正午前ぐらいに現地に着いた。駐車場にもう一台同じ車が駐車しているところをみると、桂が先に到着しているようだ。

　龍子は店の者の案内で桂の待つ場所に向かった。一旦店の中に入り裏手に出て階段を下ると、川床と呼ばれる座敷席が並んでいた。目の前には鮮やかな緑が生い茂り、床の下には涼風を運んでくる川が流れている。京都の中心街の暑さとは随分趣が違う。桂は階段を下りた目の前の座敷に一人座っていた。龍子の姿を見つけると、微笑みながら軽く手を振っている。龍子は会釈し、桂の正面に座った。

「素敵なところですね。一度来てみたいと思っていました」

「初めてですか？　それは良かった。夏は暑いのでどうかとは思いましたが、今日はまだ過ごしやすいですな」

　桂の声の後ろで水の流れる音が聞こえてくる。何とも風情のある場所だ。

「一区切りということで、外でゆっくり話をしたかったのですよ」

　桂の表情はいつもと少し違っていたが、龍子には見覚えがあった。初めて龍子の前で沖田のことを「勇人」と呼んだ時と同じ表情だった。

「ありがとうございます」

　店の者が料理を運んできた。鮎（あゆ）などの川魚の料理に始まり八品ほどがテーブルに並べられた。ランチにしては贅沢（ぜいたく）だ。京都の料理は目で楽しむ料理とも言われているとおり、その盛り付けは見事だった。桂と龍子はゆっくりと箸（はし）を動かしながら、話し始めた。

「坂本さん、本当にあなたには感謝しております。短期間でよくやり切ってくれましたな」

龍子は無言のまま、微笑みを返した。

「勇人もお世話になりました。今回あなたと行動を共にしたことは彼にとっても随分と勉強になったことでしょう」

「恐縮です。こちらこそ沖田秘書には感謝しております。彼の存在は心強かったです」

「勇人はこの先、政治家としてどうですかな？」

桂が直球の質問を龍子に投げた。

「優秀だと思います。今は秘書という立場での振る舞いですが、彼なりの意見をちゃんと持っています。前に出ていく機会があれば、必ず彼の本領が発揮できるかと」

お世辞のない、正直な見解だった。

「そうですか、そうですか。嬉しいですなぁ」

桂が満足そうに目を細めている。

「勇人は正直者で真っ直ぐですが、政治家としてはその性格が仇になるのではと考えておりました。ですが、今回坂本さんを見ていて、そんな私の考えが少し間違っていたような気がしております」

桂の心配を龍子も理解していた。確かに真っ直ぐなだけでは今の政治の世界では通用しないのかもしれない。

「桂さんのご心配は、理解できます。沖田秘書のような政治家ばかりならば、この世の中も少しは違うのかもしれません。でも、いつの時代でも私欲に走ったり、策に溺れる政治家がいなくなることはないのでしょうね」

　桂が大きく頷いている。

「桂知事は、沖田秘書の将来をどのようにお考えなのですか？」

「私は正直迷っておりますな。私のように垢をつけることがいいのやら。ただ勇人がこのまま政治家として上に進んでいくことを望むのならば、できる限りの応援はしたいと思っておるだけです」

「そうですか。私は沖田秘書ならば大丈夫だと思います。垢にもいろいろございます。良い垢だけを選択する能力のある方だと思います」

「坂本さんのようなお人が側で応援してくれれば、心強いですがな」

　龍子は照れながら苦笑した。桂は龍子に個人的に勇人をどう思っているのか聞いてみたい気持ちにかられたが、余計なことを口走って意識させることもないかと思い、言葉を飲み込んだ。あとは二人に任せるしかないだろうと思った。桂は話題を変えた。

「東京はなかなか手強かったですが、坂本さんは今後の池永氏の出方をどう読んでいらっしゃいますかな？」

　龍子は内心、沖田の話題から離れたことに安堵した。

「そうですね。ガードの堅い方ですが、まずは池永知事が何を望まれるかなのかと思います」

「そうですな」

「昨日の様子だと、本心までは読み切れませんでしたが、分散という構想にまだ疑念を持っておられることは事実かと思います」

「自分から分散後の利点について口にしなかったが、本当に想像できなかったと思われましたかな？」

「ええ、私はそう感じました。想像できなかったというよりは、考えるに及ばないという捉え方の方が正しいかもしれません」

「意に介さず、ですな」

「ですが、次回までにはいろいろと武装してくるはずです。桂知事が具体的な数字を突きつけた時の池永知事の表情が印象的でしたから」

「坂本さんもお気づきでしたか」

「かなり構想を練り込んでいると思われたと思います。であれば、次回は東京としてどんな要求をしてくるかだと思われます。核心に触れた要求が出てくるようであれば、前に進むことは難しくない気がいたします」

「逆を……すなわち構想を否定する根拠をぶつけてくる可能性もありますなぁ」

「その通りですね。でもそうであるならば、時間を要するかもしれませんが、その否定を一つずつ西が潰していけば良いのだと思います」

桂は心底、龍子との会話を楽しんでいた。聡明な受け答えはいつものことだったが、今日は殊の外龍子を同志として見ていた。

「わかりました。一旦は私たちで進めてみますよ。それから坂本さんとの約束の報酬ですが、高知の観光課と話を進めるよう、こちらの根回しは終わっております。それなりに満足のいく金額になると思います」

龍子は、桂の言葉に深々と頭を下げた。二人は少しの間、会話を止め、水の音を聞きながら箸を動かし始めたが、ほどなくして桂が思いついたように口を開いた。

「ところで坂本さん、あなたは本当に政治の世界にいらっしゃるおつもりはないのですかな？」

龍子を高知に帰すことを名残惜しいと感じている桂の本音が混ざった質問だった。できることならば、自分の側近にしたいとまで思っていた。

「ええ。今のままで良いと思っております」

「少しの可能性もないと」

「先のことは正直わかりませんが」

桂は残念そうな表情を見せた。

「そうですか。ただ、おっしゃる通り先のことはわかりませんからな」

そう言って、桂は笑い声をあげた。龍子は、桂が何を考えたのか理解できなかったが、政治の世界に入らずとも、今回の事案については関わっていくことになるような予感を漠然と抱いていた。

桂との食事は一時間半ほどで終わり、龍子は駐車場で先に桂を見送った後、車でホテルまで送ってもらった。

ホテルに着くと、先に荷造りを済ませ、明日のフライトを確認した。伊丹空港十三時十分発だ。空港に入るのが十二時半とすると十一時過ぎにホテルを出れば余裕だなと明日の行動予定を組み立てた。京都での最後の夕食の前に、但馬知事、吉岡知事をはじめとする今回お世話になった面々に礼のメールを入れ、最後に沖田には電話をかけた。

「お疲れさまです。沖田くん、今回はいろいろとありがとう。改めて、お礼を言いたくて」

『僕の方こそ、ありがとうございました。明日言おうと思ってたんですけど』

携帯から耳慣れた沖田の声が聞こえてきた。

「えっ？」

『僕は坂本さんが帰られるまでは坂本さんの秘書ですから。明日は見送ります』

見送られると緊張してしまうなと思いながらも無下には断れない。

「最後まで申し訳ないです」

『見送り禁止命令が出ても、ホテルの前で張り込みますから』

沖田が冗談を返す。

「それじゃあ、最後まで甘えさせてもらいますね」

『何時ですか？　飛行機ですか？　新幹線ですか？』

「伊丹十三時十分発です」

『じゃあ、十一時十五分頃にホテルの前に行きますね』

「ありがとう」

三

八月も残すところ後一日という夏の終わり。首をかけて京都に舞い戻ってからは、思いのほか早かった。高知への土産も充分に取り付けた。明日からの日常が嬉しくてたまらなかった。沖田との約束も今日が最後。少々感傷的になりそうな気持ちを抑えながら、最後は沖田を待ちたいと思い、約束の二十分前にホテルの正面に出た。

さすがに沖田の車はまだ到着していなかった。沖田を待ちながら、ふと昨日の桂との会話を思い出す。この先、沖田はどんな政治家に成長するのだろう。吉岡や沖田のような若い世代の政治家たちが伸び伸びと動ける国になるのだろうか。龍子はそうなることを切に願いたかった。そして、沖田が表舞台に立つようになれば、さぞかし女性たちの視線を集めるのだろうなと、いらぬ想像をして小さくため息をついた瞬間、目の前で軽くクラクションが鳴った。沖田だった。我に返った龍子は、助手席のドアを開け、笑顔で車に乗り込んだ。

「おはようございます。最後に待たせてしまいましたね」

沖田が苦笑しながら龍子に挨拶した。龍子は腕時計の針を指しながら笑っている。

「まだ十分前です。最後ぐらいは沖田くんを待ちたいと思ったの」

車は、伊丹空港に向けて走り出した。

「昨日は伯父がもてなしたとか」

沖田は仕事モードではないようだ。

「そうなんです。川床を初めて体験させてもらって、嬉しかった」

「良かったです。夏ですから、暑かったんじゃないかと心配してました」

「川の音が涼を運んでくるような感じがして、素敵な時間でした」

「伯父とはどんな話を？」

「沖田くんが将来どんな政治家になるだろうかと、心配してましたよ」

「そうですか」

「沖田くんがやりたいならば、応援したいともおっしゃってました」

沖田は軽く頷いただけで、無言だった。

「沖田くんはこの先、政治の道を進むのでしょう？」

「坂本さんに会うまでは、あまり真剣に考えてなかったというのが本音です。今回のことがあって、本格的に伯父の背中を追いかけようと思ってます」

「そうなの？　それは良かったです」

沖田からははっきりした答えが返ってきた。

「坂本さんのお陰ですね」

「政治家でもない私のお陰だなんて」

「いえ、坂本さんは確かに政治家ではないかもしれませんが、坂本さんのような政治家になりたいと思ったんです」

龍子が驚いて、沖田の横顔に見入った。

「正直、これまで伯父を見ていて、政治家として武装している伯父が好きになれなかったんです。尊敬はしてますけど。でも、坂本さんが伯父の武装を解き放ってくれたことで考えが変わりました。武装しなくても政治家でいられるのならば、伯父の背中を追いかけてみたいと」

そう言って沖田がちらりと龍子を見た。龍子には沖田の顔がこれまでで一番逞しく見えた。

「今回のことで、みんな本音は同じなんじゃないかと思いました。駆け引きや思惑を持って動いていても、根っこの部分は同じなんだと思えたんです。もちろん、胡散臭い人たちも多いけど、吉岡さんのように真っ直ぐな人もいる。政治の世界が黒いんじゃなくて個人の問題なんですよ、きっと。だったら、黒くならない自信を持てばいいだけなんじゃないかな」

「染まらない強さってわけだ」

「そうです。坂本さんが言っていたように、僕も複雑な政治の体制には疑問を持ってました。疑問を持っていたのに、何もしてこなかった自分が恥ずかしいなと思ったんです」

龍子は沖田の思いに聞き入っていた。

「だから僕は、僕ができることを、僕のままでやりたいと思いました。坂本さんに教えてもらったと思っています」

沖田がまた龍子の方に視線を投げた。沖田の横顔を見ながら沖田の話に聞き入っていた龍子と一瞬視線が合った。瞬時に龍子は照れて目をそらしてしまったが、沖田への印象が龍子の中で大きく変わった瞬間だった。沖田もそんな龍子の気持ちに気づいたのか、すぐにふざけてみせた。

「って、言うと……めちゃくちゃカッコよくないですか？　カッコいいって思ったでしょ」

沖田が少年のような顔をして笑っている。龍子は、このふざけ方も沖田の気遣いなんだろうと感じていた。龍子も沖田の波長に合わす。

「はいはい。めっちゃカッコいい」

「でしょ？　ですよねぇ」

少しの間二人は、フロントガラスから見える景色を眺めながら笑っていた。

伊丹空港には予定通りの搭乗四十分前に到着した。手荷物を預け、チェックインを完了するまで沖田が付き合ってくれた。龍子は沖田との別れが気まずくならないうちに早めにゲートに入ろうと思っていた。

「沖田くん、本当にありがとう。少し早めに中に入りますね」

龍子が沖田に別れを告げようとすると、思い出したように沖田が訊ねてきた。

「そういえば坂本さん！　約束の答えを聞いてないです」

「えっ？　何？　なんか約束した？」

「ひどいなぁ。秘密の答えです」

龍子はすっかり忘れていた。龍馬ファンの沖田をからかっただけだったのだが、初めて沖田とビールを飲んだ日の約束を思い出した。

「ああ」

龍子が気まずそうに笑っている。

「ああって。答えは？」

想像以上の期待を抱いた目をしている沖田を見て、龍子はかなり戸惑っていたが、逃げられないと覚悟を決めた。

「私の父が、沖田くんみたいな人だったってことです」

「はっ？」

沖田は龍子の答えを理解していない。

「要するに、父が熱烈な龍馬ファンだったってこと。期待はずれの答えで、ごめん」

龍子がおどけてみせた。

「坂本さんの先祖は、全く繫がってないんですか？　龍馬さんとは」

龍子は、沖田の失望の表情を見ながら可笑しくて仕方がなかったが、少し可哀そうな気分になってしまった。期待を全て奪う必要もないかと、またからかってみた。

「父に訊ねたことがあったけど、絶対に教えてくれなかったなぁ」

この龍子の答えを聞いた瞬間、沖田の瞳に光が差した。

「やっぱり……」

龍子は爆笑した。そして最後に言い残したことを沖田に告げた。

「沖田くん、そろそろ行きますね。最後に、影山さんの動向には注意を怠らないようにしてください。必ずや裏で私腹を肥やそうと画策しているはずですから」

「もちろん了解です」

「奈良と影山さんとの関係を調べてくれていたかと思いますけど、何か出てきました？」

「ホテル建設に絡んだ業者の中に、少し疑わしい会社があります」

沖田の話を聞いていた龍子は、ポケットからＵＳＢを出し、そっと沖田に手渡した。

「これ、高知と大阪が提携業務を決めた時のお金の動きです。沖田くんが得た情報とこのデータを突き合わせれば、手口が見えてくるはずです」

「わかりました。必ず尻尾をつかんでおきます」

「それから、京都の飯島先生も影山さんと同じ匂いがします。二人の関係が密になってくると厄介ですから、注意してください。このＵＳＢの中に、想定できる悪巧みを書き込んでおいたので、参考になるかと」

沖田は龍子の話を聞きながら、渡されたＵＳＢをぎゅっと握りしめた。

そして、龍子が沖田に別れの言葉をかける。沖田は龍子の期待を外し、寂しそうな表情を見せることもなく、笑顔で「また」と一言だけ返してきた。龍子は沖田に背中を向け、ゆっくりとゲートの中に入っていった。沖田の視界から龍子が消える瞬間、沖田が最後の声をかけた。

「気をつけて」

龍子は、振り返りたい気持ちを抑え、背中を向けたまま軽く右手をあげ、手を振った。一人搭乗口近くの椅子に座り機内への案内を待つ間、龍子は沖田との思い出を振り返りながら少し感傷的になっていた。

しばらくして、機内への案内が始まるアナウンスが響く。龍子が携帯を取り出し電源を切ろうとしたその時、一通のメッセージが届いた。沖田からだった。

【坂本さん、次の土曜日、空けといてくださいね！】

龍子が驚いていると、二通目のメッセージが着信した。写真だった。今週土曜の高知行の航空券が写っていた。龍子は、笑いながら携帯の電源を切り、機内へと向かった。

「完璧すぎる！」

エピローグ

それから二年後。

東京の国会議事堂前には、国内外から多くのマスコミが集まっていた。そのマスコミ陣を掻き分けるように次々と黒塗りの車が議事堂前に到着する。

先頭を切って現れたのは、池永都知事。そして、桂大吾。続いて知事の任期を続行中の兵庫の但馬知事、大阪の吉岡知事と、あの令和維新に突き進んでいた面々が集結すると共に、新たな同志の顔ぶれもあった。しかし、そこには影山と飯島の姿だけがなかった。

二年前の龍子からの指令通り、沖田は龍子から託されたＵＳＢを元に、ホテル建設に絡む影山の悪事を暴き、吉岡にその情報を共有することで、吉岡と手をつないだのが一年前のことだった。

それを機に吉岡は影山を側近から外し、分散構想の中枢メンバーからも外した後、時効前だったその悪事を吉岡自らが告発し事件化させた。これまでの政治家の事件と同様に、影山の悪事はマスコミでも大きく報道され、収賄罪で実刑を言い渡される結果となった。

その際に、吉岡が、ただ騙されていただけの奈良県知事・古田を守ったことは言うまでもない。

そして、影山の自白により、飯島との関係性も世間の知るところとなったが、実際に金が動く前だったため、逮捕され起訴された飯島には執行猶予がつき、今ではただの隠居生活者となっていた。

飯島が影山に関与している動きを察知した山本と柴田は、即座に飯島との関係を絶ち、桂のもとに残って沖田を後押しするポジションをとった。

この影山、飯島の成敗には、次の世代を担う吉岡、沖田が中枢となって動いたが、その裏で坂本龍子が重要な助言をすることで、大いに協力したこともまた、言うまでもない。


国会に集結した面々は皆、興奮を隠せない様子だった。入口に群がる報道陣を掻き分けるように、どこかの局記者が池永を目指してマイクを向けた。

「都知事、いよいよ首都分散に向けた採決の日がやってきましたが、今のお気持ちは？」

池永は、穏やかな笑みを浮かべ無言を決め込む。京阪神の面々が東京に参加を求めた日から、何度かの綿密な協議を続け、国会に持ち込み、今日が実施に向けた採決の日だった。

池永をはじめマスコミの質問に無言を通す一行は、議事堂内に入り、一旦全員が揃うのを待つことにした。しばらくして山本と柴田の声が同時に響いた。

「来ました、来ました」

二人が指を差した方向に、沖田と龍子がマスコミを掻き分けながら小走りでこちらに向かってくる姿があった。その沖田の襟元には、まだ真新しい議員バッジが付けられている。

桂が知事として四期連続の任期を終えて一線から退き、その後を沖田が引き継いでいた。そして龍子はこの二年の間、高知と京都を行き来しながら、ずっと首都分散構想に関わってきた。

勿論、桂と沖田を筆頭に京阪神のメンバーの熱望に応えるという責務もあったが、何より龍子自身の分散構想に対する熱い思いが自らの背中を強く押し続けたのだった。

全員が揃ったところで、池永が龍子に話しかけた。

「坂本さん、私たちの思いの結果が得られる日が来ましたね」

龍子は息を切らしながらも感慨深げな表情で頷き、答えた。

「はい。やっとこの日が来ました」

「結果はどうであれ、マスコミの注目度も高いようです。坂本さんの思いと共に、政治家の思いが国民に届きます」

池永も感慨深そうな表情を見せている。二人の会話の様子を見ていた一人の記者が坂本にレコーダーを向けた。

「坂本龍子さんですよね？　令和維新への感触は？」

池永が優しい表情で、龍子に答えるよう促した。龍子は大きく息を吸い込み、答えた。

「政治家と国民が一つになった結果は、最良のものと信じます！」

そして、一行は会議場へと入室していった。

うえから京都（きょうと）

著者　篠 友子（しの ともこ）

2025年3月18日第一刷発行

発行者　角川春樹

発行所　株式会社角川春樹事務所
〒102-0074 東京都千代田区九段南2-1-30 イタリア文化会館

電話　03（3263）5247（編集）
03（3263）5881（営業）

印刷・製本　中央精版印刷株式会社

フォーマット・デザイン　芦澤泰偉
表紙イラストレーション　門坂 流

ISBN978-4-7584-4701-0 C0193 ©2025 Shino Tomoko Printed in Japan
http://www.kadokawaharuki.co.jp/［営業］
fanmail@kadokawaharuki.co.jp［編集］　ご意見・ご感想をお寄せください。

本書は2022年7月に小社より単行本として刊行されたものです。